거미입니다만, 문제라도? 3

저자 바바 오키나
일러스트 키류 츠카사

contents

1. 탈출하겠어!

맛있는 밥을 먹고 싶은가~?!

【오오~!】

〔맛없는 마물은 그만 먹을래~!〕

지금 이 순간, 나는 선언한다!

지긋지긋한 엘로 대미궁을 탈출하고 바깥세상에서 맛있는 밥을 먹겠노라고!

【멋지다~!】

〔믿고 따라가리다!〕

밥을 위해서 우선은 여기 중층부터 탈출한다!

살짝 흥분해서 미궁 탈출을 선언했는데, 여기에는 사연이 있다.

내 마음속에 쌓이고 쌓였던 불만이 한꺼번에 폭발했거든.

전부 다 맛없는 밥 때문이지.

영문도 모른 채 거미 마물로 전생하고 제법 많은 날이 흘렀다.

처음 눈을 뜬 장소는 엘로 대미궁이라는 세계 최대의 던전.

나가는 길도 모르는 관계로 이제까지 미궁 안에서 살아왔지만, 분명히 말하겠는데 식단이 열악하다.

그야 미궁 안에서 내가 먹을 밥은 기껏해야 다른 마물밖에 없는걸.

게다가 맛은 더럽게 없는 독물뿐이고…….

지금 있는 중층 지역에서는 메기라든지 장어라든지 독도 없고 맛있는 마물이 있기는 있다.

그래서 오히려 불만이 폭발했다.

그렇잖아, 메기에서 장어로 진화를 거듭해서 된 화룡의 고기가 별로 맛나지도 않았단 말이야!

얼마나 고생해서 잡았는데.

얼마나 고생해서 비늘도 벗겼는데. 몸 담당이.

뭐, 맛이 없지는 않았다.

다만 맛있다고도 할 수 없는 미묘한 느낌이었다.

별맛이 나지 않는 흰 살 생선과 비슷하달까? 조미료만 더해준다면 몰라보게 변화될 잠재력이 숨어 있는 것 같았다.

그런 생각을 떠올린 순간, 이제껏 억눌러왔던 욕구가 더는 못 견디겠다고 울컥 솟구쳤다.

메기나 장어가 아무리 맛있어 봐야 한계라는 게 있단 말이지.

그야 맛있으라고 정성 들여 요리한 결과물과 비교하면 당연히 뒤처지는걸.

나는 맛있는 밥을 먹고 싶다고!

이딴 미궁에서 죽치고 있다간 끝없이 맛없는 마물만 먹어야 하잖아.

끔찍하다! 거절한다!

바깥으로 나가서 제대로 된 요리를 먹고 싶어!

그런 까닭으로 나는 새롭게 결의를 다지고 미궁 탈출 계획을 재검토했다.

우선 미궁을 탈출하려면 지금 있는 중층에서 상층으로 올라가야 한다.

이곳 엘로 대미궁은 지하에 넓게 자리 잡은 미궁이고, 지상과 가까운 순서대로 상층 · 중층 · 하층, 나는 가본 적이 없지만 더 아래에는 최하층이라고 불리는 지역도 존재했다.

내가 처음 태어난 곳은 상층.

아마도 지상과 가장 가까운 층.

그런 지역마저도 너무나도 광대했던 까닭에 나는 탈출을 반쯤 포기했었다.

그러다가 우여곡절 끝에 거대한 구덩이로 빠져서 하층까지 떨어졌고, 강력한 마물이 복작거리는 그곳을 간신히 빠져나왔다.

그래서 지금은 작열 지옥이나 다름없는 중층.

중층의 넓이가 어느 정도 되는지는 불분명하지만 상층과 조금씩 가까워지고 있다. 아마도.

이대로 쭉 전진하면 언젠가는 상층에 다다를 수 있다는 거지.

도중에 아무 일도 없을 때의 이야기지만…….

화룡처럼 강한 마물도 있었으니까 방심하면 안 된다.

실제로 조금만 잘못됐으면 화룡한테 당해버렸을 테고.

화룡(火竜)보다 강력한 마물이 아주 없지도 않을 것이다.

화룡(火龍)이라든지.

용(龍)이라…….

하층에서 마주쳤었던 지룡(地龍) 아라바가 떠오른다.

이번 삶에서 내게 가장 거대한 공포를 새겨 넣은 존재.

글자 그대로 벌레 취급을 당하며 도망쳐야 했던 상대.

분하다든지 다른 감정을 느낄 겨를조차 없었다.

압도적인 힘 앞에서는 그저 공포에 휩싸인 채 부들부들 떨 수밖에 없었다.

그것과 비슷한 힘을 지닌 상대가 있다면 나는 망설이지 않고 도망친다.

제1 목표는 내 목숨을 지키는 것이고, 제2 목표가 미궁에서 탈출하는 것.

우선순위를 잊으면 안 된다.

나 자신의 전투력이 대폭 올라서 목숨을 부지하기 위해 아주 위험한 고비를 겪진 않을 것이다.

지룡 아라바 급의 괴물이 튀어나오지 않는 한…….

뭐, 그런 놈이 아무 데서나 불쑥불쑥 나타날 리도 없고, 중층은 하층보다 마물이 약한 편이니까 걱정 안 해도 되겠지.

아마도 내가 쓰러뜨린 화룡(火竜)이 중층의 보스였을 거야. 응.

다시, 미궁 탈출 이야기로. 사실 중층에서 상층으로 올라갈 방법은 대충 마련이 되어 있다.

이대로 중층 탐색을 계속하다 보면 언젠가는 상층에 도착할 테고, 새로 습득한 공간 마법 스킬을 수련하면 머지않아 텔레포트 비슷한 마법도 쓸 수 있게 될 테니까.

그럼 중층을 애써 삐질삐질 공략하지 않아도 상층으로 텔레포트만 하면 해결이었다.

뭐, 스킬 숙련도를 쌓는 데 얼마나 시간이 걸릴지 모르고, 무슨 일이 있을지도 모르니까 중층 탐색은 계속하겠지만…….

어쨌든 중층은 문제없다.

문제는 그다음이거든.

상층에서 밖으로 탈출.

도무지 모르겠다.

외길로 난 중층과 달리 상층은 얽히고설킨 미로 형태의 구조였다.

게다가 터무니없이 넓다.

텔레포트를 익히고 그냥 휙 밖으로 나갈 수 있다면 그게 가장 좋겠지만, 아마도 가본 적 없는 장소로는 전이가 안 될 테니까.

차근차근 출구를 찾을 수밖에 없겠네.

규모를 감안하면 계획을 연 단위로 세워야 할 것 같다.

벌써 진저리가 나는걸…….

뭐, 이런 건 상층으로 돌아가고 나서 다시 생각하자.

또 하나, 상층에서 밖으로 나갔을 경우에도 다른 문제가 발생한단 말이지.

오히려 나간 다음이 제일 어려울지도 몰라.

응, 나는 거미 마물이잖아.

맛있는 요리를 먹고 싶다고 인간의 마을에 「반가워요~」 인사하면서 찾아가 봤자 「마물이 나타났다. 죽여라!」 외치는 장면이 눈에 훤하다.

만약 내가 인간이었어도 마을에 갑자기 거미 마물이 나타난다면 똑같이 할 테니까.

그렇게 보자면 지금 이대로는 뭘 어쩌든 간에 맛있는 요리를 못 먹는다.

어찌어찌 인간을 만나면 「부들부들. 저는 나쁜 거미가 아니랍니다」 어필이라도 해야지.

적당한 방법은 두 개쯤 떠올렸다.

하나는 진화를 거듭해서 아라크네로 탈바꿈하는 것.

물론 여전히 마물이지만, 상반신이라도 인간의 모습을 지니고 있으면 다른 마물보다는 경계를 덜 당할 것이다.

아마 상반신이 인간이라면 말소리도 낼 수 있을 테고…….

다만 아라크네로 진화하는 중간 과정이 만만치 않기 때문에 끈기 있게 차근차근 목표로 전진할 필요가 있었다.

두 번째는 염화 스킬을 습득하는 것.

염화는 이름 그대로 사념을 써서 대화를 나누는 스킬인데, 이것만 익히면 말소리를 내지 못하는 나도 상대에게 자신의 의사를 전달할 수 있다.

이쪽은 아라크네로 진화하지 않아도 스킬만 배우면 된다.

하지만 염화 스킬은 전투에 아무런 도움이 안 되거든…….

파티를 짜고 다닌다면 동료와 연계를 강화하는 데 써먹어도 되겠지만, 나는 솔플러잖아.

방금도 말했지만 제1 목표는 어디까지나 내 생명을 지키는 것.

전투에 도움이 되지 않는 염화 때문에 귀중한 스킬 포인트를 쓰고 싶진 않았다.

게다가 아라크네든 염화든 애초에 가장 중요한 요소가 빠져 있단 말이야.

나, 이 세계의 말을 몰라.

하늘의 목소리(일단은)가 일본어로 말해준다고 방심하면 안 돼.

어쩌면 편의주의적 전개를 위해서 일본어를 통하게 해놓았다는 패턴도 아주 없지는 않겠지만, 여기는 어쨌든 이세계니까 일본어가 통할 리 없다고 가정하는 쪽이 타당하겠지.

오히려 하늘의 목소리(일단은)가 왜 일본어로 말하는지 위화감이 느껴진달까?

뭐, 그쪽은 깊이 고민하지 않는 편이 좋을 것 같아서 무시했지만…….

그리고 설령 이세계의 말을 익힌다 해도 나는 다른 사람이랑 이야기하는 것 자체가 엄청나게 어색하거든.

가능하면 남하고는 일절 관련되고 싶지 않다고 생각할 만큼 커뮤니케이션 능력이 형편없었다.

나는 전세에서도 좋아서 외톨이가 된 거야!

혼자 있고 싶으니까 내가 좋아서 외톨이가 된 거야!

거짓말 아니야. 아니라면 아닌 줄 알아.

뭐, 이런저런 이유 때문에 미궁 탈출에 성공해도 문제는 한가득이구나.

자, 다시 기운을 내서 현재 스테이터스를 확인해보자.

〈조아 에레 LV 15, 이름 없음

스테이터스

HP: 602/602(녹) + 189　MP: 4196/4196(청) + 437

SP: 622/622(황)　: 622/622(적) + 971

평균 공격 능력: 606　　평균 방어 능력: 703

평균 마법 능력: 4001　평균 저항 능력: 4121

평균 속도 능력: 2680

스킬

「HP 자동 회복 LV 7」	「마도의 극의」	「SP 회복 속도 LV 6」
「SP 소비 완화 LV 7」	「파괴 강화 LV 3」	「참격 강화 LV 3」
「독 강화 LV 7」	「마투법 LV 2」	「기투법 LV 4」
「기력 부여 LV 2」	「용력 LV 1」	「맹독 공격 LV 3」
「부식 공격 LV 1」	「외도 공격 LV 1」	「독 합성 LV 8」
「실의 재능 LV 4」	「만능 실 LV 1」	「실부림 LV 8」
「투척 LV 7」	「입체 기동 LV 9」	「은밀 LV 8」
「무음 LV 5」	「집중 LV 10」	「사고 가속 LV 7」
「예견 LV 7」	「병렬 의사 LV 2」	「고속 연산 LV 3」
「명중 LV 9」	「회피 LV 9」	「위압 LV 1」
「외도 마법 LV 6」	「그림자 마법 LV 7」	「독 마법 LV 7」
「공간 마법 LV 1」	「심연 마법 LV 10」	「파괴 내성 LV 3」
「타격 내성 LV 3」	「참격 내성 LV 3」	「불 내성 LV 4」
「어둠 내성 LV 2」	「맹독 내성 LV 2」	「마비 내성 LV 5」
「석화 내성 LV 3」	「산 내성 LV 4」	「부식 내성 LV 4」
「기절 내성 LV 3」	「공포 내성 LV 7」	「외도 무효」
「고통 무효」	「통각 경감 LV 7」	「시각 강화 LV 10」
「망원 LV 8」	「밤눈 LV 10」	「시각 영역 확장 LV 3」
「저주의 사안 LV 7」	「마비의 사안 LV 5」	「청각 강화 LV 9」

「후각 강화 LV 7」 「미각 강화 LV 7」 「촉각 강화 LV 8」
「성마」 「신명 LV 1」 「순신 LV 1」
「내구 LV 1」 「강대 LV 4」 「강고 LV 4」
「위타천 LV 4」 「마왕 LV 1」 「인내」
「오만」 「포식 LV 1」 「예지」
「단죄」 「나락」 「금기 LV 8」
「신성 영역 확장 LV 4」「n%I=W」

스킬 포인트: 0

칭호

「악식」 「혈족 포식자」 「암살자」
「마물 살해자」 「독 술사」 「실 술사」
「무자비」 「마물 살육자」 「오만의 지배자」
「인내의 지배자」 「예지의 지배자」 「용(竜) 살해자」
「공포를 불러오는 자」 〉

후후. 제법 강해졌다고.

스테이터스도 그렇지만 스킬이 워낙 많아서 언뜻 봐가지고는 뭐가 뭔지도 잘 모를 거야.

뭐, 지금은 스킬 대부분이 제 몫을 하고 있으니까 다행이지만, 병렬 의사가 없었다면 전부를 유용하게 써먹기는 힘들지 않았을까?

그렇게 생각하면 병렬 의사는 참 멋진 스킬이구나.

살짝 시끄러운 구석이 옥에 티지만…….

【방금 정보 담당한테 사념이 느껴졌다!】

묵비권을 행사합니다.

그나저나 마법 관련 스테이터스를 보면 정말 격세지감이 느껴지는구나.

마법 능력으로만 보자면 전에 얼핏 감정에 성공했던 지룡(地龍)의 스테이터스도 뛰어넘지 않을까?

뭐, 그 대신 물리 쪽은 낮으니까 종합적으로는 아직 많이 뒤처지지만…….

어쨌든 용(龍)으로 진화를 앞둔 화룡(火竜)도 쓰러뜨렸으니까 조금은 자신감을 가져도 될 거야.

나중에 언젠가는 용한테도…….

아라바한테도 복수할 수 있지 않을까?

아니야, 역시 그만두자.

지룡 무서워. 완전 무서워.

S1. 새로운 용사

내가 용사의 칭호를 습득한 사건은 교사를 통해서 금세 아버지에게 보고되었다.

그리고 곧바로 나는 아버지에게 부름받아 학원을 뒤로하고 왕성으로 복귀했다.

오랜만에 돌아온 왕성.

하지만 감개에 젖을 만큼 내 정신은 평온하지 못했다.

흔들리는 마음을 간신히 가라앉히고 아버지와 재회했다.

장소는 알현실이 아닌 아버지의 집무실이었다.

넓지만 서류 따위가 여기저기 굴러다니는 실내.

그곳에 몇 명의 사람이 모여 있었다.

"슈레인. 굳이 이곳까지 오게 해서 미안하구나."

내가 방으로 들어서자 아버지는 무거운 목소리로 말했다.

몇 번 제대로 만난 적도 없었던 나조차 아버지의 목소리에 평소와 달리 깊은 근심이 어려 있다는 느낌을 받을 정도였다.

감정 의식을 치르면서 들었을 때보다 훨씬 무거운 목소리였다.

"우선은 정말 용사의 칭호를 가지고 있는지 감정해도 되겠느냐?"

"예."

아버지의 손에는 예의 감정 의식 때 사용됐던 감정석이 쥐여 있었다.

내가 대답하자 곧바로 전신을 훑는 듯한 거북한 감각이 덮쳐들었다.

선생님과 처음 만났을 때 느꼈던 감각이다.

아마 감정당했을 때 느껴진다는 불쾌감이겠지.

“정말로, 가지고 있군.”

아버지의 무거운 목소리.

직후 아버지는 손바닥으로 얼굴을 감싸고 오열을 터뜨렸다.

“율리우스…….”

아버지의 입에서 형님의 이름이 새어 나왔다.

그 이름을 들은 나도 더는 견디지 못하고 눈물을 흘렸다.

이런 자리에서 울면 안 된다고 꾹 참았지만 그 자제심도 속절없이 허물어지면서 눈물 때문에 시야가 부예졌다.

누군가가 내 어깨를 붙잡았다.

다름 아닌 제3왕자, 나보다 한 살 더 연상인 레스톤 형님이었다.

형님은 내 머리를 쓰다듬고는 부드럽게 끌어안았다.

레스톤 형님하고는 만날 기회가 많지 않았다.

하지만 싹싹한 성품을 지닌 사람이라서 율리우스 형님 다음으로 마음이 잘 맞는 형제였다.

나는 더 이상은 도저히 버틸 수 없었다.

레스톤 형님의 품에 매달린 채 하염없이 흐느꼈다.

한동안 실내에는 울음소리만 울려 퍼졌다.

“아버님. 율리우스 때문에 슬퍼하시는 마음은 저도 압니다. 하지만 추후의 방안도 마련해놓아야 합니다. 이만 회의를 시작하시지요.”

울적한 분위기를 깨뜨리면서 입을 연 자는 제1왕자이자 우리 형제 중 가장 손위에 있는 사일리스 형님이었다.

솔직히 이 사람은 불편했다.

웃는 얼굴을 본 적이 없다. 언제나 무뚝뚝한 표정으로 업무에 몰두할 뿐이었다.

다른 나라로 출가한 탓에 만난 적도 없는 누님을 제외하면, 형제 중에서 사이좋게 지내기 힘들겠다는 직감을 불러일으킨 유일한 사람이었다.

"사일리스 형, 아버님도 슌도 많이 상심했어. 그런 얘기는 조금 나중에 해도 되잖아?"

"아니다, 레스톤. 사일리스의 말이 옳아."

"아버님, 하지만……."

"적당히 해라, 레스톤. 아버님께서도 이리 말씀하시잖느냐."

"사일리스 형……."

"되었다. 가족으로서 슬퍼하는 마음은 대단히 크다. 하지만 한 명의 인간이기 전에 우리는 왕족이니라. 그렇다면 왕족의 책무를 다 해야겠지. 그다음에 슬퍼하면 된다."

아버지가 소맷자락으로 눈물을 훔쳤다.

아버지의 눈은 새빨갛게 부어올랐지만 눈빛에는 굳건한 의지가 어려 있었다.

이것이 왕의 자세인가.

굉장하구나. 나는 흉내도 못 낼 거야.

"슈레인이 용사의 칭호를 이어받았다 함은, 율리우스의 죽음을 의미하겠지."

아버지가 입술을 꽉 깨물면서 아무도 차마 입에 담지 못했던 말을 꺼냈다.

저 말을 들으니 율리우스 형님의 죽음이 더욱더 사무치게 다가오는 기분이었다.

"설마 율리우스의 다음 용사가 이번에도 우리나라에서 나올 줄은, 게다가 친동생에게 넘어갈 줄이야. 이것도 업보인가."

아버지의 발언은 내가 용사가 되었다고 기뻐하는 것처럼 보이지 않았다.

율리우스 형님의 죽음을 애도하는 심정 때문이기도 하겠지만, 순수하게 내가 용사가 되었다는 사실을 곤혹스러워하는 것 같았다.

왕가에서 용사가 나오는 사례는 드물었다.

용사가 되는 조건에 귀천은 관계없었고, 정확한 법칙도 알지 못한다.

고결한 정신을 지니고 있는 인간이 선택받는다는 풍문은 있지만 진위는 역시 불분명했다.

율리우스 형님이 용사로 선택받았을 때도 왕족 신분 때문에 상당한 소란이 일어났다고 들었다.

용사가 2대 연속으로 같은 나라의 왕족에서 배출되었다는 사실이 알려지면 불필요한 혼란이 발생할지도 모른다.

아버지는 분명 그 점을 우려하고 계실 것이다.

"슈레인과 국민들에게는 알리지 않았지만 마족군이 마침내 침공을 개시했다는 정보가 들어왔다. 아마도 그 전투에서 율리우스가 목숨을 잃어버렸겠지."

마족군.

마족의 움직임이 활발해졌다는 이야기는 가끔 들었지만 결국 이렇게 됐구나.

율리우스 형님마저도 마족군을 당해내지 못했단 말인가.

“아직 전투의 결과가 어떻게 되었는지에 관한 보고는 올라오지 않았다. 공간 마법을 구사할 줄 아는 우수한 마법사에게 확인을 명해 파견했다만…….”

그 직후, 방문을 노크하는 소리가 울려 퍼졌다.

“들어오도록.”

“실례하겠습니다.”

들어온 자는 이름은 기억나지 않지만 아마도 군대에서 장군 자리에 오른 사람 중 한 명이었다.

그는 천천히 실내의 중앙까지 들어와서 무릎 꿇었다.

“삼가 보고드리옵니다. 인족군과 마족군의 전쟁 상황에 대해서입니다.”

“마침 기다리고 있었소. 그래, 상황은 어떠하다던가?”

“넷. 상세한 정보는 아직 현장도 혼란스럽기 때문에 분명하지 않습니다만, 심대한 피해를 입으면서도 간신히 마족군을 물리쳤다고 합니다.”

“그렇군. 계속하시게.”

“현재 판명된 정보에 의하면 몇몇 요새는 함락되었다고 합니다. 개중에는 크솔리온 요새가 파괴되었다는 정보도 들어왔습니다.”

“뭣이라?! 그 거대 요새가?!”

“그, 그렇습니다. 아직 확실한 정보는 아닙니다만……. 현장도 몹시 혼란스러운지라 근거 없는 소문이 파다한 형편입니다. 마족군이 거대한 마물을 소환했다는 둥 미지의 대마법으로 쓸려 나갔다는 둥 소문과 억측뿐이고, 무엇이 진짜 정보인지 판명하기가 어렵습니다."

"으음. 그래도 마족군이 철수했다는 정보는 분명한 게요?"

"맞습니다. 그것은 틀림없다고 확인되었습니다."

"알았네. 고생 많았소. 계속해서 정보를 수집해주게나."

"넷! 그럼 이만 실례하겠습니다."

장군이 방에서 물러났다.

아버지는 무언가를 숙고하는지 미간을 잔뜩 찡그린 채 눈을 감았다.

우리 형제들은 아버지의 다음 말씀을 기다렸다.

"율리우스의 죽음은 아직 확인되지 않았나 보구나."

"그런 듯합니다. 아직 현장도 혼란스럽다니 말입니다. 어찌하시겠습니까?"

"당분간 율리우스의 죽음과 슈레인이 새로운 용사가 되었다는 사실은 알리지 않는다."

아버지가 내린 결정에 불복할 사람은 이 자리에 없었다.

나도 정치는 잘 모르니까 쓸데없는 소리를 안 하는 편이 좋겠지.

"아직 마족군이 완전히 물러났는지 분명하지 않은 상황이다. 이런 때에 섣불리 용사가 사망했다고 발표하면 민중이 괜한 불안에 휩싸일 우려가 있어. 언젠가는 현장에서도 말이 나올 테고, 율리우스의 죽음도 널리 알려지겠지만 그때까지 이 건은 일절 발설하지 말거라."

"아버님, 슈레인은 앞으로 어쩌시겠습니까?"

"슈레인은, 미안하지만 오늘부로 학원을 그만둬야겠다. 동시에 언제라도 새로운 용사로 발표할 수 있도록 준비를 갖추도록 하라."

"네."

"갑작스러운 일이라 많이 혼란스럽겠지만, 이제부터는 네가 용사다. 인족의 희망으로서 너는 율리우스의 뜻을 이어받고 전쟁의 최전선으로 나가야 한다. 아직 마땅한 각오도 되지 않았을 테지. 율리우스의 죽음이 공식화되기까지의 짧은 기간이지만, 그동안 너는 각오를 다져놓도록 하거라."

인족의 희망?

내가, 대체 내가, 그런 막중한 각오를 감히 어떻게…….

"지금은 마음이 정리되지 않을 것이다. 오늘은 이만 물러가도 좋다. 천천히 쉬거라."

아버지의 위로 섞인 목소리.

지금은 감사히 받아들이도록 하자.

"죄송합니다. 먼저 물러나겠습니다."

짧게 말하고 방을 뒤로했다.

아버지와 레스톤 형님의 걱정 어린 눈. 사일리스 형님의 차가운 눈.

그 시선을 가로막으며 문을 닫는다.

그 자리에서 바로 쓰러질 뻔했지만 간신히 견디고 걸음을 옮겼다.

막간. 선생님과 제3왕자

“슌이 용사의 칭호를 이어받았다.”

“최악이에요.”

“그래. 게다가 왠지 모르게 주변의 움직임이 심상치 않아. 나 혼자만으로는 제대로 대처하기가 어려울지도 몰라.”

“알겠습니다. 바로 돌아갈게요.”

“바쁠 텐데 미안하군.”

“학생을 위해서라면 선생님은 힘이 나거든요.”

“당신의 그런 부분은 존경스러워.”

“그런가요? 제가 원래 이런 열혈 캐릭터는 아니었는데 말이에요.”

“포티머스 어르신에게는 보고했고?”

“물론 했어요. 최악의 경우 슌을 엘프가 보호하는 방안도 고려해야겠네요.”

“그런가. 그러는 편이 좋을지도 모르겠군.”

“반대는 안 하는 거예요?”

“율리우스 형이 죽었는데, 게다가 동생까지 죽게 내버려 둘 순 없잖아. 차라리 평생 못 만나더라도 어디서든 살아가 주는 쪽이 훨씬 낫겠지.”

“그렇군요. 할 수 있는 만큼은 해보자고요.”

“그래. 잘 부탁한다.”

2. 미궁의 정점, 그 이름은 마더

미궁 밖으로 탈출하겠다고 결의를 굳히고 나서 수일.

중층 공략은 순조롭게 진행 중이었다.

응, 진행은 되고 있거든.

화룡한테 습격당했던 마그마 바다를 지나서 제대로 된 육지에 도착했고, 거기서부터는 아무 일도 없이 전진하고 있다.

그래, 아무 일도 없이.

반대로 말하자면 아무것도 없이.

정말로 아~무것도 없이.

무슨 소리를 하고 싶냐고? 그토록 호전적으로 덤벼들었던 해마라든지 다른 마물들이 내 그림자만 봐도 도망친다는 뜻이야.

깜짝 놀랐지.

너희들 전투 민족 아니었어?

강한 상대를 만나면 「덤벼라! 가슴이 두근거리는군!」 요런 느낌 아니었어?

도망치면 전투 민족의 이름이 울지 않겠니?

뭐, 이유는 이미 알고 있지만 말이야.

화룡과 전투를 치르면서 획득한 칭호, 공포를 불러오는 자의 효과 때문이겠지.

이 칭호, 가지고 있기만 해도 상대에게 공포를 불러일으키는 효과가 있는 데다가 똑같은 효과를 발휘하는 위압 스킬까지 딸려 오기 때문에「애들한테 뭘 얼마나 더 겁주려고?」비슷한 느낌이거든.

아무튼 요놈 때문에 내 그림자만 봐도 마물들이 걸음아 날 살려라 하고 도망쳐버린다.

아무래도 마물의「해치워주마!」기합을 꺾어놓을 만큼 대단한 공포를 일으키는 모양이었다.

그리고 유감이지만 칭호의 효과는 온, 오프가 불가능하다는 함정.

위압은 다행히 켜고 끄기가 가능했지만 꺼도 달라지는 것은 없었다.

덕분에 중층의 전투 민족 놈들이 지금은 겁쟁이로 돌변했답니다.

그 때문에 마물하고 제대로 싸우지도 못했다.

즉 식량도 못 구하고 경험치도 안 오르는 상황이라는 건데…….

경험치는 그래도 괜찮았다.

가능하면 경험치를 쌓아서 레벨 업을 하고 싶은 마음도 있었지만 지금으로서는 이곳 중층에서 못 당할 적이 없으니까 별로 급하지 않았다.

다만 문제라면 현재 진행형으로 식량난을 겪고 있다는 사실.

미궁에서 먹을 음식은 마물 고기뿐이다.

마물을 쓰러뜨리지 않으면 식량을 구할 길이 없었다.

육지에 있는 마물이라면 마그마 속으로 도망치기 전에 기습해서 쓰러뜨려도 된다. 하지만 내가 흩뿌리는 공포는 은밀 스킬을 무시해버리는 건지, 거리가 떨어져 있어도 결국 기척을 들키게 된단 말이야.

그럼 걸음아 날 살려라 하고 마그마 속으로 쏙 내뺀다.

마그마 속으로 들어가 버리면 분하게도 나는 건드릴 방법이 없거든.

제길, 마그마에 잠겨도 안 타는 낚싯줄을 가지고 싶다.

미끼가 없으니까 어쨌든 낚시는 못 하겠지만…….

덕분에 화룡이랑 장어랑 잔뜩 먹고 꽉 차올랐던 붉은색 게이지가 점점 줄어들고 있었다.

아직은 괜찮았지만 게이지가 바닥나면 굶어 죽을 테니까 그 전에 뭔가 대책을 마련해야 했다.

가장 좋은 방법은 아예 중층을 탈출해서 상층으로 도착하는 쪽이겠지만…….

상층에는 마그마가 없으니까 마물이 도망치든 말든 내 스피드로 쫓아가서 잡으면 그만이다.

마그마만 없으면 무서울 게 없단 말이지.

정말이지 중층 최대의 적은 마그마구나.

그런 식으로 살짝 방심했는지도 모르겠다.

중층으로 오고 나서, 아니, 정확히 말하자면 얼마 전 오만을 습득한 이후로 나는 급격하게 강해졌다.

그래서 장어나 화룡 같은 강적을 쓰러뜨릴 수 있었다.

강적을 쓰러뜨렸다고 자만심이 생겼나 보다.

뛰는 놈 위에 나는 놈 있다.

게다가 내가 이미 잘 알고 있었던 존재.

중층을 이동하던 중에 발견한 거대 구멍.

내가 하층으로 떨어진 원인이기도 한 절벽 구덩이를 빼다 박은, 이곳 중층을 상하로 관통하는 거대한 구멍.

그것이 시야에 들어온 순간, 그곳에서 새어 나오는 특대 위험 신호를 감지했다.

이 세계로 전생하고 나서 위험 따위는 몇 번이고 겪어왔다.

하지만 극한의 위기감과 공포를 느낀 적은 단 세 번뿐.

그중 두 번은 지룡 아라바였다.

하층에서 내가 조우한 죽음의 상징.

그리고 나머지 한 번, 그 존재가 내 시야로 천천히 모습을 드러냈다.

거대한 눈 여덟 개가 마그마의 빛을 반사하면서 신비롭게 빛났다.

뭐랄까, 여덟 개라고 표현하기보다는 여덟 채라고 표현해야 맞지 않을까 하는 생각이 들 만큼 두툼한 다리가 수직으로 솟구친 벽면을 거침없이 꿰뚫으며 이동한다.

겉모습은 조아 에레로 진화하기 전의 나와 별다르지 않았다.

하지만 거대한 몸집과 존재감은 그야말로 격이 달랐다.

이 세계에 태어나서 처음으로 직면했었던 절망.

헬로, 마이 마더.

오랜만…….

저 멀리 나타난 존재는 나를 낳아준 부모, 초거대 거미 마물이었다.

아무리 이 미궁이 세계 최대의 기절초풍 미궁이라고 해도 저런 괴물이 몇 마리나 돌아다닐 리는 없었다. 만약 그렇다면 졸도할 테다.

저것은 내가 태어났을 때 목격했었던 바로 그 개체가 틀림없었다.

거리가 떨어져 있는 탓에 감정이 발동하지 않아 아쉬웠다.

감정해보면 분명 헛웃음이 나올 만큼 무시무시한 스테이터스를 구경할 수 있을 텐데.

흥미는 당겼지만 더 이상 접근하고 싶지는 않았다.

이만큼 멀리 떨어져 있는데 내 다리가 부들거리면서 딱딱 소리를 울리고 있거든.

굳이 감정을 안 해도 끔찍한 존재라고 온몸으로 느끼고 있단 말이야.

마더는 절벽 구덩이를 천천히 타고 내려갔다.

그곳에 또 하나 커다란 그림자가 드리워졌다.

그 모습은 얼마 전 쓰러뜨린 화룡과 비슷했지만, 한층 더 커다란 데다가 날개까지 달려 있었다.

분명히 화룡(火竜)보다 상위의 존재다.

혹시 어쩌면이 아니라 정말로 화룡(火龍)일 거야.

그 화룡은 비행하면서 마더에게 접근했다.

화룡의 뒤에는 부하로 짐작되는 중층의 마물이 우르르 따라오고 있었다.

오오오?! 저게 뭐야?! 괴수 대전쟁인가?! 영역 다툼이야?!

침을 꿀꺽 삼켰다.

지금 기분은 영화관에서 특촬 괴수 영화를 관람하는 느낌.

뭐, 화면 너머가 아니라 진짜 눈앞에서 벌어지는 광경이니까 박력은 비교도 안 되지만!

충돌 직전의 긴장감에 휩싸인 마더와 화룡 군단.

감정을 못 하니까 양측의 스테이터스는 잘 모르겠지만, 화룡이 아라바와 비슷한 급의 괴물이라면 좋은 승부가 되지 않을까?

체격을 보면 마더가 압도적으로 유리하지만 그 대신 부하가 잔뜩이고.

하지만 내 예상은 단숨에 허물어졌다.

마더가 천천히 화룡 군단에게 어금니를 가져갔다.

직후, 세계가 흔들렸다.

그렇게 느껴질 만큼 거대한 충격이었다는 수준을 넘어서 비유도 뭣도 아니고 진짜로 흔들렸다.

충분히 거리를 벌려놓았다고, 이 정도면 안전지대라고 생각했는데도 내 몸이 충격의 여파로 홱 뒤집혔다.

마치 미궁 전체가 비명을 지르는 듯한 진동이 전해진다.

효과음을 붙인다면 「콰쾅! 휘뚝휘뚝!」이려나.

어떠한 공격이었는지는 내가 이해 가능한 범주를 벗어났기에 잘 모르겠다.

다만 홱 뒤집힌 몸을 도로 일으킨 내 눈에 들어온 장면은 화룡 군단이 있었던 그 장소에 새롭게 생성된 거대 크레이터였다.

아라바도 그렇고 상위 마물의 취미는 크레이터 만들기야?

크레이터쯤은 만들 줄 알아야 상위 마물로 인정해주는 건가요?

하하하……. 잠시 현실 도피를 해버렸군.

큼지막하게 생겨난 크레이터 속으로 마그마가 흘러들어 갔다.

저런 식으로 새로운 마그마 호수가 만들어지는구나.

응? 화룡 군단? 몰라! 흔적도 안 남았어!

마더는 그 참상을 보고 만족했는지 다시 느릿느릿한 걸음걸이로 아래쪽을 향해 내려갔다.

으아, 마더가 상층에 있는 마물치고 터무니없는 괴물이라고는 생각했었지만 이 정도일 줄이야.

분명 평소에는 하층이나, 그 아래에 있는 최하층을 근거지로 삼고 있을 거야.

저런 마물이 상층에서 어슬렁어슬렁 돌아다닌다면 단숨에 생태계가 파괴될 테니까.

상층은 알을 낳으려고 잠시 들렀을 수도 있겠다.

태어나는 새끼가 스몰에다가 레서가 붙는 타라텍트고 말이야.

저런 괴물한테서 나온 마물이 쓰레기 같은 전투력밖에 없는 새끼거미라는 사실은 마물 7대 불가사의에다가 실어도 되겠는걸.

위대한 마더! 어째서 그 전투력을 새끼한테 물려주지 않으셨는가?!

그랬다면 내 미궁 라이프가 조금은 더 편안했을 텐데!

앗, 하지만 그런 식이면 형제 다툼이 훨씬 격렬했겠구나.

걔네는 배 좀 고프다고 거리낌 없이 피붙이를 습격해서 잡아먹으니까.

그런 놈들한테 마더의 힘까지 있었다면, 으음, 미궁이 살짝 붕괴했을지도?

응, 역시 지금 이대로가 좋겠다.

그 많은 놈들이 전부 저런 힘을 가지고 있다면 미궁이 뭐야, 잘못하면 세계가 붕괴하는걸.

그렇게 쓸데없는 공상을 하는 동안에 마더의 모습은 절벽 구덩이 아래로 사라졌다.

나는 마더가 사라지고 나서도 한동안 제자리에 못 박혀 있었다.

《숙련도가 일정 수치에 도달했습니다. 스킬 〈공포 내성 LV 7〉이 〈공포 내성 LV 8〉로 성장했습니다.》

《숙련도가 일정 수치에 도달했습니다. 스킬 〈은밀 LV 8〉이 〈은밀 LV 9〉로 성장했습니다.》

S2. 조짐

내가 학원을 떠난 지 대략 한 달이 흘렀다.

그동안 나는 성안에서 자발적으로 훈련에 몰두했다.

어쨌든 용사가 되었으니까. 용사는 강해야 한다.

아니, 그냥 구실이다. 아무것도 하지 않으면 이것저것 마음을 어지럽히는 상념만 끊임없이 솟구치기 때문이었다.

몸을 쉴 새 없이 움직이면 조금은 기분이 가라앉는다.

전해 들은 이야기에 따르면 율리우스 형님의 죽음은 세계의 모든 지도자가 숨기고 있다고 했다.

아버지가 함구령을 내린 영향도 적지 않았지만, 다른 나라에서도 지금 같은 불안정한 시기에 용사의 죽음을 시민들에게 발표하는 것은 위험하다고 판단했는지도 모르겠다.

실제 전장에서는 이미 전부 알려져버렸다지만, 전쟁터에서 멀리 떨어진 우리나라에 그러한 소문이 흘러들어 오려면 아직은 시간이 제법 걸릴 듯했다.

마족은 그 이후로 침공을 멈췄다고 한다.

마족도 이번 전쟁에서 상당한 피해를 입었을 테고 당분간 진군을 재개하기는 어려울 것이라 여겨졌다.

하지만 방심할 수는 없었다.

이제는 바로 나 자신의 일이 되었으니까.

학원의 분위기는 변함없는 듯했다.

가끔 스우나 카티아와 원화(遠話)로 대화를 나누면서 근황을 전해 들었다.

『그쪽 분위기는 어때?』

『별로 달라지지 않았답니다. 슌이 갑자기 학원을 떠나서 살짝 혼란이 일어난 정도예요.』

『그렇구나. 다른 학생들한테 잘 지내라고 전해줘.』

『알겠어요. 염려 마세요.』

『스우, 잘 지내니?』

『잘 지내고 있어요.』

『그렇구나. 그쪽 생활은 어때?』

『오늘 유리가 교회로 불려 갔어요.』

『유리가?』

『네. 아마 교회도 율리우스 오라버니가 돌아가셨다는 정보를 입수했나 봐요.』

『그래서 차기 성녀 후보인 유리를 호출했다는 건가.』

『아마도요. 율리우스 오라버니를 수행하던 성녀는 어떻게 됐을까요?』

『형님의 동료는 하이린스 씨를 빼고 전멸했다고 들었어.』

『……그렇군요.』

『하이린스 씨라도 살아남아서 다행이지. 조만간 귀국한다니까 대화할 시간을 만들어보려고. 그때 이것저것 물어볼게.』

『네. 위험하니까 괜히 돌아다니면 안 돼요?』

『응? 뭐, 아버님께도 발표 전까지는 용사가 됐다는 말은 하지 말라고 당부받았거든. 쓸데없이 나서지는 않을 거야.』

『그러면 괜찮아요.』

『이상한 소리를 하는구나. 혹시 걱정해준 거니?』

『당연하죠.』

『그래, 고마워.』

『……아니에요.』

이런 식으로 몇 차례 대화를 나눴다.

하이린스 씨는 율리우스 형님의 소꿉친구인데, 형님에게도 크게 뒤지지 않는 실력을 지닌 전우였다.

형님의 동행으로 몇 번쯤 만난 적이 있다.

하이린스 씨가 귀국하면 분명 상세한 내막을 알 수 있을 것이다.

형님이 어떻게 죽었는지.

솔직한 심정으로는 그토록 말도 안 되게 강했던 율리우스 형님이 어지간한 고비를 맞아 당했을 것이라고는 믿기지 않았다.

비겁한 함정에 걸렸다든지, 아니면 형님조차 미처 감당할 수 없었던 대군을 상대했다거나…….

일대일 전투에서 형님을 당할 자는 없을 것이다.

이런 의문도 하이린스 씨가 귀국하면 분명 풀어낼 수 있겠지.

전장의 상황은 그런대로 조금씩이나마 정보가 들어오고 있지만 율리우스 형님과 관련해서는 아직도 불분명한 사항이 많았다.

내가 아는 바는 형님의 동료 중에서 하이린스 씨 한 명만 살아남았다는 사실 하나뿐…….

전이를 쓸 수 있는 우리나라 유일의 마법사가 이곳저곳으로 날아다니면서 정보를 모아 오고 있지만, 형님의 소식만큼은 하이린스 씨의 귀국을 기다리는 편이 빠를지도 모르겠다.

또한 마법사가 수집한 전장의 정보는 더없이 비참했다.

인족과 마족이 사는 경계선에는 저마다 상대의 침입을 막기 위해 건설한 요새가 있다.

인족의 진영에 건설된 여덟 개의 요새는 오랫동안 마족의 침공을 막아왔다.

이번 전쟁에서 마족은 모든 요새로 병력을 보냈다.

정확한 병력의 총수는 불분명하지만 이제껏 유례를 볼 수 없었던 대군이었다고 한다.

경계선에 위치한 렝잔드 제국은 물론, 인접 국가들이 파견한 원군까지 총력을 동원해서 수비에 나섰다.

규모로 말하자면 인족과 마족의 총력전이라고 해도 과언이 아니었다.

여덟 개 있었던 요새는 그중 절반을 함락당했다.

특히 처참했던 곳은 최대의 요충지였던 크솔리온 요새.

도중까지는 유리하게 이끌어나갔던 전황이 갑작스럽게 나타난 거대 마물에 의해 붕괴됐다고 한다.

너무나도 급작스러웠던 출현 방식 때문에 마족이 소환한 것이 아니냐는 추측이 나왔지만, 정작 마족군까지 휩쓸리면서 피해를 당하고 말았다.

소환된 마물은 신화급으로 분류되는 강대한 거미 괴물, 퀸 타라텍트.

과거에 용사가 지휘하는 대군단과 맞부딪쳐서 단 한 마리로 대등하게 겨루었다는 살아 있는 재앙.

아군으로 인식했어야 되는 마족까지 습격한 상황을 거론하면서 사역한 것이 아니라 단지 불러들였을 뿐이라는 견해가 다수였지만 그럼에도 위협적이라는 사실은 분명했다.

마물을 동원한 공격은 크솔리온 요새뿐 아니라 오쿤 요새도 휩쓸었다. 이쪽은 거대한 마물 무리에게 습격당해서 파괴되었다.

별명으로는 복수 원숭이라고 불리는 아노그래치라는 이름의 마물.

인족과 마족의 경계선 부근에서 정기적으로 대규모 번식을 하는 이 마물은, 동족이 살해당하면 무리 지어서 원수를 공격하는 습성이 있었다.

그런 습성을 이용하기 위해 무슨 수를 써서 생포했는지 모를 아노그래치를 요새 내부에 풀어놓고 요새의 병사가 살해하도록 유도했다.

복수로 불타오르는 아노그래치 떼가 요새를 덮쳤고, 결국 요새는 함락.

불행 중 다행이라고 해도 되려나, 요새는 그대로 아노그래치에게 점령당했기에 마족도 진입을 못 한다는 것이 위안이었다.

다른 요새 둘은 정공법으로 무너졌다고 한다.

여덟 개의 요새 중 절반이 함락당했고, 나머지 절반도 온전한 상태는 아니었다.

세 개의 요새는 간신히 적을 물러나게 하는 형태로 일단락됐을 뿐, 적장을 물리치지도 못하고 살려 보냈기 때문에 승리했다고 말하기는 어려웠다.

유일하게 인족 최강의 마법사라고 칭송받는 로난트 옹, 그분이 지휘하는 다잘로 요새만이 별다른 피해 없이 적장을 무찌르는 완전 승리를 이루어냈다고 한다.

전체적으로 봤을 때 잘해봐야 무승부.

수비벽이 몇 군데나 무너진 점을 고려하면 패배나 다름없었다.

마족 진영도 적지 않은 대미지를 받았겠지만 요새가 네 군데나 함락되면서 인족의 영역으로 통하는 길이 열리고 말았다.

언제 또 군을 재편성하여 침공을 개시할지 모를 일이었다.

그리고 다시금 침공이 재개되었을 때 나는 새로운 용사로서 전장에 서야 할 것이다.

솔직히 두려웠다.

언젠가 율리우스 형님의 옆에 서서 싸우겠다고 꿈꿔오기는 했지만 아직은 먼일이라고 생각했었다.

이토록 빨리 전장으로 나서게 될 줄은 상상도 못 했고 하물며 형님이 돌아가신다고는 꿈에도 생각한 적이 없었다.

아니, 더는 자신을 속이지 말자.

나는 율리우스 형님이 살아 계셨어도 분명 그분의 옆에 서서 싸우지는 않았을 것이다.

나는 싸움이 두려웠다.

마물을 죽이려고 해도 저항감이 느껴지는데, 상대가 제대로 된 의사를 지닌 생명이라면 도저히 해칠 수 없을 것이다.

내가 율리우스 형님처럼 다정하기 때문은 아니었다.

그저 겁이 많을 뿐이다.

그런 내가 형님의 뒤를 이어서 용사가 된다고?

나 따위는 형님처럼 훌륭한 용사가 될 수 없다. 나 자신이 제일 잘 안다.

분명히 알고 있기에 더더욱 용사라는 칭호가 내 어깨를 무겁게 짓눌렀다.

게다가 지금의 나는 혼자였다.

태어나고 지금껏 줄곧 함께였던 스우도, 전세부터 함께였던 카티아도 없다.

학원에 있는 두 사람을 전장으로 데리고 간다는 것은 말도 되지 않는다.

스우는 공주님이고 카티아도 공작가의 영애.

아무리 인족의 미래가 달려 있는 중대한 전투라고 해도, 아니, 그렇기에 더더욱 두 사람을 위험한 장소로 데리고 갈 수는 없었다.

어쩌면 유리는 성녀로 임명받은 뒤 나와 함께 전장으로 가게 될지도 모르겠지만…….

그것도 교회의 성녀 후보 중에서 정식 성녀로 임명되었을 때의 이야기였다.

유일하게 입장에 좌우되지 않고 함께 데리고 갈 수 있는 사람은 사역마 계약을 맺은 페이뿐이었지만, 정작 페이도 나와 동행이 가능할지는 불분명한 상태였다.

용사로 임명되기 전, 나와 페이는 정식으로 주인과 사역마로서 계약을 맺었다.

그 후로 나는 소환 스킬을 사용하여 언제든지 페이를 원거리에서 불러들일 수 있게 됐다.

소환 스킬을 사용하면 페이에게 강제적으로 명령을 내릴 수도 있지만 그런 짓을 할 생각은 없었다.

주종 관계는 어디까지나 형식적인 것이고 본질적으로는 대등한 사이로 지내고 있다.

어디까지나 소환이 가능해지니까 편리하다는 이유로 맺은 계약이었다.

내게는 정식 계약을 맺을 의도가 애초에 없었지만 페이가 먼저 말을 꺼냈다.

그러면 훨씬 편리해진다고.

바로 그 페이 말이다만, 내가 용사가 되는 동시에 문제가 발생했다.

성 한쪽에 보호되어 있는 그것을 보고 나는 불안을 감추지 못하며 숨을 토했다.

그곳에는 하얀 껍질로 감싸인 거대한 알 같은 것이 떡하니 놓여 있었다.

알의 정체는 페이였다.

어째서 갑자기 알 형태로 바뀌었는지 영문을 모르겠다.

그저 용사가 되고 나서 성으로 부름을 받았을 때에는 저렇게 되어 있었다.

감정을 해봐도 용의 고치라고 표시될 뿐, 안쪽의 페이는 생사 여부조차 알 수 없었다.

그렇다고 껍질을 깨면 무슨 일이 터질지 모르니까 두려웠다.
껍질은 몹시 단단해서 부수려고 들자면 상당한 힘을 동원해야 했다.
깜빡 힘 조절을 잘못했다가 안쪽의 페이까지 다칠 수도 있다는 생각에 선불리 손을 댈 수 없었다.
성의 학자가 조사한 결과, 안에서 살아 있지 않겠느냐는 의견을 제시했기에 가만히 두고 있지만 불안은 그칠 줄 몰랐다.
마음을 터놓을 사람들이 곁에 없는데 페이까지 이런 상태였고 게다가 용사로서 각오를 다지라고 한다.
불안감에 짓눌려버릴 것 같았다.
그래서 나는 오로지 훈련에만 집중했다.
지금은 그저 아무 생각도 하지 않고 몸을 움직이면서 불안을 견디고 있다.
내게는 달리 할 수 있는 일이 없었다.
나는 머릿속이 새하얘지도록 자신의 신체를 혹사시켰다.

3. 거미 VS 화룡

마더가 아래쪽으로 내려가고 기척이 사라진 이후로도 십수 분.

체감이니까 어쩌면 한 시간 이상은 그러고 있었을지도 모른다.

나는 가까스로 다시 몸을 움직였다.

그럼에도 조심, 또 조심하기 위해 되도록 마더가 지나갔던 절벽 구덩이 방향하고는 거리를 벌려가면서…….

절벽 구덩이를 타고 올라가면 상층에 다다를 수 있겠지만, 차마 그러고 싶지는 않았다.

마더 무서워. 완전 무서워.

마주칠 리 없다고 머릿속으로는 판단을 내리면서도 몸은 결단코 거부한다.

급할수록 돌아가라. 목숨은 소중하니까.

만에 하나를 대비하면서 행동해야지. 나의 지독하게 사나운 운수를 무시하면 안 된다.

아니, 아무리 운수가 사납다지만 정말 너무하지 않아?

〈화룡 렌드 LV 20

스테이터스

HP: 1709/3701(녹) (상세)　MP: 3122/3122(청) + 122 (상세)

SP: 3698/3698(황) (상세)　: 3665/3665(적) + 91 (상세)

평균 공격 능력: 3281 (상세)　평균 방어 능력: 3009 (상세)

평균 마법 능력: 2645 (상세)　　평균 저항 능력: 2601 (상세)

평균 속도 능력: 3175 (상세)

스킬

「화룡 LV 1」	「역린 LV 8」	「HP 고속 회복 LV 3」
「MP 회복 속도 LV 6」	「MP 소비 완화 LV 6」	「마력 감지 LV 5」
「마력 조작 LV 4」	「SP 고속 회복 LV 1」	「SP 소비 대완화 LV 1」
「마력격 LV 4」	「화염 공격 LV 9」	「화염 강화 LV 7」
「파괴 강화 LV 6」	「참격 강화 LV 2」	「관통 강화 LV 2」
「타격 대강화 LV 2」	「연계 LV 10」	「지휘 LV 2」
「입체 기동 LV 4」	「명중 LV 10」	「회피 LV 10」
「확률 대보정 LV 5」	「기척 감지 LV 10」	「위험 감지 LV 10」
「열 감지 LV 3」	「비상 LV 7」	「고속 유영 LV 10」
「불 마법 LV 4」	「참격 내성 LV 1」	「관통 내성 LV 1」
「타격 대내성 LV 1」	「염열 무효」	「상태 이상 내성 LV 1」
「신명 LV 5」	「마력 기관 LV 4」	「순신 LV 5」
「내구 LV 5」	「강대 LV 5」	「강고 LV 5」
「도사 LV 4」	「호부 LV 3」	「축지 LV 5」
「포식 LV 2」		

스킬 포인트: 30050

칭호

「마물 살해자」	「마물 살육자」	「통솔하는 자」
「용(龍)」	「패자」	〉

절벽 구덩이의 맞은편 마그마 호수에서 번쩍~ 하고 모습을 드러낸 이놈.

응. 방금 마더한테 당했던 화룡(火龍)이 맞아.

그건 그렇고 얘가 살아 있었네. 끈질긴 생명력이다.

마더한테 한 대 맞고 여기까지 날려 왔지만, 간신히 목숨은 건졌다. 뭐, 그런 사연이겠지.

아니, 잠깐만, 좀!

느긋하게 화룡의 상태를 분석할 여유 따위 없단 말이닷!

마더한테 한 대 맞아서 그런지 엄청 화났어!

게다가 노골적으로 나를 원망하는 분위기네!

나는 마더랑 상관없거든?!

앗, 아니다. 가족이니까 아주 무관계는 아닌가?

응? 왜 또 해설을 하고 있어?!

어라. 요놈의 자식, 나보다 속도가 빠르잖아!

지금까지 도망 못 치는 상황으로 몰린 적은 몇 번이고 있었지만, 순수하게 속도로 뒤처지는 경우는 처음 겪는 일이야.

결론, 못 도망친다!

이리된 이상 각오를 다질 수밖에 없겠다.

병렬 의사의 의식 동조 레벨을 최대로 맞췄다.

대치하고 있는 화룡과 나.

솔직히 이길 가망이 안 보였다.

능력치는 저쪽이 압도적으로 우위.

게다가 속성의 상성도 좋지 않았다.

최대의 악조건은 화룡이 가지고 있는 상태 이상 내성 스킬.

저 스킬은 이름 그대로 상태 이상계 공격 속성의 내성을 올려주는 효과를 지닌다.

안 그래도 저항 수치가 높은데 상태 이상 내성 스킬까지 더해졌으니 방어력은 몹시 탄탄하다고 보는 편이 좋겠다.

나는 상태 이상에 특화돼 있다.

그런 의미로도 상성이 나쁘다고 말할 수 있었다.

덧붙여서 스킬 구성에도 빈틈이 없다.

지금껏 나보다 월등한 능력치를 지닌 마물과 싸워왔지만 그래도 스킬로는 우위를 점할 수 있었다.

하지만 이번에는 스킬 숫자는 내가 더 많으나 화룡의 스킬은 나와 비슷한 정도, 혹은 그 이상의 성능을 자랑했다.

몇 개는 나와 같은 스킬이었고 레벨이 더 높거나 진화까지 이룬 스킬도 있었다.

능력치로도 스킬로도 뒤처진다.

게다가 상성도 나빠.

하지만 지금은 싸워야 할 때였다.

못 이기면 죽는다.

마음을 굳게 먹었다.

승산이 아주 없지도 않다.

상대의 HP는 마더에게 입은 피해로 꽤 줄었다.

하지만 역시 패배할 가능성이 높았다.

죽는 건 무섭고 질 생각 따위 결코 없다. 하지만 죽을 가능성이 있다는 각오는 해야겠다.

그렇다면 전에도 말했던 대로 불꽃처럼 살다가 화려하게 스러져 주도록 하마.

죽을 작정은 털끝만큼도 없지만, 설령 죽더라도 꼴사나운 최후는 사양할 테야.

화룡, 나를 죽이고 싶은가?

그렇다면 너도 죽을 각오로 덤벼라.

나는 아무 피해도 못 주고 죽어줄 만큼 호락호락하지 않거든?

나는 각오를 다지는 동시에 오프로 돌려놓았던 위압을 다시 온으로 조작했다.

모든 사안을 개방.

마투법과 기투법과 용력을 동시 발동.

마법 구축 개시.

내 각오를 깨달았는지 화룡이 커다란 몸에 화염을 둘렀다.

『화룡(火龍)』 스킬은 『화룡(火竜)』의 진화 버전일 것이다.

당연히 『화룡(火竜)』 스킬의 기술도 사용이 가능했다.

그중 하나, 화룡 레벨 8로 습득하는 화염 두르기였다.

화룡 레벨 2에서 습득하는 열기 두르기의 상위 호환 기술인데, 글자 그대로 시전자의 몸에 격렬한 화염을 둘러친다.

그뿐 아니라 불꽃의 작용으로 운동 능력까지 향상시켰다.

아무래도 화룡 역시 나를 방심할 수 없는 강적으로 인식했나 보다.

서로 간에 방심도 자만도 없다.

진검 승부가 막을 올린다.

화룡이 화염구를 토했다.

물론 전력을 다한 일격은 아니고 탐색을 목적으로 하는 일격이었다.

그럼에도 나의 빈약한 불 내성을 감안하면 직격당할 경우 일격에 숯덩이가 될 만한 위력이다.

장난하듯이 가볍게 툭 뱉었는데도 지난번에 싸운 화룡이 온 힘을 다한 화염구와 동등한 수준이었으니까.

전력으로 회피.

명중과 확률 대보정 콤보 때문에 적당히 피하는 것은 불가능했다.

장난처럼 뱉은 일격조차도 삼중으로 강화를 거듭하고 회피 스킬의 힘을 빌려야 간신히 피할 수 있는 정도였다.

사고 가속과 예견을 구사했다.

화룡은 화염구를 토하는 동시에 달려들면서 거리를 좁혔다.

화염구로 시선을 흩뜨리고 진짜 공격을 감행한다.

뱀처럼 기다란 몸을 구불거리며 거대한 꼬리를 세차게 내리쳤다.

그렇지 않아도 강력한 물리 공격에다가 내게는 치명적인 화염 효과를 더한 일격.

이번에도 아슬아슬하게 피했다.

화룡을 휘감은 불꽃이 내 몸을 스치고 지나갔다.

스쳤을 뿐인데도 HP가 약간 줄었다.

사고 가속으로 화룡의 접근을 인식하고, 예견으로 진행 방향을 간파하지 못했더라면 위험했겠다.

지금으로서는 내 회피 콤보가 화룡의 명중, 확률 대보정 콤보를 약간이나마 앞서주고 있었다.

하지만 상황은 좋지 않았다.

시간이 계속 흐르는데도 화룡은 통 마비될 낌새를 안 보인다.

저주도 HP 등등을 약간 깎아냈지만 능력치 쪽에는 별다른 영향이 없었다.

양쪽 모두 다 뛰어난 저항 능력 때문에 저항을 당한 듯싶었다.

시간을 더 많이 들인다면 결국 사안의 효과가 나타날 것이라고 생각하지만, 그동안 화룡이 잠자코 기다려줄 리 없었다.

화룡의 육탄 돌격에 이어서 물 흐르듯이 이어진 발톱 공격을 간신히 회피했다.

화룡은 연속 공격마저도 회피한 나를 경계하며 일단 거리를 벌렸다.

내게 승산이 있다면 두 가지 정도.

하나는 마더에게 한 대 얻어맞은 탓에 화룡이 만전의 상태가 아니라는 것.

HP는 절반 가까이 줄었고, MP와 SP도 포식 스킬 덕분에 여분은 있을지언정 어쨌든 마더에게 당하기 전보다는 꽤 많이 줄었을 것으로 보인다.

HP 고속 회복 스킬보다도 사안의 체력 감소 효과가 더 크니까 여기에서 더 회복되지 않겠지.

그리고 나머지 하나는 부하가 없다는 점이었다.

화룡(火龍)의 스킬 구성은 거의 화룡(火竜)의 상위 호환이었다.

당연하게도 기존에 활용하던 전법을 그대로 써먹을 수 있다.

요컨대 화룡(火竜)이 나를 몰아넣기 위해 동원했던 다수의 폭력을 실현시키는 스킬을…….

지휘. 이미 한차례 겪은 적이 있었던 통솔의 상위 스킬.
부하를 더욱 강력한 통제력으로 부리는 스킬.
하지만 정작 부하들이 마더에게 휩쓸려 나간 탓에 지금은 없는 스킬이나 마찬가지다.
마더 덕분에 성정낭낭히 일대일 승부로 끌고 갈 수 있었다.
고마워요, 위대하신 어머님!
다만 저런 요소를 감안해도 아직은 화룡이 더 유리했다.
화룡의 공격을 피하면서 동시에 발사한 독탄은 화룡의 몸에 도달하지도 못하고 사라져버렸다.
역린 스킬의 효과로 마법 구축의 정밀도에 간섭당해서 위력이 약해진 그때, 화염 두르기의 불꽃과 맞닥뜨린다.
위력이 뚝 떨어진 독탄은 화염 갑옷을 뚫지 못하고 화르르 타오르면서 사라질 뿐이었다.
화룡의 본체는 어떤 반격 동작도 취하지 않았건만 독탄이 저절로 무력화됐다.
즉사 급의 공격력에다가 어중간한 공격으로는 대미지조차 가할 수 없는 방어력.
그에 더해서 스피드도 나를 웃돈다.
마음만 먹었다면 방금 전 독탄 역시 회피 및 확률 대보정 스킬의 힘과 스피드로 피할 수도 있었을 것이다.
이쯤 되면 짜증이 난다.
저주의 사안 덕분에 상대의 HP가 찔끔찔끔 줄고는 있다.
하지만 분명하게 말하겠는데 저만한 양을 사안으로 완전히 바닥내는 것은 무리였다.

그 전에 내 힘이 동난다.

능력치의 감소량도 변변치 않았다.

물론 조금이나마 줄기는 줄었다.

하지만 줄어드는 속도도 다른 마물과 비교하면 몹시 느렸다.

효과를 실감할 수 있을 만큼 능력치가 떨어지려면 이번에도 상당한 시간이 걸릴 듯싶었다.

어차피 마냥 버티고 있다가는 내가 먼저 죽어버린다.

일발 역전의 가능성을 지니고 있는 마비의 사안.

얘도 그다지 기대하지 않는 편이 좋겠다.

화룡의 상태 이상 내성 스킬의 레벨이 2로 올라버렸다.

때마침 숙련도가 레벨 업 직전까지 쌓여 있었던 것이라면 그나마 다행이지만, 그렇지 않을 경우는 내가 구사하는 마비 효과가 축적되는 속도보다 상대의 내성이 더 빠르게 올라간다는 뜻이 되겠다.

그야 완벽하게 차단당하는 경지는 물론 아니겠지만, 화룡이 마비돼서 꼼짝 못 하게 되기를 바라는 것은 허망한 바람으로 여겨졌다.

이것도 안 돼, 저것도 안 돼.

그렇다면 내게 남은 수단은 한정돼 있다.

개중에서 가장 효과적인 공격법이 있다면 독을 상대의 내성을 뛰어넘는 레벨로 조합해서 몸속에다가 직접 처넣는 방법뿐이다.

나의 거미 맹독은 내가 보유한 공격 수단 중에서 가장 강력한 치사력을 지닌 스킬이었다.

제아무리 상태 이상 내성을 가지고 있는 화룡이라고 해도 거미 맹독을 먹고 무사할 리는 없었다.

하지만 달랑 한 방 가지고는 아마 녀석을 해치우지 못할 것이다.

럭키 펀치를 꽂아 넣어도 의미가 없다.

좀 더 확실하게 제대로 된 공격을 적중시켜야 한다.

하지만 그러기에는 화염 두르기가 장애물이었다.

스치기만 해도 HP가 깎일 정도로 격렬한 불꽃.

저것을 돌파하지 못하면 나는 변변히 공격조차 할 수 없다.

대응책을 찾아야 한다. 아니면 공격에 나서봤자 불길에 휩쓸릴 뿐이다.

사고를 거듭하는 동안에도 몸 담당은 필사적으로 화룡의 공격을 피하고 있었다.

공격을 포기한 채 회피에 전념해야 간신히 목숨을 부지하는 상황.

마법 담당이 반격하려고 마법을 날려봤으나 역린과 화염 두르기의 조합 앞에서는 맥없이 사그라질 따름이었다.

일전에 화룡(火竜)과 싸우면서 마물을 대량 학살했던 독무도 화염 두르기 앞에서는 무의미했다.

화룡이 공중으로 날아오른다.

그 광경을 본 나는 서둘러 독 합성으로 미리 생각해놓았던 독을 준비했다.

직후 화룡의 입에서 화염이 쏟아졌다.

거대한 브레스가 지상을 덮친다.

화룡(火竜) 스킬 레벨 10으로 습득하는 염옥 브레스였다.

광범위를 섬멸하는 죽음의 브레스가 주변의 지면을 날려버리고,

융해시키고, 결국은 새로운 마그마 바다로 바꿔버린다.

나는 즉각 점프하고 그 위에서 독 합성으로 약한 독을 만들어냈다.

합성 가능한 최대의 양으로 생성하고 그 거대한 물방울 속으로 피난했다.

대미지 관련 수치를 최저로 설정해놓은 덕분에 HP 감소량은 그리 많지 않았다.

내가 약한 독으로 물방울을 만들고 피난하자마자 화룡의 브레스가 대지를 온통 뒤덮어 버렸다.

여파만으로 약한 독이 증발하는 지경이었다.

직격을 피했는데도 HP가 줄어든다.

약한 독이 채 증발하기도 전에 천장으로 실을 날려서 황급히 피난했다.

그대로 뒤도 돌아보지 않고 천장을 따라 도망쳤다.

당연히 화룡이 뒤를 쫓아 날아왔지만 따라잡히기 전에 새롭게 형성된 마그마 바다 위를 탈출하는 데 성공했다.

화염구가 나를 덮친다.

천장을 박차고 공중으로 몸을 날린 순간 화염구가 방금 전까지 내가 있었던 위치에 작렬했다.

공중으로 내동댕이쳐진 내 몸은 그대로 중력에 이끌려 추락했다.

그때만을 기다렸다는 듯이 공중에서 덮쳐드는 화룡의 어금니.

나는 화룡에게 보이지 않도록 몰래 천장에 붙여놓았던 실을 잡아당겼다.

그와 동시에 거미 맹독을 마비 첨가로 합성.

내 바로 아래를 화룡의 몸체가 통과한다.

화룡의 몸이 공중에서 급회전했다.

강화된 내 시각은 화룡이 입을 다무는 순간, 허둥지둥 몸을 비틀면서 독을 마시지 않고 회피하는 장면을 목격할 수 있었다.

이제까지 중층의 마물을 남김없이 해치워 왔던 독 바꿔치기 전법이 실패했다.

하지만 나는 화룡의 빈틈을 이용해서 다시금 지상으로 착지하는 데 성공했다.

그것이 엄청난 실수였다.

착지한 장소는 주변이 용암으로 둘러싸인 탓에 도망칠 길이 없는 곳이었다.

화룡의 손바닥 위에 제 발로 올라선 격이 되어버렸다.

염옥 브레스는 단지 공격을 하는 목적뿐 아니라 지표면을 파괴하고 용암의 흐름을 바꿔놓기 위한 포석이었다.

전후좌우 모두 도망칠 길 없음.

유일한 상공으로는 날개를 펄럭거리면서 화룡이 날렵하게 접근하는 중이었다.

놓치지 않겠노라고, 형형한 안광으로 대변하고 있었다.

어떤 방향으로도 도망칠 길이 없다.

이윽고 화룡이 두 번째 염옥 브레스를 토했다.

내 몸은 꼼짝도 하지 못하고 그 불길에 삼켜졌다.

단 한 순간이라도 견디는 것은 불가능했다. 조그만 거미의 몸뚱이는 불길에 타오르면서 숯덩이조차 남기지 못한 채 소멸했다.

S3. 율리우스

하이린스 씨가 귀국했다.

소식을 들은 때는 바로 어제.

나는 초조한 마음에 어쩔 줄을 몰라 했지만 무슨 일이든 순서가 있는 법이었다.

하이린스 씨가 급한 절차를 마치고 나와 만나려면 시간이 필요했다.

어제는 조마조마해서 진정할 수가 없었다.

그리고 오늘 드디어 하이린스 씨와 면회가 허락됐다.

나는 면회가 이루어지는 방에서 이제나저제나 하이린스 씨가 오기를 기다렸다.

"오래 기다렸나 보구나."

방문을 열고 들어온 하이린스 씨.

기억에 남아 있는 늠름한 모습보다 조금 초췌한 느낌이었다.

"슌, 미안하다!"

하이린스 씨는 사죄의 말을 건네면서 깊숙이 머리 숙였다.

"본래 율리우스는 죽지 않아도 됐다. 살아남는 자는 내가 아니라 율리우스였어야 했어."

"그게 무슨, 말씀입니까?"

바짝 타오르는 입술을 움직여서 간신히 물음을 던졌다.

"이걸 봐라."

"뭡니까?"

하이린스 씨가 내민 물건은 너덜너덜한 붉은색 깃털이었다.

"불사조의 깃털이다. 소유자에게 일시적으로 불사 효과를 부여하는 아이템이지."

"귀한, 물건이겠군요."

"그래, 따라서 용사인 율리우스가 가지고 있어야 했다. 하지만 그 녀석은 자기는 괜찮다고, 방패를 들고 앞장서야 하는 내게 더 필요한 물건이라면서 나한테 넘겨줬다."

"그러면……."

"맞다. 나는 이 아이템 덕분에 살아남았어. 지금은 이미 효력을 잃어버렸지만. 정말로 살아남아야 했던 사람은 내가 아니라 율리우스였는데."

하이린스 씨는 참회하듯이 말을 마치고 다시 머리를 깊이 숙였다.

"하이린스 씨, 머리를 들어주세요. 하이린스 씨가 사과할 일은 아닙니다."

"아니, 나는……."

"하이린스 씨, 어차피 율리우스 형님 때문에 억지로 들고 다니셨겠죠. 『나는 안 죽을 테니까 괜찮아』 이런 핑계로요."

"하하. 역시 형제구나. 정답이야."

하이린스 씨는 쓴웃음을 지으면서 머리를 들었다.

"『나는 죽지 않지만, 하이린스는 방패역이니까 죽을 확률이 높잖아? 그럼 나보다는 하이린스가 가지고 있는 편이 더 좋아』. 내가 몇 번을 돌려주려고 했는데도 그런 소리를 하면서 안 받아주더군."

하이린스 씨의 어설픈 흉내 덕분에 피식 웃음이 흘러나오려고 했다.

그렇지만 나는 웃는 대신 마음을 굳게 먹고 이때를 위해 아껴놓았던 질문을 꺼냈다.

"하이린스 씨, 가르쳐주세요. 형님의 최후를."

"알았다."

하이린스 씨가 일어섰다.

나와 하이린스 씨는 탁자를 사이에 두고 마주 앉았다.

"최대한 알려 주겠다만, 내가 해줄 이야기는 그다지 많지 않아. 한심하지만 나는 그때 일어난 일의 진상을 아직도 이해하지 못하고 있어."

그리고 하이린스 씨는 차근차근 전쟁이 일어난 다음의 경위를 이야기해주었다.

율리우스 형님과 동료들은 요새 하나를 수비하고 있었다.

형님은 요새에서 농성전을 하는 대신 의도적으로 백병전을 유도했다고 한다.

압도적인 개인 전투력을 발휘해서 마족 군단의 침공을 소수 정예로 쓸어버리고 적의 대장과 일대일 승부를 이끌어냈다.

적의 대장은 제법 강했지만 그래도 용사인 형님에게는 미치지 못했다.

형님은 적의 대장을 멋지게 쓰러뜨렸고 마족 잔당에게 항복을 권고했다.

"그때였다. 그 **존재**가 나타난 것은."

그 존재는 하얀 소녀였다고 한다.

"하얬다. 그저 단지 하얀 소녀였다. 달리 표현할 말이 없을 만큼 새하얀 소녀."

그 소녀는 산책이라도 나온 것처럼 전장을 가로질러 걸어왔다.

눈을 감은 채—.

"내 기억은 거기까지야. 정신을 차렸을 때는 그 자리에 쓰러져 있었지. 상황으로 짐작하건대 그리 오랫동안 기절한 것 같지는 않았어. 하지만 그때는 이미 모든 것이 끝나 버렸다."

하이린스 씨가 눈을 떴을 때, 그곳에는 동료들의 옷과 장비만 나동그라져 있었다.

마치 인간의 육신만 소멸해버린 것처럼…….

"나는, 그런 현상에 짚이는 데가 있어. 부식 공격이다."

"부식 공격……."

"그래. 죽음을 관장한다고 알려진 파멸의 속성이지. 그 공격을 받은 자는 신체가 먼지처럼 흩어지면서 절명한다더군."

그런 일이 정말로 일어날 수 있단 말인가?

율리우스 형님은 인족 최강의 용사다.

그런 형님을 먼지로 만들었다고?

말도 안 된다.

그런데도 하이린스 씨는 그것이 율리우스 형님의 최후라고 말한다.

"그럴 수가……."

말을 잇지 못하는 나를 보면서 하이린스 씨는 품을 뒤져 무언가를 꺼내놓았다.

"이것은, 형님이 언제나 두르고 다니셨던……."

"그래. 율리우스는 네게 말하지 않은 듯했다만, 이것은 너희 어머님이 죽기 전 율리우스에게 건네주신 마지막 선물이었어."

하이린스 씨에게서 그것을 돌려받았다.

새하얀 목도리를…….

"미안하다. 가지고 돌아올 유품이라고는, 그것밖에 없었어."

"아닙니다. 정말 감사드립니다."

그렇게 답례하는 것이 한계였다.

시야가 부예졌다.

처음으로 형님과 만났을 때의 기억을 떠올렸다.

내가 아직 갓난아이였을 때였다.

형님이 수행원들과 함께 육아실을 찾아왔다.

형님은 나와 스우를 번갈아 바라보다가 문득 눈물을 흘렸다.

내가 눈을 뜬 이후로 형님의 눈물을 본 것은 오로지 그때뿐이었다.

형님은 무언가를 말하면서 나와 스우의 머리를 쓰다듬어준 다음 방에서 떠나갔다.

그때의 나는 아직 이 세상의 말을 몰랐다.

그러므로 그때 형님이 무슨 말을 했는지 알지 못했다.

지금도 알지 못한다.

하지만 형님은 그때 무언가를 결의했다고 생각한다.

나중에 되어서야 나와 형님의 친어머니가 그 전날 돌아가셨다는 사실을 알았다.

솔직히 이 하얀 목도리가 어머니께서 손수 만든 물건이라는 말을 들어도 별다른 감흥이 느껴지지 않았다.

나는 어머니를 만난 적조차 없었으니까.

하지만 형님은 다르다.

형님에게 어머니는 무엇과도 바꿀 수 없는 소중한 사람이었을 것이다.

어린 시절에 사랑하는 어머니를 잃어버렸고 용사가 되어 싸워야 했다.

그런 괴로움 속에서 형님은 어떤 결의를 했던 걸까.

"만나서 반가워. 나는 너희들의 형, 오빠가 되는 율리우스야. 이래 봬도 용사란다."

두 번째로, 좀 더 나이를 먹고 철들 무렵에 만난 형님의 미소는 지금도 기억하고 있다.

이제 겨우 열 살이 되었을까 말까 한 어린아이가 저리도 차분한 미소를 지을 수 있는가, 하는 마음에 깜짝 놀랐었다.

전세의 나이까지 더하면 내가 훨씬 더 연상일 텐데도 내게는 저러한 미소를 지을 수 있는 날이 결코 오지 않을 것이라고 생각했다.

그만큼 절절한 무언가를 품고 있는 미소였다.

"슈레인은 똑똑하구나. 장래에 좋은 정치가가 될지도 모르겠어."

"스우. 자꾸 어리광만 부리면 안 된단다."

"슈레인은 검법에도 재능이 있구나. 어때, 나중에 나하고 같이 모험해볼래? 알았어, 스우. 그렇게 째려보지 말렴. 그때는 꼭 스우도 같이 데리고 갈 테니까."

"슈레인. 여자 친구가 생겼다면서? 게다가 서로 애칭으로 부른다던데. 나도 앞으로는 슌이라고 불러도 될까?"

"슌. 스우를 귀여워하는 건 괜찮은데, 어리광 부린다고 마냥 다 받아주면 안 된다?"

"슌, 아버님은 다정한 분이셔. 다만 아버지이기 전에 왕이거든. 우리나라를 책임지는 왕으로서 책임을 다하고 계신 거야. 아버님의 마음도 알아주면 좋겠구나."

"슌, 곤경에 처하면 레스톤에게 상담하도록 해. 그 녀석은 언제나 왕성에 있으니까. 우리 가족 중에서는 아마 제일 한가할 테니까 언제든지 이야기를 들어줄 거야."

"형님은 그래도 형님이야. 지금은 잠시 갈등하고 계시지만 나라를 아끼는 마음은 나와 마찬가지거든. 그러니까 전혀 걱정할 필요 없어."

"하이린스도 이제 나이를 제법 먹었으니까 결혼해서 집안을 이어야 한다고 생각하거든? 그런데 전혀 소식이 없어. 조금은 걱정이 되네. 나? 나는 결혼해봐야 배우자에게 뭐 하나 제대로 해줄 수 없으니까 말이야. 서로가 불행해지는 결혼은 아예 안 하는 편이 좋겠지."

"내 스승님? 그분은 인간이 아니야. 응."

"후후. 나는 회피 스킬을 가지고 있으니까 눈덩이 정도는 맞지 않아! 푸핫! 잠깐, 스우, 그건 반칙이잖니! 아얏, 아프다! 스우! 그건 눈이 아니야! 돌은 아프니까 던지면 안 돼!"

"용사는 인족의 희망. 그러니까 나는 지지 않아. 절대로."

율리우스 형님과 쌓았던 추억이 자꾸자꾸 떠올랐다.

형님은 언제나 미소를 머금고 있었다.

마주한 사람을 안심시켜줄 뿐 아니라 깊은 정을 느끼게 해주었던 미소를…….

나의 내면에서 용사는 언제나 형님이었다.

내가 그런 형님의 뒤를 이을 수 있을까?

사신은 없다.

하지만 형님이 꿈꾸었던 목표를 고작 자신이 없다는 이유 때문에 끊어지게 만들고 싶지는 않았다.

"꿈이라도 좋아. 실현 불가능한 잠꼬대 같은 소리라고 비웃음당해도 좋아. 하지만 포기하지 않고 노력하는 정도는 괜찮겠지. 모두가 평화롭게 웃으며 살아가는 세계. 나는 그런 이상을 좇아갈 거야. 죽는 그 순간까지."

나 역시 어지간히도 물러 빠진 놈이다.

하지만 형님 정도는 아니었다.

그럼에도 형님이 꿈꾸었던 실현 불가능한 이상을 이어받고 싶었다.

율리우스 형님처럼 훌륭한 용사는 분명 되지 못할 것이다.

나는 율리우스 형님만큼 순수하게 세계의 평화를 바라며 싸울 만한 인간이 못 된다.

절반쯤은 용사가 되었다는 의무감에 떠밀린 결과였다.

그래도 나머지 절반은 본심에서 우러나온 바람이다.

"슌. 아니, 용사 슈레인."

하이린스 씨가 격식을 차린 목소리로 입을 열었다.

"나는, 율리우스를 지키지 못했다. 방패 역할 실격이다. 그런 한심한 나라도 괜찮다면 새로운 용사의 방패로 써주지 않겠나?"

"하이린스 씨."

"율리우스를 지키지 못했던 만큼 너를 지키게 해다오."

"하이린스 씨. 저야말로, 잘 부탁드립니다."

나와 하이린스 씨는 굳세게 악수를 나눴다.

세계를 지키는 것이 아니라, 그런 이상을 품었던 형님의 소망을 물려받는다.

그 정도가 아마 흉내쟁이 용사의 한계일 테지.

율리우스 형님을 따라만 하는 불순한 용사.

그래도 좋다.

그것이 바로 내가 용사로서 세운 각오다.

형님을 쓰러뜨렸다는 하얀 소녀의 정체가 무엇인지는 하이린스 씨도 모른다고 했다.

적어도 과거의 전투에서 그런 자를 목격했다는 보고는 없었다.

마족 중에서도 보통은 전장으로 나오지 않는 지체 높은 존재가 아니겠느냐고 하이린스 씨는 추측했다.

혹시 어쩌면, 그 하얀 소녀야말로 마왕일지도 모르겠다고—.

만약 그렇다면 새로운 용사가 된 내가 언젠가는 결국 맞서 싸워야 하는 존재였다.

그렇지 않더라도 피해야겠다는 생각은 들지 않았다.

형님은 용사로서 이상을 추구했던 훌륭한 사람이었다.

그랬던 형님이 먼지가 되어 살해당했다는 것은 너무나도 비참한 최후가 아닌가.

제대로 뜻을 이루지도 못하고 죽어버린 형님은 얼마나 원통했을까.

어쩌면 원통함을 느낄 틈조차 없었을지도 모르겠다.

하이린스 씨가 아무것도 알아차리지 못한 채 졸도했던 것처럼 형님 또한 영문도 모른 채 죽어버렸을지도 모르는 일이었다.

형님의 원통함을 풀어드리고 싶었다.

무엇보다도 나는 형님을 죽인 소녀를 용서할 마음이 없었다.

『그런데 용사로 활동을 시작하려면 시간이 좀 더 지나야 하는 건가요?』

『맞아. 교회에서 새로운 성녀를 선발하는 데도 아직 시간이 걸릴 테니까, 이쪽에서도 같이 준비를 마치고 나서 발표할 것 같아.』

『그렇군요.』

『스우. 너도 잘 알고 있겠지만 용사로 이름이 알려지면 지금까지처럼 함께 다니지는 못할 거야.』

『역시, 오라버니는 그렇게 말씀하실 줄 알았어요.』

『미안.』

『사과는 안 하셔도 돼요. 저도 이제는 어린애가 아닌걸요.』

『응, 스우가 충분히 어른이고 강하다는 것도 알아. 하지만 역시 같이 데려가고 싶지는 않네. 위험한 일에 스우를 끌어들이고 싶지 않아서 그래.』

『저도 이해해요.』

『이번만큼은 고집을 부리고 싶어, 미안.』

『괜찮아요. 사과할 필요 없어요.』

『알았어. 스우는 이대로 학원에서 졸업할 때까지 즐겁게 지냈으면 좋겠다. 학원에 있으면 안전할 거야.』

『그럴 거예요.』

『용사로 활동을 시작해도 틈날 때마다 얼굴 보러 가도록 할게. 율리우스 형님처럼 말이야.』

『오라버니, 율리우스 오라버니의 원수를 갚을 건가요?』

『그래. 가능할지 불가능할지는 잘 모르겠지만…….』

『어느 쪽이든 오라버니가 복수를 고민할 필요는 없어요.』

『어째서?』

『금방 아실 거예요.』

『그렇구나. 알았어. 지금은 되도록 그런 고민은 하지 않도록 할게.』

『네.』

『그럼 이만 끊어야겠다. 잘 자.』

『네. 안녕히 주무세요, 오라버니.』

막간. 용사의 스승

일과로 자리 잡은 마력 훈련을 실시했다.

체내의 마력을 순환시키다가 밀도를 높여 갈무리한다.

하지만 요즘 들어 집중이 자꾸 흐트러지는 데다가 마력의 순환도 매끄럽지 못했다.

나이가 들어서인지 최근 몇 년간 제자리를 맴돌 뿐 성장이 지지부진했던 것은 사실이지만, 지금 이렇게 죽을 쑤고 있는 원인은 아마 다른 데 있겠지.

"노사님. 아직도 전후 처리 업무가 잔뜩 남아 있는데 혼자 쏙 빠져나가지 좀 마십쇼! 우선은 그 위험한 마력부터 당장 거둬들이고요! 주변 일대를 날려버릴 작정입니까?!"

잔소리쟁이 제자 놈한테 들켜버렸구먼.

"나는 마법사지 사무원이 아니잖느냐."

"마법사라도 궁중 소속이면 서류 작업도 하고 그러셔야죠!"

"당치도 않은 소리로군. 스승의 업무는 곧 제자의 업무. 자네도 명색이 궁정 마도사인데 서류 몇 장쯤이야 스스로 처리하면 되지 않는가."

"노사님이야말로 무슨 당치도 않은 소리를 하십니까? 그냥 땡땡이를 치고 싶으신 것이잖습니까. 렝잔드 제국 필두 궁정 마도사님."

바보 제자가 발칙하게도 좌선 중인 늙은이의 몸을 고대로 들어 올리더니 짊어 날랐다.

스승을 공경하는 마음이 이리도 없을 줄이야.

역시 바보 제자로구먼…….

"노사님, 무슨 생각을 하는지 훤히 보입니다만?"

"뭐가 보이는지는 모르겠다만, 인간이란 본래 타인을 거울삼아 본인의 내면을 들여다보는 법이란다. 거참, 다행이로군. 제자가 비록 바보지만 바보인 줄은 아는 바보야."

"결국 바보 소리를 하고 싶으셨군요."

바보 제자가 성대하게 한숨을 토했다.

"내 제자는 모조리 바보 놈들이거든. 서류 작업도 혼자 못 하고 엄살 부리는 바보. 의욕도 없으면서 얼떨결에 부대장을 떠맡는 바보. 마법을 변변히 이해하지도 못한 주제에 제 몫을 할 수 있다고 착각해서 독립하는 바보. 그토록 심혈을 기울여 가르치고 이끌어줬건만 아직도 나를 뛰어넘는 놈이 하나도 없는 바보들뿐이야."

"저기 말입니다. 노사님은 세계 최강의 마법사인데요. 대체 누가 어떻게 노사님을 뛰어넘겠어요?"

"헹! 대체 누가 세계 최강의 마법사란 말이냐. 세계가 아니라 인족 최강이라면 또 모르겠군. 세계 곳곳에는 그분처럼 나 따위는 발끝에도 못 미치는 실력자가 잔뜩 파묻혀 있거늘."

마도의 극의에 달한 그분의 모습은 지금도 생생하게 떠올릴 수 있다.

신의 경지를 이룩하려고 하시던 그분의 신성한 자태를 나는 한시도 잊은 적이 없었다.

세계에는 그분을 비롯해서 인간의 몸으로 도저히 뛰어넘을 수 없는 존재가 있다.

"그럴 리가요. 노사님을 뛰어넘는 자가 그리도 잔뜩 있다는 것이 말이 됩니까! 노사님은 일전에 침공했던 마족군 대장도 단숨에 쓰러뜨렸잖아요."

분명 마족이 일제 침공을 개시했던 그 전쟁에서 나는 마족의 장수를 무찔렀었다.

하지만 나는 감히 자랑할 수 없었다.

"마족이라고 해봐야 털 좀 났다 뿐이지 인간과 뭐가 다르더냐. 불쌍한 것들. 별것도 아닌 주제에 자기들끼리 서로 잘났다고 아옹다옹하는 꼴을 봐라. 자기 자신이 얼마나 초라한 존재인지도 깨우칠 정신머리가 없으니까 저러는 게야."

그분을 목격한 다음부터는 인족이든 마족이든 전부 고만고만해 보였다.

마족이 나름 인족보다 뛰어난 스테이터스를 지니고 있다지만 내가 보기에는 미미한 차이에 지나지 않는다.

"노사님. 제발 부탁드립니다만, 저희 말고 다른 사람한테는 그런 말씀 하시면 안 됩니다. 노사님께서 그분을 숭배하시고 본인을 비하하는 건 자유입니다만, 그래도 노사님은 최강의 마법사란 말입니다."

"나도 그쯤은 분별하고 있느니라."

"그럼 다행입니다. 노사님은 그분 이야기를 꺼내면 도무지 자제가 안 되시니까요. 연로한 분 중에는 직접 피해를 당한 분도 계시니까 정말 조심 좀 해주세요."

"알겠다는데 자꾸 잔소리를 하는군. 괜한 걱정은 접어두거라."

"애초에 노사님께서도 그때 중상을 입고 빈사지경에 이르지 않으셨습니까. 그런데도 무슨 이유로 그리도 숭배하시는 건지 저는 참 이해가 안 됩니다."

"그때 당시의 나는, 정말로 내가 대단한 놈인 줄 알았느니라. 천외천이라는 말이 무슨 뜻인지 뼈저리게 배워야 했지. 동시에 나 자신이 얼마나 보잘것없는지도. 그분과 만났던 경험을 나는 진심으로 감사드리고 있단다."

내가 그분과 만난 것은 16년 전, 한창 저 잘났다고 우쭐대면서 다니던 시기였다.

자신이 세계의 정점이라고 믿어 의심치 않았었고 마도의 극의에 달했다고 착각에 빠져 있었다.

하늘 높은 줄 모르고 치솟던 내 콧대가 그 사건 덕에 완전히 뚝 부러져버린 게지.

"옛날의 나는 바보였어. 그러니까 지금의 나와 같은 경지에도 이르지 못한 놈들은 모두 바보다."

"아, 예예."

바보 제자가 이제는 대답도 설렁설렁 해댄다.

"제일가는 바보는 늙은이의 고충도 몰라주고 스승보다 먼저 저세상으로 가버린 바보 제자일 테지."

이 전쟁으로 내 제자가 몇 명이나 죽었다. 늙은 나보다 훨씬 더 젊은 애송이들이…….

개중에서도 용사라는 칭호가 뭐 그리 대단하다고 이리저리 등 떠밀려 다니던 바보 제자가 자신의 역량을 가늠하지 못한 채 일찌감치 떠나가 버렸다.

겨우 고만한 실력 가지고 세계의 전부를 구원하겠다는 어리석은 소망을 품고 있었던 바보 제자가…….

진심으로 세상 전부를 구원하고 싶거든 그야말로 신이라도 되지 않으면 불가능한 과업이건만…….

사람 한 명이 제아무리 용을 써 봐야 구할 수 있는 대상은 극히 일부뿐이다.

눈에 보이는 범위만 본인의 분수를 지키면서 구한다.

보잘것없는 인간의 몸으로는 그 정도가 한계이건만…….

하지만 바보 제자는 마지막까지 깨닫지 못했다.

내가 무엇을 위해 제자 놈들을 가르치고 이끌어주었는지.

제자 놈들에게 자기 자신만이라도 지킬 수 있는 힘을 전수해주고 싶을 뿐이었거늘.

조금 힘이 붙었다고 거만을 떤다.

다른 사람도 구할 수 있다고 착각하다가 결국은 자신마저도 지키지 못한다.

"스승이 마력 훈련을 하는데 방해를 하지 않나, 은혜를 원수로 갚는 것들 같으니라고. 나보다 빨리 죽지 말란 말이다, 바보 제자 놈들아."

내 혼잣말을 듣고도 나를 들고 가던 바보 제자는 아무 말을 하지 않았다.

4. 용 살해자

전투가 끝난 뒤 화룡은 스스로 만들어낸 마그마 바다를 내려다봤다.

그곳에 부하 마물은 있어도 거미는 보이지 않는다.

부하 마물에게는 염열 무효가 있지만 거미는 그렇지 않다.

화룡이 전력으로 토한 브레스에 직격당하고 살아남을 방법은 없었다.

없을 줄 알았냐, 바보야!

화룡의 머리 위에서 거대한 독 물방울이 발생했다.

그 독은 방금 전 내 몸을 감쌌던 약한 독하고는 격이 달랐다.

마비의 힘을 한껏 집어넣은 강력한 치사독, 거미 맹독이었다.

맹독은 승부가 판가름 났다고 착각한 채 무방비 상태로 있었던 화룡에게 직격했다.

거대한 맹독 덩어리가 화염 두르기의 방어력을 돌파해서 본체로 파고들어 침식한다.

보~너~스~ 혼신의 낫 공격!

맹독을 머금은 물방울을 뒤집어쓰고 일순간 불꽃이 사라진 틈을 노려서 완벽하게 꽂아 넣은 일격.

이번 공격에는 내가 지닌 온 힘을 모조리 다 쏟아부었다.

즉 맹독 공격과 부식 공격의 더블 콤보!

부식으로 딱딱한 비늘을 베어 가르고, 맹독으로 신체의 내부를 좀먹는다.

스스로 봐도 비열하기 짝이 없는 나의 최강 물리 공격.

화룡은 고통의 비명을 지르며 마그마 속으로 추락했다.

나는 재빨리 몸에 감아놓았던 실을 되감으면서 천장으로 돌아갔다.

화룡에게는 나를 해치우는 영상이 똑똑히 보였을 것이다.

지금쯤 분명 몹시도 혼란스러워하고 있겠지.

내가 살아남은 경위는 간단했다.

애당초 나는 저 녀석의 브레스를 맞은 적도 없다.

그 이전에 천장에서 지면으로 내려온 적조차 없었다.

어떻게 그랬느냐고? 외도 마법 6레벨 환몽의 효과다.

내가 줄곧 발동할 기회를 노리고 있었던 첫 번째 히든카드.

환몽은 쉽게 말하면 환각을 보여주는 마법이었다.

독 합성으로 생성된 독을 마실 뻔하고 당황하면서 생긴 마음의 틈을 노리고 마법을 걸었다.

외도 마법도 이런 식으로 틈을 노려 쓰지 않으면 역린과 본연의 저항력 때문에 대부분 저항을 당해버려서 까다로웠다.

화룡에게는 내가 지면으로 내려온 것처럼 보였겠지만 사실은 그대로 천장에 달라붙어 있었다.

그리고 승부가 결판났다고 방심한 순간에 기습 공격.

나의 최강 물리 공격 앞에서는 화룡이 아무리 대단해도 커다란 대미지를 받을 수밖에 없다.

환각을 써서 도망친다는 수법도 잠깐은 떠올렸다.

하지만 여기에서 도망치면 안 된다.

그저 도망 다녔던 거미생.

하지만 그래 가지고는 암만 시간이 지나도 인간의 손에 불타오르는 마이 홈에서 도망쳤던 그때와 달라지지 않는다.

긍지를 지키면서 살겠노라고—.

그 목표를 달성할 수 없다.

나의 자긍심은 영원히 되찾지 못한다.

그래선 안 된다.

나는 오만의 지배자.

오만한 나는 긍지를 떨치면서 살아가야만 한다.

그러니까 도망치지 않았다.

설령 승산이 희박하더라도, 승산이 절대로 없지 않는 한 도망치지 않는다.

지금 나는 용에게 이길 테다.

용을 이기고 과거의 무력한 나에게 안녕을 고하련다.

그래, 증오스러운 용에게 승리함으로써—.

……응?

증오스럽다?

어?

지룡은 물론 무섭다고 생각했지만 증오스럽다고 여긴 적은 없었을 텐데?

어?

이 감정은 어디에서 온 거야?

아차, 지금은 다른 데다가 정신 팔 때가 아니었네.

제대로 된 일격을 먹여드렸지만 여전히 나는 불리한 상황에 놓여 있었다.

현재 내 HP는 1.

인내가 발동하고 있는 상태.

조금씩 체력을 갉아먹힌 데다가 방금 전 공격의 반동으로 이렇게 됐다.

부식 공격은 강력하지만 그만큼 반동도 크다.

하지만 이번에 받은 대미지는 그게 전부가 아니었다.

화염 두르기의 열기가 독을 뒤집어쓰고 꺼진 상태였는데도 내게 대미지를 입히고 말았다.

MP가 아직 남아 있기는 하다.

즉 아직은 죽지 않는다.

하지만 화룡의 공격은 하나하나가 즉사 급.

반면에 화룡도 내 혼신의 일격으로 상당한 대미지가 축적되었다고는 하지만 아직 여력이 남아 있었다.

나는 마그마를 피해서 이번에야말로 진짜 땅바닥에 내려섰다.

화룡은 아직도 마그마 속에 잠겨 있었다.

지금이 기회다.

나는 싸움이 시작되고 나서 줄곧 준비하고 있었던 두 번째 히든카드를 발동시켰다.

무시무시한 기세로 MP가 줄어든다.

지금 내 상태는 MP 소비 이퀄 생명력 소비나 다름없었다.

하지만 그럼에도 이 마법만큼은 비싼 대가를 치르고 발동시킬 가치가 있었다.

그렇잖아?

마법 담당 **1호**, **2호**.

〔아무렴!〕

〈맡겨주시라!〉

실은 병렬 의사의 스킬 레벨이 올라서 마법 담당 2호가 새로 추가되어 있었단 말씀!

레벨 업을 한 병렬 의사의 효과로 2인분의 힘을 써서 마법 발동.

2호가 줄곧 준비를 진행했고, 1호를 보조로 붙이면서 간신히 발동이 가능해진 그 마법.

자, 이제 열릴 때가 왔도다. 지옥문!

곧바로 주변이 어두워졌다.

마그마가 발하는 빛마저도 삼켜버리는 극대의 어둠이 지면 아래에서 솟구쳐 올라온다.

그것은 마치 지하에 존재하는 지옥의 어둠이 이 세상으로 새어 나오는 광경 같았다.

마그마를 집어삼키고 지면을 집어삼키고 화룡의 거체마저도 집어삼킨다.

흘러넘치는 어둠은 모든 것을 집어삼켰다.

심연 마법 1레벨 지옥문.

지옥의 시작을 고하는 어둠 계열 최상위 마법.

마침내 이 세상에 현현했다.

어둠은 모든 것을 집어삼키고 수축되다가 돌연히 지면으로 빨려 들어가며 사라졌다.

마치 무언가를 봉인하는 광경 같았다.

지옥의 문이 또다시 닫혀버린 것처럼—.

그 뒤에 남은 것은 나와 그리고 너덜너덜해진 화룡뿐.

으잉?

설마 저걸 견뎠다고?

하지만 남아 있는 화룡의 HP는 이미 풍전등화.

MP와 SP도 거의 바닥났다.

틀림없이 스킬의 힘을 써서 HP로 변환했을 것이다.

그렇지 않으면 지옥문을 견뎌낸 이유를 설명할 수 없다.

나도 지옥문을 사용한 탓에 MP가 상당히 줄었다.

즉 그만큼 너덜너덜하다는 뜻이다.

양쪽 모두 엉망진창.

승부는 다음 일격으로 결정된다.

화룡이 선택한 공격 방법, 그것은 가장 원시적인 공격.

요컨대 육탄 돌격이었다.

그래, 정답이야.

MP도 SP도 거의 바닥난 상태에서 화룡이 선택할 수 있는 제일 유효한 공격 수단은 물리력밖에 없었다.

화룡의 거구와 능력치를 감안하면 가장 효과적인 공격 수단이겠지.

상대가 나만 아니었다면—.

나는 거미다.

거미의 최대 무기는 뭘까?

독? 발톱? 이빨?

전부 아니다.
화룡의 몸이 멈췄다.
불 내성을 부여한 만능 실에 휘감기면서.
불 내성을 부여했는데도 작열하는 중층에서 활용 가능한 시간은 일순간뿐.
하지만 충분했다.
화염 두르기를 꺼뜨린 화룡의 운동력이라면 일순간이나마 멈출 수 있다.
그때를 노려서 휘둘러지는 낫 공격.
한쪽은 방금 전 공격으로 망가졌지만 내 낫은 양손에 있었다.
그리고 혼신의 일격이 화룡의 몸을 베어 갈랐다.

《경험치가 일정 수치에 도달했습니다. 개체, 조아 에레가 LV 15에서 LV 16으로 성장했습니다.》
《각종 기초 능력치가 상승했습니다.》
《스킬 숙련도 레벨 업 보너스를 습득했습니다.》
《숙련도가 일정 수치에 도달했습니다. 스킬 〈입체 기동 LV 9〉가 〈입체 기동 LV 10〉으로 성장했습니다.》
《조건을 충족시켰습니다. 스킬 〈입체 기동 LV 10〉이 스킬 〈공간 기동 LV 1〉로 진화했습니다.》
《스킬 포인트를 입수했습니다.》

《경험치가 일정 수치에 도달했습니다. 개체, 조아 에레가 LV 16

에서 LV 17로 성장했습니다.》

《각종 기초 능력치가 상승했습니다.》

《스킬 숙련도 레벨 업 보너스를 습득했습니다.》

《숙련도가 일정 수치에 도달했습니다. 스킬 〈부식 공격 LV 1〉이 〈부식 공격 LV 2〉로 성장했습니다.》

《스킬 포인트를 입수했습니다.》

《경험치가 일정 수치에 도달했습니다. 개체, 조아 에레가 LV 17에서 LV 18로 성장했습니다.》

《각종 기초 능력치가 상승했습니다.》

《스킬 숙련도 레벨 업 보너스를 습득했습니다.》

《숙련도가 일정 수치에 도달했습니다. 스킬 〈회피 LV 9〉가 〈회피 LV 10〉으로 성장했습니다.》

《조건을 충족시켰습니다. 스킬 〈회피 LV 10〉으로부터 스킬 〈확률 보정 LV 1〉이 파생되었습니다.》

《스킬 포인트를 입수했습니다.》

《경험치가 일정 수치에 도달했습니다. 개체, 조아 에레가 LV 18에서 LV 19로 성장했습니다.》

《각종 기초 능력치가 상승했습니다.》

《스킬 숙련도 레벨 업 보너스를 습득했습니다.》

《숙련도가 일정 수치에 도달했습니다. 스킬 〈명중 LV 9〉가 〈명중 LV 10〉으로 성장했습니다.》

《조건을 충족시켰습니다. 스킬 〈명중 LV 10〉으로부터 스킬 〈확률 보정 LV 1〉이 파생되었습니다.》

《〈확률 보정 LV 1〉이 〈확률 보정 LV 1〉에 통합되었습니다.》

《숙련도가 일정 수치에 도달했습니다. 스킬 〈만능 실 LV 1〉이 〈만능 실 LV 2〉로 성장했습니다.》

《스킬 포인트를 입수했습니다.》

《조건을 충족시켰습니다. 칭호 〈용(龍) 살해자〉를 획득했습니다.》

《칭호 〈용 살해자〉의 효과로 스킬 〈천명 LV 1〉과 〈용력(龍力) LV 1〉을 획득했습니다.》

《〈신명 LV 1〉이 〈천명 LV 1〉에 통합되었습니다.》

《〈용력(竜力) LV 3〉이 〈용력(龍力) LV 1〉에 통합되었습니다.》

하늘의 목소리(일단은)가 울려 퍼진다. 화룡의 감정 결과에서 스테이터스가 사라지고『화룡의 시체』로 표시가 바뀌었다.

나는 그제야 긴장을 풀었다.

체력은 물론 레벨 업으로 완전 회복됐지만 정신적으로 지쳤다.

매번 그랬다지만 외줄 타기 같은 싸움이었다.

이기긴 했어도 절반은 기적이나 마찬가지였다.

응, 그렇지. 사실 화룡의 공격을 한 방이라도 먹었다간 끝장이었으니까.

스치거나 여파에 휩쓸리기만 해도 빈사거든요?

직격당하면 인내고 뭐고 한 방에 즉사였다고…….

화룡과 마주치기 직전에 병렬 의사가 레벨 업을 못 했으면 위험했겠다.
병렬 의사가 레벨 업을 해서 마법 담당이 둘로 늘었으니까.
그 덕분에 전에는 쓰지 못했던 심연 마법을 제대로 쓸 수 있게 됐거든.
으음, 그런데 사실 이번에는 연습도 못 하고 당장에 실전이었다.
마법의 구성을 보건대 왠지 몰라도 범위 섬멸 마법이라고 짐작은 했었지만 솔직히 예상 이상의 파괴력이라서 겁이 나더라고요.
그럴 수밖에. 나를 중심으로 반경 100미터쯤 되는 지면이 높이 5미터만큼 쑥 파여버렸는걸.
특히 마지막에 어둠이 수축됐다가 빨려 들어간 지점의 지면에는 깊숙한 구멍이 뚫려 있었다.
탐지로 조사해봤는데 탐지 범위 바깥까지 꿰뚫고 내려갈 만큼 깊은 구멍이었다.
혹시 중층을 싹 관통해서 하층까지 닿지는 않았을까?
아니, 이 아래에 하층이 있는지도 잘은 모르겠지만 말이야.
뭐, 이 구멍을 보면 지옥까지 연결됐을 수도 있겠다는 생각은 드는걸.
이름값 한다, 지옥문.
그걸 견디는 화룡도 기가 막히지만, 그만큼 강적이었다는 뜻이겠지.
덕분에 레벨이 쭉쭉 올랐고…….
앗, 하지만 그렇게 레벨이 올랐는데도 19구나.
1만 더 올랐으면 진화했을 텐데 아쉽다.
앗, 큰일 났다.

【무슨 일이야? 정보 담당.】

심연 마법으로 지반이 가라앉아서 마그마가 흘러들어오고 있어.

〔응? 진짜?〕

진짜 진짜.

몸 담당, 마그마로 뒤덮이기 전에 화룡의 몸뚱이를 가지고 철수하자.

【요 커다란 놈을 들고 가라고?!】

당연히 들고 가야지.

【으엑. 근육통 생기겠다.】

아무튼 간에 화룡의 몸뚱이를 가지고 영치기영차 철수.

마그마가 들이닥치는 속도는 그리 빠르지 않았지만 화룡을 운반하느라고 시간을 뺏겨서 꽤 아슬아슬했다.

하마터면 마그마 속에 잠길 뻔했어.

그럼 화룡을 버리고 오면 된다 하겠지만 말이야. 내가 얼마나 고생하면서 잡았는데, 안 먹어주면 오히려 실례 아니겠냐고!

쓰러뜨린다, 먹는다, 잘 먹었습니다!

셋이 다 함께 원 세트라고!

후유.

자, 그러면 몸 담당, 언제나 그랬듯이 비늘 벗기기 실시.

【와아~ 제기랄.】

그리고 나는 언제나 그랬듯이 스킬 체크를 해볼까요.

어디 보자. 스킬, 스킬.

스킬의 효과를 꼼꼼히 확인하는 작업은 중요하다.

정말로 중요하거든.

왜냐고?

만능 실의 내성 부여 기능을 얼마 전까지 몰랐었단 말이야!

어휴, 뭐라고 해야 되나.

나는 바보야.

왜 이토록 중요한 기능을 흘려 넘겼지.

만능 실의 효과 중 하나, 내성 부여는 이름 그대로 내가 보유한 내성 스킬의 효과를 실에도 똑같이 부여할 수 있는 기능이었다.

요컨대 불 내성도 부여가 가능하다는 뜻이지.

독 내성 같은 상태 이상 쪽 내성은 부여해봐야 별 쓸모가 없겠지만, 산 내성 따위를 부여하면 개구리 종류한테 엄청나게 강해진다.

내성 부여는 저번에 무심코 스킬 체크를 하다가 우연히 발견했다.

그럼요, 깜짝 놀랐고말고요.

그런 효과가 있었냐는 놀라움, 귀한 능력을 여태껏 썩혀놓은 내 덤벙이 기질에도 깜짝.

어휴, 이 효과를 좀 더 빨리 발견했더라면 실을 더 잘 써먹었을 텐데.

뭐, 사실 불 내성을 플러스해도 금세 타오른다는 점은 변함없으니까 아주 극적으로 활용도가 높아지는 건 아니지만 말이야.

그게 위안이라면 위안이랄까?

아차, 우선은 새로 득템한 칭호랑 스킬을 확인해야지.

역시 용은 뭔가 대단한 놈인가 봐.

설마 딱 한 마리를 잡았다고 칭호를 받을 줄이야.

효과는 과연 어떨까?

〈용(龍) 살해자: 습득 스킬 「천명 LV 1」「용력 LV 1」. 습득 조건: 용종(龍種)을 격파. 효과: 용(竜)과 용(龍)을 상대로 주는 대미지가 증가. 설명: 용종을 쓰러뜨린 자에게 수여하는 칭호〉

용(竜) 살해자의 상위 호환 버전이구나.

스킬도 비슷비슷하고.

〈천명: 스킬 레벨 × 100만큼 HP를 추가로 올려준다. 또한 레벨 업 시에 스킬 레벨 × 10만큼 성장 보너스를 부여한다〉

〈용력(龍力): 일시적으로 용(龍)의 힘을 얻는다〉

만세!

낮은 HP를 보충해주는 스킬을 입수했다!

인내 덕분에 아주 모자라지는 않았지만 역시 HP는 든든하게 보유하고 싶잖아?

MP는 이번처럼 왕창 사용할 수도 있으니까.

앗, 그나저나 이번에는 레벨 업 판정이 더 빨랐으니까 놓쳐버린 4레벨 몫은 좀 아깝네.

레벨 업보다 칭호 획득이 먼저 처리됐다면 성장 보너스까지 받고 으하으하, 했을 텐데.

으음. 뭐, 어쩔 수 없지.

용력(龍力)은 용력(竜力)의 진화 스킬이려나?

그럼 일시적으로 능력치를 강화해주는 스킬이겠지만 얼마나 차이가 생겼는지 나중에 꼭 시험해야겠다.

중요해. 아주 중요해.

심연 마법은 시험할 틈이 없었으니까 당장에 실전이었지만 역시 스킬의 효과를 확인하는 작업은 몹시 중요하다.

으음. 심연 마법이라.

실은 레벨 2짜리 다음 마법도 시연을 해보고 싶었지만 그러기에는 위력이 진짜 장난이 아니거든.

그렇잖아, 레벨 1짜리만 써도 지형을 바꿔버리는 마법인데?

고레벨 마법은 대체 무슨 일이 벌어지는 거냐고…….

MP 소비도 무시할 수가 없고 가벼운 마음으로 뻥뻥 날릴 만한 마법은 아니라고 봐.

아무리 광대한 지형이라고는 하지만 이곳이 미궁이고 지하인 이상, 섣불리 심연 마법을 날려 댔다가 괜히 붕괴라도 일어나면 뒷감당을 어떻게 하겠어?

1레벨 마법으로도 터무니없는 위력이 나오는데 여기서 더 상위 마법을 시험하는 것은 무섭다.

지옥문으로 대처가 안 될 정도로 강적이 튀어나오지 않는 한 2레벨 이후의 심연 마법은 엘로 대미궁을 탈출할 때까지 봉인해야겠는걸.

자, 다음은 이번 레벨 업으로 몇몇 스킬이 진화도 하고 파생도 됐으니 그쪽을 살펴볼까.

회피와 명중에서 확률 보정이 파생.

입체 기동이 공간 기동으로 진화.

확률 보정은 장어 같은 애들이 가지고 있었던 스킬이지.

뭐, 이쪽은 장어나 다른 애들의 스킬 구성을 확인하면서 거의 예상했었던 파생이려나.

회피와 명중 양쪽 모두 최고 레벨을 달성했으니 앞으로는 확률 보정 스킬을 수련하면 된다는 거네.

그러면 회피랑 명중의 효과도 상승하겠지.

이 스킬, 혹시 운수도 좋아지지는 않을까?

잠시 기도해보자.

조금만 더 평온한 생활을 보내고 싶어요, 부탁합니다.

좋아.

가장 신경 쓰이는 스킬은 입체 기동이 진화한 공간 기동이야.

자, 확인해볼까?

〈공간 기동: 어떠한 공간에서도 자유롭게 움직일 수 있다〉

응? 뭔가 설명은 거창하지만 이해가 잘 안 되네.

어떠한 공간에서도?

혹시 공중도 포함인가?

허공을 박차면서 2단 점프도 가능하다든지?

얘도 나중에 잘 확인해야겠다.

스킬은 진화하면 활용도가 쭉 올라가는 경우가 많구나.

유감이었던 스킬이 진화를 거치더니 확 바뀐 적도 있었고, 공간 기동도 어쩌면 좋은 스킬일 수도 있겠다.

2단 점프가 가능해지면 전술의 폭이 왕창 넓어질 테고.

이제 대충 다 봤지?

응.

스킬 면에서 상당한 파워 업을 이뤘다.

정말 1레벨만 더 올랐다면 좋았을 텐데, 아쉬워라.

진화가 진짜 파워 업인데.

☆

“용이 한 마리 소멸됐다고? 장소는…… 엘로 대미궁이군. 그놈의 짓인가? 아니, 그럴 리가. 그놈하고는 서로 간에 충돌을 피하자고 암묵적으로 동의가 되어 있어. 직접 움직이지는 않았을 거다. 그렇다면 대체 무엇이? 관리자 권한 발동. ……대체 뭐지? 지배자라고? 게다가 셋이나? 어찌 된 일이냐. 예지라니 듣도 보도 못 했거늘. 이런 짓을 할 수 있는 자는, D의 소행인가? 하지만 어째서? 이 스킬은 또 뭐지? ……확인할 필요가 있겠군.”

S4. 전략

뭔가 이상하다.

위화감은 꽤 전부터 느끼고 있었다.

하지만 또렷하게 의식한 것은 바로 얼마 전부터였다.

이때까지는 무의식중에 어렴풋이 감지했을 뿐이었다.

뭔가 이상하다고—.

하지만 무엇이 이상한지 통 알 수가 없다.

위화감을 떨칠 수가 없는데 이유도 정체도 모르겠다.

나는 위화감의 정체를 무슨 수를 써서라도 풀어내야만 했었다.

그렇게 후회하게 된다.

아버지에게 부름을 받아 방으로 향했다.

요즘 들어서 아버지는 여느 때보다도 더더욱 바빠지셨다.

나도 관련이 있기 때문에 이야기는 자주 들었는데, 아무래도 용사가 죽었다는 소문이 전장으로부터 흘러나와 항간으로도 퍼져 나간 듯했다.

이제는 율리우스 형님이 죽었다는 사실을 숨기는 것도 한계였다.

그래서 신언교회는 정식으로 용사의 사망을 발표한다고 했다.

또한 그와 동시에 새로운 용사의 발표도 이루어진다.

요컨대 드디어 나도 사람들의 앞에 용사로 나서야 할 때가 왔다는 뜻이다.

오늘 부름을 받은 이유는 그런 절차 때문이겠지.

다만 의문은 나와 함께 스우도 불려 왔다는 점이었다.

내 옆에서는 스우가 나란히 걷고 있었다.

굳이 학원을 쉬게 하면서 스우와 나를 함께 불러낸 까닭은 무슨 용건 때문일까?

스우도 아무런 전갈을 듣지 못했다고 한다.

의문이 들기는 했지만 어쨌든 방 앞에 도착했다.

뭐, 만나면 어떤 사정인지도 알 수 있겠지.

문을 노크했다.

"슈레인입니다."

"음? 들어오거라."

"실례합니다."

나는 문을 열고 안으로 들어갔다.

스우도 말없이 내 뒤를 따른다.

"무슨 일이냐?"

아버지는 서류에 무언가를 끄적이면서 물었다.

저기, 그 말은 제가 드리고 싶은 질문인데요.

"그게, 아버님께서 호출하셨다는 말을 듣고 찾아왔습니다만……. 어떤 용무이십니까?"

"응? 나는 부르지 않았다만?"

어?

그렇게 생각했을 때에는 이미 사태가 벌어지고 있었다.

나는 분명히 의문의 목소리를 냈다.

그런데도 내 목소리가 입 밖으로 흘러나오지 않았다.

바람 마법의 일종, 소음(消音)의 효과가 내 주변에서 발동되고 있었다.

내게 대응할 틈도 허락하지 않을 만큼 빠른 속도로 전개된 마법 구축과 발동.

그만한 실력을 보유한 자는 한정돼 있을 뿐 아니라 이 자리에서 그런 재주를 부릴 수 있는 사람은 내 바로 옆에 선 스우를 제외하면 아무도 없었다.

어째서?

소리를 내도 주변의 공기가 내 목소리를 싹 지워버린다.

이 마법의 까다로운 점은 내 소리를 직접 지우는 것이 아니라 내 주변의 소리를 모조리 지우기 때문에, 저항할 방법을 애초부터 차단한다는 데 있었다.

일단 발동이 되면 끝장이다. 술식의 구성에 억지로 간섭해서 파훼하지 않는 한 내 소리는 바깥으로 나가지 못한다.

혼란스러워하는 나를 더한 충격으로 몰아넣는 사태가 일어났다.

스우가, 아버지를 쐈다.

놀라서 눈이 번쩍 뜨인다.

뭐지? 어째서?

스우가 사용한 것은 빛 마법.

내가 가장 특기로 삼고 있는 마법.

그 광선이 아버지의 이마를 꿰뚫어 버렸다.

"꺄아아악! 오라버니! 무슨 짓을 하신 거예요?!"

곧바로 비명을 지르는 스우.

나는 너무나도 혼란스러워서 머릿속이 새하얘졌다.

"무슨 일이냐!"

세차게 문을 열어젖히고 사일리스 형님과 호위를 맡은 전신 갑주 기사가 방으로 들어왔다.

"오라버니가 아버님을!"

"뭐라고?! 미쳐버렸나, 슈레인!"

아니야!

내가 아니야!

대체 왜, 어째서?!

그렇게 소리 질러도 목소리가 지워져버린다.

"위병! 슈레인이 국왕 폐하를 습격했다!"

나와는 달리 사일리스 형님의 쩌렁쩌렁한 목소리가 성안으로 울려 퍼졌다.

"슈레인을 체포하라!"

사일리스 형님의 말을 따라 움직이는 갑주 기사.

검을 뽑아 들고는 거침없이 내리쳤다.

나는 혼란에 빠진 상태였지만 평소의 훈련이 헛되지 않았는지 반사적으로 자신의 검을 뽑아 받아쳤다.

그리고 내 검은 갑주 기사의 검에 부딪히면서 두 동강 났다.

말도 안 된다.

급박한 상황이라서 강화도 제대로 못 했지만 용사인 내가 가지고 다니는 검이 녹슨 고철처럼 맥없이 부러진다는 것은 말이 안 된다.

그런데도 내 검은 중간에서 두 동강으로 부러져버렸다.
눈이 핑핑 돌아갈 만큼 급변하는 사태를 사고가 따라잡지 못했다.
그 틈을 갑주 기사는 놓치지 않았다.
방향을 돌린 검날이 나를 베어 가른다.
아슬아슬하게 반걸음 뒤로 물러난 덕분에 치명상은 면했다.
하지만 몸을 대각선으로 쭉 베였기에 중상이라는 사실은 변함없었다.
다음 공격을 당하면 정말로 죽을 것이다.
"여어. 꼴좋은데? 용사 나리."
갑주 기사가 비웃음 섞인 목소리로 말했다.
투구로 가려진 탓에 조금은 불확실했지만 그래도 잘못 들을 리 없는 목소리였다.
"너, 설마. 유고, 였냐?"
"정답이다."
투구를 벗는다.
내 눈앞에는 스킬을 잃어버리고 망연자실했었던 유고가 있었다.
"유고. 왜 굳이 정체를 밝히는 건가."
"뭐, 어때. 저승 가는 길을 빈손으로 보내면 쓰나."
사일리스 형님은 갑주 기사의 정체가 유고라는 사실을 알고 있었나 보다.
그렇지만, 어째서?
"알고 싶냐? 이 형님께서는 왕좌를 원하신다. 나는 네놈과 오카에게 복수를 하고 싶지. 둘 모두에게 네놈이 방해물이었던 거다."

"어, 째서……. 차기 왕은 어차피 사일리스 형님일 텐데."

"그게 말이다, 어이쿠. 저기 뒈져 있는 왕께서 네놈을 차기 국왕으로 세우려고 획책 중이셨거든? 네놈을 용사로 발표하기 전에 차기 국왕으로 먼저 발표해버리면 용사랍시고 전쟁터로 쓱 보낼 입장이 아니게 된다는 속셈으로 말이지!"

"그런 웃기는 이유 때문에 내가 가만히 왕좌를 빼앗길까 보냐!"

유고의 말에 이어서 상상도 못 할 일이라는 듯이 부르짖는 사일리스 형님.

그 부르짖음도 새롭게 구축된 소음 마법에 의해 우리들 말고는 아무도 듣지 못하는 상태였다.

나는 소음 마법을 발동시킨 술자를 돌아봤다.

"오라버니. 안타깝지만 여기에서 죽어주세요."

평소 때의 말투인데도 목소리가 마치 다른 사람 같았다.

평소 때라면 평탄하면서도 뜨거운 열기를 머금고 있는 목소리였는데, 지금은 정반대로 마치 업신여기는 듯한 냉담한 목소리였다.

"스우, 대체 왜?"

"오라버니, 저는 진정한 사랑을 깨달았을 뿐이에요. 제 사랑을 위해서라면 오라버니라도 기꺼이 죽여드리겠어요."

이상하다.

누가 봐도 지금의 스우는 이상하다.

나는 감정을 발동시켰다.

내 눈에 『최면』『세뇌』『매료』라는 상태 이상 표시가 들어왔다.

"유고! 네가 한 짓이냐?!"

"오오? 알았네? 용케 알아냈네? 맞다, 내가 그랬지. 어때? 빼앗긴 자의 기분은. 분하지? 나도 맛봤으니까 잘 안다고! 크하하하하!"

"지금 당장 스우를 원래대로 돌려놔!"

"돌려놓으라고 하면 알겠습니다, 하고 돌려놓겠냐? 너 바보냐?"

눈앞이 새빨개진다.

부러진 검을 놓아버리고 일어서면서 그대로 유고에게 덤벼들었다.

베인 상처에서 피가 흘러나오고 있지만 이 정도쯤이라면 자동 재생으로 금방 낫는다.

"큭?! 네놈, 아직도 이런 힘을?!"

유고가 신음하면서 검을 쥐었다.

그에 대항하여 나도 마법을 발동시키며 맞서 싸우려고 했다.

"어머? 의외로 잘 버티는구나."

구축하던 마법이 산산이 흩어졌다.

동시에 바로 뒤쪽으로부터 이제껏 전혀 느끼지 못한 흉악한 기척이 느닷없이 쏟아졌다.

"흡?!"

나는 즉시 옆으로 몸을 굴렸다.

뭔가 생각이 있어서 그런 게 아니라 몸이 공포에 질려 멋대로 움직인 회피 행동이었다.

일어나면서 그 기척의 주인을 돌아봤다.

나와 비슷한 나이로 보이는 소녀였다.

죽은 사람처럼 하얀 피부에 피처럼 붉은색의 눈동자를 빛내는, 동화책 속의 세계에서 빠져나온 공주님이라고 해도 납득이 갈 만큼

위태위태한 미모를 지닌 소녀.

그런 외모와 정반대로 너무나도 불길한 기척.

곧바로 감정을 발동했다.

〈감정이 방해되었습니다〉

하지만 돌아온 결과는 내가 바라던 바가 아니었다.

감정을 방해하는 스킬이라고?

그런 스킬이 있었던가?

적어도 나는 그런 스킬을 알지 못했다.

하지만 감정이 불가능하다는 것 하나만으로도 눈앞의 소녀가 평범하지 않다는 사실이 증명되었다.

상세한 정보를 파악하는 데 실패해서 몹시 아쉬웠지만 강적이라는 점은 틀림없었다.

“소피아! 이놈은 내 사냥감이다! 은근슬쩍 가로채지 마라!”

“어머나? 꼴사납게 얻어맞은 주제에”

분위기로 짐작하건대 소피아라는 이름의 소녀는 유고에게 세뇌당한 것 같지 않았다.

그렇다면 사일리스 형님과 마찬가지로 이해관계가 일치해서 협력하고 있는 것인가?

“에잇! 쓸데없는 소리 말고 슈레인부터 빨리 해치워라!”

사일리스 형님이 재촉하자 유고와 스우가 내게로 주의를 돌렸다.

소피아만은 사일리스 형님의 말을 무시하면서 의미심장한 미소를 띠고 지켜볼 뿐이었다.

“그렇게는 안 돼요!”

그때 조그만 몸집의 엘프가 사이로 끼어들었다.

유고의 몸이 바람의 충격파에 휩쓸리면서 홱 날아가 버린다.

"오카아!!"

원념에 가득 찬 소리를 지르면서 일어나려고 하는 유고에게 선생님은 또다시 마법을 쏘아 날렸다.

하지만 그 마법은 유고를 지키려는 듯이 앞을 막고 선 소피아에게 부딪치는 순간, 마치 분해되는 것처럼 온데간데없이 사라져버렸다.

조금 전 내 마법도 그랬지만 마법을 지워버리는 건가?

마치 용종이 보유한 스킬 같았다.

"너, 너는?!"

선생님이 소피아를 보자마자 경악으로 눈을 크게 떴다.

"큭! 슌, 도망쳐야 해요!"

선생님이 시야 가리기와 추적 방해를 위한 바람 마법으로 바닥을 깨뜨려서 튕겨 올렸다.

"하지만!"

유고를 이대로 두고 스우를 놓아둔 채 도망칠 수는 없다!

"안 돼요! 지금은 일단 물러나요!"

선생님이 이토록 절박한 목소리를 낸 것은 처음일지도 모르겠다.

저리도 다급하게 소리칠 만큼 소피아라는 소녀가 위험하다는 말인가?

선생님의 태도는 저 소녀를 이미 알고 있는 듯 보였다.

그럼에도 머뭇거리는 내 손을 누군가가 잡아끌었다.

"하이린스 씨."

"레스톤에게 네가 위험하다는 소식을 듣고 달려왔다. 혼란스럽겠지만 지금은 우선 도망치도록 하자."

내 손을 잡아끌면서 달려 나가는 하이린스 씨의 간청에 나는 마지못해 다리를 움직였다.

추격해 오는 위병을 선생님이 미법으로 날려버린다.

이곳저곳에서 병사끼리 싸우는 광경이 보였다.

"도대체 뭐가 어떻게 된 거죠?"

"반란이에요."

"반란?"

"네. 주범은 사일리스 제1왕자와 유고. 하지만 그 죄를 슌에게 뒤집어씌우고 마치 자신들이 반란을 진압한 것처럼 꾸밀 작정이에요."

선생님의 설명을 듣고 눈앞이 아찔했다.

"지금 싸우는 병사들은 레스톤의 부대예요. 레스톤이 시간을 만들어준 틈에 도망쳐야 해요."

그리고 우리는 성을 탈출했다.

성에서 탈출해 향한 곳은 어느 저택이었다.

"여기에서 레스톤과 합류할 예정이에요. 그다음 이 나라에서 탈출하도록 해요."

"잠시만요, 선생님! 유고, 그 녀석을 붙잡지 못하면 스우가!"

"안 돼요."

"선생님. 지금 그 녀석을 붙잡을 수 있다면 소란도 수습될 겁니다. 성으로 돌아가서 그 녀석만 붙잡으면."

"안 돼요."

"선생님!"

"교회가 새로운 용사를 발표했어요. 이름은 유고 반 렝잔드."

"네?"

"이 반란, 교회까지 한패라는 뜻이에요."

나는 자신도 모르게 비틀거렸다.

하이린스 씨가 어깨를 잡아 부축해줬다.

"어째서 교회까지 이런 어처구니없는 사태에 가담했는지 당신은 짚이는 데가 있습니까?"

"아마도 유고의 세뇌가 교회 내부까지 침투했기 때문이라고 보는 편이 타당하겠죠."

"말도 안 돼. 세뇌 종류는 금세 효과가 사라집니다. 이런 사태를 일으킬 만한 효과는 없을 텐데요."

"맞아요. 보통은 그래야 해요. 하지만 예외가 있어요."

"예외?"

"최상위 스킬 7대 죄악 시리즈 『색욕』이에요. 그 스킬의 세뇌 효과는 다른 스킬하고는 비교도 되지 않아요. 유고는 틀림없이 색욕 스킬을 가지고 있을 거예요."

7대 죄악 시리즈? 그런 스킬이 있었던가?

내가 확인했던 스킬 중에 그런 명칭은 없었다.

즉 10만의 스킬 포인트로도 습득이 불가능할 만큼 파격적인 스킬이라는 뜻인가.

"아무튼 유고의 손이 어디까지 뻗쳐 있을지 모르는 상황이에요.

이 나라는 이제 포기하는 편이 좋을 거예요."

"그럴 수는……."

나는 말을 잃었다.

우리나라를 포기하라고?

아버지가 다스렸었고 율리우스 형님이 사랑했던 우리나라를?

"그럴 수는 없어요. 그렇다면 더더욱 유고를 그냥 내버려 두면 안 됩니다! 지금이라도 그 녀석을 붙잡으면 아직 수습할 수 있을지도 몰라요!"

"안 된다고요!"

나의 한 가닥 희망을 선생님은 날카로운 목소리로 잘라내 버렸다.

"소피아가 있는 한 우리한테 승산은 없어요."

선생님이 고뇌에 찬 표정으로 그렇게 단언했다.

다른 사람도 아니고 선생님이 겨뤄보기도 전에 승산이 없다고 말할 정도란 말인가?

소피아라는 소녀는 대체 정체가 뭐지?

"선생님, 그 애는 대체 누구죠?"

"그 애는……."

선생님이 입을 열려고 한 그때 문이 열렸다.

열린 문으로 레스톤 형님과 그리운 사람들이 들어왔다.

"슌, 무사했구나."

"전하, 오랜만입니다."

"훌륭하게 성장하셨군요, 전하."

레스톤 형님과 함께 들어온 자는 일찍이 나와 스우의 시녀로 일했었던 안나와 클레베아였다.

안나는 페이의 레벨 업을 부탁하기 위해 이따금 만난 적이 있었지만 클레베아는 우리가 학원으로 들어간 이후 처음 만났다.

엘프의 피가 섞여 있기 때문에 아직까지도 젊은 외모를 유지하고 있는 안나와 달리 클레베아는 꽤 나이를 먹은 듯 보였다.

그런데도 내가 궁지에 빠졌음을 알고 이렇게 달려와 주었다.

하지만 나는 절망했다.

"안나, 너마저."

"네?"

"너마저, 유고의 꼭두각시가 되었나!"

감정 결과에 나온 안나의 스테이터스에는 또렷하게『최면』『세뇌』『매료』라는 문자가 표시돼 있었다.

내가 절규하는 동시에 안나의 눈동자가 멈췄다.

고속으로 구축되는 마법.

나는 수도로 안나를 기절시켜서 마법 구축을 차단했다.

그다음은 치료 마법으로 상태 이상 해제를 시도—.

하지만 안나의 스테이터스에서 상태 이상을 표시하는 문자는 사라지지 않았다.

"제길! 설마 안나까지!"

레스톤 형님이 분한 얼굴로 주먹을 쥐었다.

"큰일 났군. 포위당했어."

하이린스 씨의 말을 듣고 바깥쪽을 살펴봤더니 수많은 병사들이 저택을 포위하고 있었다.

"강행 돌파를 해야겠어요."
선생님의 말에 수긍하는 일동.
"슌, 내 검을 쓰거라."
레스톤 형님이 검을 건네줬다.
"이 검은……?"
"왕가에 전해 내려오는 신검(神劍)이란다. 전투는 특기가 아닌 내가 쓰기보다는 용사인 슌이 쓰는 편이 좋겠지."
"알겠습니다. 감사히 쓰도록 하겠습니다."
검을 받아 들고 기절한 안나를 안았다.
"가자!"
하이린스 씨를 선투로 포위망을 향해 돌진했다.
그와 동시에 숨어 있었던 레스톤 형님의 부대가 기습을 시도한다.
"지금이다!"
포위를 돌파했다.
용사 율리우스 형님의 등 뒤를 줄곧 지켜왔던 하이린스 씨에다가 전생자를 찾기 위해 온 세계를 돌아다녔던 선생님.
왕도를 지키는 병사라고는 하나 결코 우리를 막을 정도는 아니었다.
덤벼드는 병사들을 날려버리면서 길을 만들었다.
하지만 그 앞으로 다른 부대가 나타났다.
그리고 부대를 이끌고 있는 사람은…….
"슌. 구질구질하게 굴지 말고 항복하세요."
"카티아……."
전세부터 쭉 알고 지냈던 친우가 내 앞을 가로막고 나섰다.

5. 관리자와의 첫 번째 조우

레벨이 올라서 스킬 포인트가 200이 되었으므로 새로운 상위 사안을 습득했다.

이름하여 중압의 사안.

시야에 포착된 대상에게 중력을 가중시키는 효과를 발휘한다.

중압의 사안으로 상대의 움직임을 둔하게 만들고, 저주의 사안으로 약체화, 마무리로 마비의 사안을 써서 완전히 움직임을 봉한다.

사안 3종 세트가 이렇게 완성!

요런 식으로 사안은 상대의 움직임을 봉하는 기능에 중점을 둬서 편성했다.

공격 수단은 사안 말고도 꽤 충실한 편이니까.

여차하면 100포인트로 뭔가 적당한 마법 스킬을 습득해서 쏴 날려도 되고.

어라? 오히려 그러는 쪽이 더 좋지 않을까?

사안을 굉장히 고집하고 있는데 스테이터스로 보자면 나는 마법 특화 타입이잖아?

마법 스킬을 배우는 편이 좋지 않을까?

음, 그렇지는 않을 거야.

그렇다고 치고 넘어가자.

절대로 여덟 개 사안 동시 발동을 동경하는 마음이 폭주한 것은 아니다.

아니야, 정말로 아니라니까.

뭐, 어차피 포인트는 한동안 잘 모아놓을 예정이지만…….

진화 보너스로 받는 포인트가 얼마나 될지도 모르니까 말이야.

진화한 다음, 포인트의 양에 따라 대응 방향을 달리해야지.

많으면 나태라든지 포인트가 너무 많이 들어서 손대기 어려운 스킬도 사정거리에 들어올 수가 있으니까.

자, 그건 그렇고—.

내가 중압의 사안을 습득한 이유는 꼭 전투에서 유리하게 써먹기 위해서만은 아니거든.

시험하는 의미도 담아서 사안 발동!

【으엑. 무슨 짓이야, 정보 담당!】

무슨 짓이냐니, 나한테 중력을 가중시켰잖아.

【무거워!】

내가 생각을 해봤거든. 나한테 부족한 것은 무엇인가, 그것은 바로 근육!

【요놈 대체 뭔 소리를 하는 거야.】

그 유명한 Z전사들은 수 배에 달하는 중력 속에서 수행을 쌓아 쉴 새 없이 밀려닥치는 강적들에게도 승리할 힘을 손에 넣었다!

【으으. 하고 싶은 말이 뭔지는 알겠는데, 비늘 벗기는 데 방해되거든?】

평소에 계속 수련해야 의미가 있지.

〔맞는 말이네. 힘내라, 몸 담당!〕

〈목표는 중력 천 배 극복!〉

【죽겠네!】

이러저러한 이유로 나 자신한테 항상 중력을 가중시킨 채 다니기로 했다.

평소부터 이런 식으로 쭉쭉 수련을 쌓으면 사안의 숙련도는 물론이고 물리계 스테이터스도 분명 성장할 테니까.

혹시 강대 같은 스킬의 레벨이라도 오르면 만만세다.

지금은 아직 레벨 1이라서 살짝 무거워지는 수준이지만, 레벨이 더 오르면 상당한 부담이 가중될 거다.

그러다가 전투 시에는 중력을 풀어버리면 리미터 해제나 다름없겠지?

좋구나~.

그때는 꼭 「구속 해제!」라고 소리쳐야지.

목소리는 안 나오지만…….

앗?! 공간 감지에 반응!

공간이 일그러진다?

처음으로 겪는 경험이지만 왠지 알 것 같다.

이건, 전이다.

뭔가가 이곳을 목적지로 텔레포트를 하는 중이었다.

방해는, 불가능.

애초에 내 공간 마법 레벨로 이런 고도의 공간 조작마저 가능한 상대의 텔레포트를 저지하기란 어림도 없는 일이었다.

이리로 텔레포트해서 나타나려 하는 녀석은 내가 감지한 공간의 일그러짐을 보건대 공간 마법에 상당히 숙달돼 있었다.

공간 마법만으로도 나보다 아득한 경지에 있는 상대.
그리고 최대의 문제는 상대가 마법을 사용했다는 데 있었다.
요컨대 마법을 사용할 정도의 지혜를 지닌 존재라는 말밖에 되지 않는다.
지금까지는 마법을 활용하는 마물과 맞부딪친 적이 없었다.
스킬을 가지고 있는 마물조차도 얼마 전 쓰러뜨린 화룡(火龍)이 처음이었다.
정작 화룡도 끝내 마법을 활용하지 않았었고, 당연하다면 당연했다.
마법에는 술식을 구축한다는 번거로운 과정이 필요하다.
그런 과정을 수행할 만한 지혜가 필요했다.
화룡의 경우는 술식을 구축하기보다도 그냥 가지고 있는 스킬로 화염구를 만들어내는 편이 훨씬 효율적이었다.
마물 중에는 마법을 사용할 줄 아는 종이 있을지도 모르겠지만 마법보다 강력하고 간단한 스킬도 있는 법이다.
하지만 지금 텔레포트로 나타나려 하고 있는 녀석은 복잡한 마법 구축을 실제로 수행하고 있다.
그것은 즉 확고한 의사를 가지고 이곳으로 오려 한다는 뜻이었다.
무엇 때문에?
이곳에는 나밖에 없다.
그렇다면 목적은 나라고 판단해야 한다.
우연히 이 장소로 전이해 오는 것이라는, 그런 무사태평한 생각은 들지 않았다.
사고 가속으로 콤마 수 초 만에 결론 내렸다.

임전 태세를 갖췄다.

공간이 갈라지면서 한 명의 남자가 모습을 드러냈다.

검은 남자다.

달리 표현할 말이 없을 만큼 검었다.

몸과 일체화된 듯한 날렵한 갑옷.

유일하게 살갗이 보이는 얼굴의 색도 거무스름했다.

머리카락도 검은색.

다만 눈만은 이상하리만큼 붉었다.

남자의 모습을 본 순간 깨달았다.

절대로 못 이긴다.

차원이 다르다.

그리고 내 확신을 뒷받침하는 근거.

〈감정 불가능〉

저 글자.

하지만 어째서인지 위기감은 들지 않았다.

위기감은커녕 남자에게 정체 모를 친근감마저 솟아났다.

그와 동시에 살짝 안타까운 기묘한 감각도…….

어째서?

이 검은 남자하고는 분명히 초대면인데.

평소의 나였다면 이토록 기괴한 존재가 갑자기 나타났을 때 친숙함 따위의 감정을 느끼지는 않았을 것이다.

도대체 이 감정은 뭐지?

"****************?"

남자가 뭐라고 말했다.

하지만 나는 전혀 모르는 언어였다.

자신도 모르게 고개를 갸웃거리고 말았다.

"+++++++++++++?"

남자가 또 뭐라고 말을 했다.

저기요, 일본어로 말해줄래요?

제가 다른 말은 모르거든요.

아이 캔트 스피크 이세계 언어.

남자가 눈살을 찌푸렸다.

으음.

일단 남자에게 지금 당장 나를 해치우려는 의도는 없는 모양이었다.

그건 그렇고 어떡하지?

까놓고 말해서 남자가 뭔 소리를 하는지도 모르겠고, 알아내더라도 나는 애초에 말소리를 못 낸다.

필담 정도라면 어찌어찌 가능하겠지만 일본어밖에 쓸 줄 모르고…….

어느 쪽이든 의사소통이 불가능한 상황이었다.

난처한걸.

남자도 왠지 곤혹스러워하는 눈치였다.

뭐라 말할 수 없는 분위기가 감도는 가운데, 나와 남자의 사이로 뭔가가 툭 떨어졌다.

스마트폰이었다.

엥?

아니, 잠깐만…….

왜 저기에 스마트폰이 있는지도 모르겠지만 애초에 이건 어떻게 내 앞으로 나타난 거지?

이거, 내 탐지에도 전혀 걸리지 않고 느닷없이 나타나 버렸네?

『여보세요? 나는 관리자 D예요.』

스마트폰에서 갑자기 목소리가 들렸다.

게다가 이중으로—.

하나는 일본어로, 다른 하나는 들은 적도 없는 언어였다.

앗, 아니다. 혹시 방금 전 남자가 말했던 언어인가?

"*******?!"

앗, 남자가 깜짝 놀랐다는 느낌으로 뭐라고 말했다.

그렇다면 역시 다른 한쪽은 남자가 말했던 언어, 즉 이 세계의 언어가 맞겠구나.

『네. D예요. 거미 씨는 잠깐 기다려주세요.』

앗, 네.

잠깐 기다려달라니까 기다려드린다.

스마트폰의 목소리는 남자와 이세계 말로 무엇무엇이라고 대화를 나눴다.

스마트폰의 목소리, 여자 목소리였지.

굉장히 예쁜 목소리였는데도 듣고 있으면 무지무지 불안해진다.

그런 목소리였다.

평탄한 어조여서 감정이 전혀 드러나지 않는 점도 무섭다.

대체 뭘까?

듣고 있기만 해도 몸이 부들거린다.
대화가 진행될 때마다 남자의 표정이 변했다.
아주 눈에 띄게 바뀌지는 않았지만 미간에 주름이 지거나 살짝 눈이 벌어지거나 했다.
잠시 후, 이야기가 일단락됐는지 남자가 성대하게 한숨을 쏟아내고는 빙그르 몸을 돌렸다.
그대로 공간 마법을 써서 텔레포트한다.
남은 것은 나하고 수수께끼의 스마트폰.
『오래 기다렸어요. 방금 그자한테는 이야기를 해놓았으니까 앞으로 당신에게 직접 관여하는 일은 없을 거예요.』
아, 그런가요.
그건 그렇고 도대체 누구세요?
『D랍니다.』
아, 네.
응?!
잠깐, 어떻게?!
지금 내 마음을 읽은 거야?!
『맞아요. 읽었어요.』
사생활 침해다!
『당신은 말을 못 하니까 일시적인 조치예요. 평소는 마음속까지 읽지 않아요.』
마음속까지는 안 읽는다고……. 설마 내 행동은 감시한다는 말인가?
『감시라는 표현은 마음에 들지 않네요. 관전이라고 해주면 좋겠어요.』

둘 다 똑같잖아.

결국은 스토커네.

『그렇네요. 당신을 보고 있으면 지루할 틈이 없거든요.』

D, 기억났다.

예지를 습득했을 때 들은 이름이었어.

『맞아요. 예지는 열심히 노력하는 당신에게 주는 상이에요. 잘 쓰고 있는 것 같아서 나도 기쁘네요.』

당신, 목적이 뭐지?

『그냥 놀이인데요.』

뭐?

『그냥 놀이라고요. 그 이상의 의미나 목적은 전혀 없어요.』

진심이야?

『그럼요. 왜냐하면 나는 세계 최악의 사신이거든요.』

늘어놓는 말 전부가 허무맹랑한 소리였는데도 거짓말 같다는 느낌이 전혀 들지 않았다.

정말로 나를 장난감이나 인형 따위로만 여기고 있다고, 그렇게 악의 없는 사악한 사고가 그대로 전달되는 느낌이었다.

제멋대로 부들거리는 몸과 함께 이 목소리의 주인이 진짜 사신이라고 믿고 싶어져버린다.

『진짜예요. 정말로 사신이기 때문에 인간이 괴로워하고 발버둥 치는 모습을 보면서 즐거워하는 거예요.』

이 세계는 당신이 가지고 놀기 위해 만들어진 거야?

『그렇지는 않아요. 나는 그쪽 세계에서 보자면 외부인이거든요.』

무슨 뜻이야?

『여기서 더는 못 가르쳐줘요. 가르쳐주면 재미가 없어질 테니까요.』

사람을 정말 장난감 취급하는구나.

『맞아요. 그러니까 앞으로도 열심히 발버둥 치면서 나를 즐겁게 해주세요. 그러다 보면 당신이 찾는 답을 찾을 수 있을지도 모른답니다?』

이게 정말, 듣자 듣자 하니까!

『그럼 또 봐요.』

스마트폰이 사라졌다.

공간의 일그러짐이나 아무런 전조도 느끼지 못했는데.

그것이 관리자 D, 그리고 쿠로라고 불리는 관리자와의 만남이었다.

K. 남자의 마지막 고집

어쩌다가 이렇게 됐지?

나는 흐리멍덩한 의식 속에서 또 한 명의 나를 바라봤다.

또 한 명의 나는 주저하지 않고 슌에게 마법을 날리고 있었다.

주위에 있는 자신의 병사가 휩쓸리든 말든.

슌에게는 내 마법 따위 통하지도 않는다.

애초에 나와 슌을 비교하면 재능의 차이가 현격했다.

어릴 적에는 미세했던 그 차이도 성장할수록 점점 커다랗게 벌어졌다.

슌의 재능을 질투한 적도 있었다.

하지만 한결같이 노력을 거듭하는 슌의 자세를 지켜보면서 어느새 순수한 존경심을 품게 되었다.

맞다. 그러고 보니 이놈, 전세 때부터 한번 목표를 정하면 망설임 없이 돌진하는 녀석이었지.

전세에서는 게임에 열중했었지만 이번 세상에서는 그 목표가 형이자 용사인 율리우스 씨였다.

날 때부터 지닌 재능에 더해서 높은 목표를 가지고 노력을 거듭한 결과가 눈앞에 보이는 광경이었다.

내가 날린 화염 마법은 광범위를 불사르는 섬멸형 마법.

대마법만큼의 위력은 없지만 그래도 집단을 겨냥해서 날리면 막대한 피해가 난다.

슌은 그런 마법을 자신이 발사한 마법으로 상쇄시킴으로써 주변의 병사까지 보호하며 피해를 0으로 만들었다.

여전히 기가 막히는 실력이었고 또한 기가 막히도록 착해 빠졌다.

왜 굳이 적까지 보호하냐는 말이다. 바보라고밖에 달리 할 말이 없었다.

나는 쓴웃음을 지으려고 했지만, 내 의사와는 반대로 표정은 점점 더 독살스러워질 따름이었다.

"카티아! 정신 좀 차려봐!"

"정말이지 시끄럽네요. 저는 제정신이에요. 반역자는 반역자답게 얌전히 처형당하세요."

내 입에서 내가 생각도 하지 않은 말이 흘러나온다.

하지만 나는 알고 있다.

이 말을 토하는 것도 나 자신이라는 사실을…….

어릴 적부터 그런 조짐은 적지 않게 있었다.

전세는 남자.

현세에는 여자.

남자의 정신을 지녔으면서도 여자로 살고 있다.

조각조각으로 갈라진 나 자신.

물과 기름처럼 도저히 어우러지지 못하는 무언가가 있었다.

하나, 둘, 나이를 먹을수록 점점 깊다란 골이 파였다.

2차 성징을 맞이하면서 신체가 여성스럽게 변화할 무렵에는 특히 심각했다.

신체뿐이 아니다.

내면도 서서히 바뀌어갔다.

나 자신조차 알지 못했던 사이에—.

결정적이었던 계기는 슌이 유고에게 습격당한 사건이었다.

그때 스스로도 이유를 알 수 없을 만큼 동요했다.

슌이 살해당할지도 모른다는 생각이 든 순간, 눈앞이 새하얘지는 기분이었다.

처음에는 슌이 전세부터 알고 지낸 친구, 이제는 유일무이한 친우라고 할 만한 녀석이기 때문이라고 생각했다.

하지만 그 후 슌과 만날 때마다 왠지 모르게 마음이 들썩거렸다.

스스로도 그 감정이 무엇인지 알 수 없었다.

다만 절대로 슌을 잃고 싶지 않다고 생각했다.

그런 마음은 날이 갈수록 점점 더 강해졌다.

슌의 곁에 있으면 싱숭생숭해서 견딜 수가 없다.

반면에 슌이 곁에 없으면 쓸쓸해서 견딜 수가 없다.

곁에 있어도 떨어져 있어도 견딜 수가 없다.

이리저리 흔들리는 자신의 감정이 몹시 당황스러웠다.

영문을 알 수 없는 감정에 휩쓸리기만 했다.

아니. 실은 자신의 감정이 무엇인지 이미 알고 있었다.

다만 인정하고 싶지 않은 마음이 있었을 뿐.

원래는 남자였던 나.

지금은 여자인 나.

아마도 결정적으로 마음이 갈라져버린 시기는 저 무렵이었으리라.

슌에게 찰싹 붙어 다니는 스우나 유리를 볼 때마다 마음이 비틀어지려고 했다.

그런데도 차마 인정하지 못하는 자신이 있었다.

상반된 마음에서 비롯되는 갈등.

하지만 천칭은 이미 기울어져버렸다.

정신은 몸에 의존한다.

결국은 그렇게 되는 법이었다.

그래서 지금 이렇게 슌과 자신의 싸움을 지켜보고 있는 나는 오오시마 카나타라는 존재의 부스러기에 지나지 않는다.

남자였던 정신의 부스러기일 뿐.

아마도 이렇게 남자였던 정신의 잔재가 남아 있는 까닭에 유고의 세뇌에도 조금이나마 저항해냈을 것이다.

그 사건 이후, 슌에게는 말하지 않았지만 유고는 엄중한 감시를 받고 있었다.

내가 속한 공작가의 주도로 감시 체제를 구축하고 연중무휴 유고의 행동을 하나하나 체크했었다.

그랬는데도 언젠가부터는 보고에 수상한 점이 보이게 되었다.

감시를 맡길 때는 물론 믿을 만한 자들을 기용했다.

절대로 배반자가 나올 리 없었다.

그랬건만 아무리 검토해도 허위로밖에 여겨지지 않는 내용이 보고 사항에 섞이기 시작했었다.

나는 감시 담당을 교체했다.

지금 생각하면 뼈아픈 실책이었다.

슌이 용사의 칭호를 이어받고 학원을 떠났다.

그다음부터 일어난 변화는 정말 순식간이었다.

제일 먼저 상태가 이상해진 사람은 유리.

그토록 신언교 일편단심이었던 유리가 포교를 전혀 하지 않았다.

다음은 스우.

본래부터 감정을 바깥에 드러내지 않았던 성격이었기에 나는 스우의 변화를 놓치고 말았다.

돌이켜 보면 어느 때인가부터 말수가 줄어들었는데도 다른 변화에 주의가 쏠린 탓에 알아주지 못했다.

뭔가가 어긋나고 있었다.

그렇게 인식하면서도 정작 원인을 알 수 없었다.

유고의 감시로 붙여놓은 공작가 소속 요원들에게 유인당해서 함정에 빠졌고, 유고에게 세뇌를 당하고 나서야 뒤늦게 알아차렸다.

그때는 이미 공작가의 사람들 대부분이 그놈에게 세뇌를 당한 상황이었다.

그리고 지금, 나는 슌과 원하지 않는 싸움을 하고 있다.

유고의 세뇌는 지독스러웠다.

지금 이렇게 정상적인 의식이 조금이라도 남아 있다는 사실 자체가 기적이라고 해야 할 만큼…….

세뇌당한 다른 사람들은 분명 유고를 진심으로 경애하도록 뼛속들이 바뀌어버렸을 것이다.

나 역시 의식은 남아 있다지만 당장에 상황을 바꿀 힘은 없었다.

그래도 말이다.

힘이 없다는 이유로 잠자코 포기할 수는 없지 않겠냐!

남자에게는 남자의 긍지라는 것이 있단 말이다!

혼탁해진 사고의 급소를 푹 찔렀다.

바깥쪽의 의식이 마법 구축에 집중하는 그 순간, 나는 온 힘을 다해 방해하고 간섭했다.

스스로 흐트러뜨린 미법이 폭발.

의도적으로 폭발을 일으키기 위해서 가진 힘을 모조리 쏟아부었다.

"카티아?!"

슌이 놀라서 달려온다.

지면에 쓰러지기 직전에 안아서 받아주었다.

하지만 내 목숨은 급속도로 빛을 잃어버리고 있었다.

나 자신이 전력을 다한 마법을 제로 거리에서 폭발시켰다.

이러고도 살기를 바랄 순 없겠지.

하지만, 그래도 좋다.

바깥쪽의 나도 이렇게 되기를 바랐을 것이다.

희미해지는 시야에 슌의 필사적인 얼굴이 비쳤다.

아주 엉망이었다.

피식 웃었다.

조금 전과는 달리 내 의지대로 입술이 움직였다.

웃으면서 죽을 수 있는데 무엇을 더 바랄까.

내 의식은 그대로 나락의 바닥을 향해 잠겨 들어가다가 따뜻한 빛에 감싸여 억지로 끌려 올라갔다.

"아, 슌?"

"카티아, 이제 정신이 돌아왔어?"

"어, 라? 상처, 는?"

마법이 일으킨 폭발로 입은 상처가 사라졌다.

"치료했어."

짧게 대답하는 슌.

나는 분명히 죽은 줄 알았는데 어떻게 된 거지.

"정말이, 지, 터무, 니, 없는, 놈이라니, 까."

"이제 그만 말해라. 우선 탈출하겠어."

그다음은 공주님 안기 자세로 몸이 들려 올라갔다.

곧바로 가슴이 폭발하는 것처럼 뛰어올랐다.

급박한 상황인데도 얼굴이 화르르 뜨거워진다.

아아, 안 되겠어.

더는 안 되겠어.

얼마 되지 않았던 남자의 정신은 방금 전 분명히 죽어버렸다.

이 순간, 오오시마 카나타는 진정한 의미에서 카르나티아 세리 애너발드로 거듭났다.

6. 중층 공략 완료

먹는다.

먹는다.

먹는다.

쓰다.

너무너무 쓰다.

쓰고, 조금은 달고, 그리고 슬픈 맛이 났다.

《숙련도가 일정 수치에 도달했습니다. 스킬 〈금기 LV 8〉이 〈금기 LV 9〉로 성장했습니다.》

자신을 사신이라고, D라고 스스로를 소개하던 스마트폰과 조우하고 나서 특별히 이렇다 할 트러블 없이 중층을 공략하는 중이다.

결국 D의 정체가 뭐였는지 나는 잘 모르겠다.

자칭이 아니라 정말 진짜로 사신이라는 가능성도 있으니까 무섭다.

다른 사람의 마음까지 읽어냈을 때부터 최소한 나보다 아득하게 격이 높은 존재라는 사실은 이해했지만…….

예지를 내게 상으로 줬다는 이야기가 진짜라면 D의 정체는 관리자라고 봐도 무방하다.

하지만 그런 추론을 이끌어냈다고 해서 뭔가 변하는 것도 아니었다.

나는 관리자라는 것들이 어떠한 존재인지조차 알지 못하는 형편이니까.

예측해보자면 관리자라는 것들은 이 세계에 존재하는 스킬을 관리하는 자들이라고 짐작한다.

하지만 어디까지나 예측일 뿐 확증은 전혀 없으니까 설령 추측이 맞는다고 해도 정작 이유를 모르겠다.

예지를 습득할 때까지는 스킬도 있고 능력치도 있고 게임 같구나~ 라고 생각했었지만, 그것들이 있다는 데 의문을 갖지는 않았었다.

이곳은 전혀 다른 세계니까 원래 그런가 보지, 하고 그냥 넘겨버렸다.

하지만 관리자라는 존재가 스킬을 관리하고 있다고 가정한다면, 그러는 데는 무언가의 의도가 숨어 있을 것이다.

세계의 법칙으로 자연 현상으로서 스킬이 존재한다면 특별한 의도 따위도 없을 테지만, 거기에 의사를 지닌 존재가 얽혀 있다면 뭐든 이유가 있지 않겠어?

이유도 없이 이런 거창한 시스템을 만들 리 없잖아.

아아, 싫다.

D가 정말 관리자라면 본인 말처럼 단지 심심풀이를 하려고 만들었다는 생각도 살짝 들기는 해.

쓸데없이 게임 같은 부분이 많은 이유도 그럼 납득이 되지 않을까?

아니지, 분명 나로서는 이해하지 못할 심오한 목적이 존재하리라!

그렇지 않으면 이 세계 전부가 D의 여흥 때문에 만들어졌다는 뜻이 되어버린다.

그건 왠지 싫은걸.

장난감처럼 가지고 놀고 있다는 소리를 들어놓고도 「예예, 알겠습니다」라고 넘어갈 수 있겠냐!

뭐, D에 관해서는 알아낸 사실도 있다.

스마트폰, 유창한 일본어. 즉 일본을 떠올리게 하는 이런저런 요소들.

D는 모종의 수단으로 이 세계와 지구를 연결하고 있다.

그렇게 보자면 내가 이 세계로 전생한 이유도 D라면 알고 있을지도 모른다.

만약 「또 봐요」라는 말처럼 다시 접촉할 기회가 생긴다면 물어보도록 하자.

물론 물어본다고 순순히 대답해줄지는 모를 일이지만…….

이 이상은 정보가 너무 부족해서 전부 억측이 되어버린다.

그런 관계로 D인지 관리자인지를 가지고 더 이상 고민해봤자 시간 낭비라는 결론을 내렸다.

솔직히 고민한다고 뭐가 어떻게 되지도 않는걸.

스킬을 관리하는 것으로 추측되는 존재가 나를 어떻게든 처분하려고 마음먹는다면 저항할 방법도 없을 것 같고…….

내일 운석이 떨어져서 지구가 부서진다는 소리를 들어도 어쩔 도리가 없는 거랑 마찬가지다.

이길 가망이 없었다.

D만 그런 것이 아니라 먼저 내 눈앞에 나타났던 검은 남자에게도 거대한 힘의 차이를 느꼈다.

검은 남자는 내가 들은 적도 없는 수수께끼의 언어를 사용했으니 이 세계의 인간일 것이라고 생각하고 있다.

인간인지 아닌지는 감정이 안 먹혔으니까 잘 모르겠지만…….

뛰는 놈 위에 나는 놈 있다.

게다가 위쪽으로는 끝이 안 보인다.

그런 사실을 뼈저리게 깨달은 기분이야.

아무리 스킬을 연마하고 레벨을 올려도 전부 다 관리자라는 존재가 부여한 일시적인 힘이라고 한다면 관리자의 기분에 따라서 힘을 잃어버리는 사태도 각오해야 되는걸.

힘의 차이를 운운할 것도 없이 승부의 무대로 올라서지도 못하는 셈이었다.

뭐, 복잡한 고민은 여기서 더 해봐야 소용없겠지.

사신인지 관리자인지 모르겠지만 먼저 접촉해 오지 않으면 손쓸 도리가 아예 없다.

그때까지는 이제껏 그래 왔듯이 중층을 탈출하는 데 집중해야겠다.

스킬이나 레벨도 관리자 일당하고 얽히지 않는 한 느닷없이 사라지지도 않을 테고, 올려둬서 손해는 없을 테니까 올려두도록 하자. 으음, 안 사라진다고 믿는 수밖에. 끙.

불안감을 아주 떨칠 수는 없지만, 내게는 달리 방법이 없으니까 지금 할 수 있는 일에 전력을 다해야 하지 않겠어?

그래서 나는 이제껏 그랬던 대로 스킬을 연마하며 중층을 공략해 나아갔다.

스킬의 효과를 검증하면서 전진했다.

화룡과 싸우면서 새로 습득한 공간 기동, 용력, 공간 마법은 전부 다 완전 편리하다.

공간 기동은 내 예상대로 공중에서 2단 점프를 가능하게 만들어 주는 스킬이었다.

발동하면 얄팍하게 눈에 안 보이는 발판 비슷한 막이 출현하는데, 그 막을 박차면 공중에서도 이리저리 뛰어다닐 수 있었다.

지금은 아직 스킬 레벨이 낮은 관계로 발판도 약하고 해서 전력으로 달리기는 어려웠지만, 스킬 레벨이 오르면 자유자재로 공중에서도 마구 달음박질칠 수 있게 되겠지.

발동하는 데 붉은색 스태미나가 필요하지만 효과를 고려하면 기꺼이 감수할 만했다.

용력(龍力)은 용력(竜力)의 상위 호환 스킬로, 발동하면 MP와 SP 양쪽을 소비해서 모든 능력치를 높여주는 효과를 발휘했다.

그에 더해 발동하는 동안에 용의 힘을 일부 사용할 수 있었다.

구체적으로 말하자면 마법 방해 효과와 브레스.

용 비늘 스킬에 있는 능력, 마법을 흩어뜨려서 위력을 떨어뜨리는 효과가 용력을 발동하는 중에 내게도 적용된다.

브레스도 시험한 결과, 어둠 속성의 무언가가 튀어나왔다.

양쪽 모두 원조에는 많이 모자랐지만 그래도 강했다.

공간 마법은 아직 레벨이 낮아서 사용 가능한 마법이 없다.

레벨을 올리면 쓸 만한 구석도 분명 많아질 테니까 초조하게 굴지 말고 차근차근 올리면 되겠지.

유감스러운 점은 공간 기동도 용력도 하필이면 SP를 소비한다는 사실이었다.

나를 보면 마물이 냅다 도망쳐버리는 지금 상황에서는 밥거리를 구하기도 만만한 일이 아니었다.

달리 말하면 SP를 회복하기가 어렵다는 뜻이고, 당연히 SP를 소비하는 행동은 섣불리 남발할 수 없었다.

덕분에 모처럼 좋은 스킬을 익혀놓고도 스킬 수련을 못 하는 안타까운 처지가 됐다.

대신 MP는 남아돌고 있으니까 그쪽을 중점적으로 수련했다.

마법 전반과 독 합성, 마투법, 각종 사안.

마법은 그림자 마법이 레벨 10을 달성했다.

파생 스킬은 어둠 마법이었다.

그림자 마법은 최고 레벨을 달성하고도 여전히 미묘한 느낌이 나서 앞으로는 어둠 마법을 수련하려고 한다.

독 합성과 독 마법도 최고 레벨을 달성했다.

요게 또 의외라고 해야 하려나, 파생된 스킬이 각각 약 합성과 치료 마법으로 양쪽 다 비슷비슷한 구성이었다.

들은 적 있지? 독이 때로는 약이 되고, 약도 마찬가지라고.

여하튼 간에 내게도 드디어 회복 수단이 생겼다는 말씀.

지금까지는 회복하려면 오로지 레벨 업과 자동 회복에만 의지해야 됐던 만큼, 내 뜻대로 상처를 치료할 수 있다는 건 커다란 변화였다.

뭐, 아직은 레벨도 낮고, HP가 줄어들 만한 사태를 겪지도 않았으니까 효과는 미처 확인 못 했지만 말이야.

조만간에 여유가 생기면 스스로 HP를 줄여놓고 확인해보고 싶다.

외도 마법도 최고 레벨이다.

그런데 있잖아, 요 녀석의 파생 스킬이 엄청난 문제였어.

금기였거든.

다행히 레벨은 안 올랐지만 심장이 멈추는 줄 알았지.

아니다, 그때 당장은 괜찮았지만 얼마 안 가서 레벨 9로 올라버렸잖아.

이제 1만 더 올리면 최고 레벨이네.

살짝 아찔아찔한 기분이었다.

사안도 몇 개는 최고 레벨을 달성했다.

저주의 사안은 주원(呪怨)의 사안으로 진화했다.

놀랍게도 이 스킬은 저주로 깎아먹은 HP 등등의 수치를 내게로 환원시켜줬다.

순수 공격력도 올랐으니까 효과는 진화 전보다 단연코 높다.

능력치까지는 흡수가 안 됐지만 SP를 흡수할 수 있다는 것은 굉장한 플러스였다.

사안으로 흡수하고 또한 식사하면서 배를 가득 채운다!

마비의 사안도 진화해서 정지(靜止)의 사안으로 변했다.

아마도 얘는 마비뿐 아니라 시간 정지 비슷한 속성이 부여되는 듯했다.

마비 상태로도 바들바들 떠는 정도는 가능했던 마물이 정지의 사안에 걸리면 딱 멈춰버리거든.

아마도 마비에 더해서 내가 모르는 속성이 혼합되어 있나 봐.

스킬 목록을 봐도 짚이는 속성은 없었으니까 확신은 못 하겠지만…….

뭐, 걸린 순간 승리가 확정된다는 건 여전하니까 단순하게 강해졌다고 생각하면 되겠지.

중압의 사안은 레벨이 몇 개 오르긴 했지만 아직 최고 레벨에 이르지는 못했다.

그 대신 나 자신에게 줄곧 발동시킨 덕분에 중압 내성이라는 스킬을 획득.

다만 내성 스킬을 획득한 까닭에 근력 운동 효과가 떨어질 줄은 미처 계산하지 못했다.

그리고 마지막으로 망원.

얘가 진화하면서 천리안이 되었다.

그 결과 망원의 효과가 강화되었고 투시 기능이 추가됐다.

벽을 꿰뚫어 보면서 그 건너편의 광경을 관찰할 수도 있다는 뜻이다.

다만 천리안이라는 말에서 연상했던 것은 온 세계 어느 곳이라도 내다볼 수 있을 것이라는 느낌이었는데 살짝 달랐다.

어디까지나 망원의 연장이라는 느낌이랄까.

그리고 얼마 전부터 천리안에 어떠한 광경이 비치고 있었다.

위쪽으로 뻗치는 긴 비탈길이—.

길었다.

지금껏 참 지독한 꼴을 당했다.

하지만 이제야 일단락된다.
빌어먹게 뜨거운 이곳하고도 안녕이다.

돌아왔습니다, 상층.

흉악한 마물이 날뛰는 하층으로 떨어져서 정신없이 도망 다니며 목숨을 부지했다.
가만히 있어도 생명이 깎여 나가는 작열 지옥인 중층에서 쉴 새 없이 전진했다.
몇 번이고 죽을 뻔했다.
하지만 돌아왔다.
내가! 살아서! 돌아왔도다~!

S5. 탈출

품에 안은 카티아가 의식을 잃어버렸다.

상처는 완전히 나았지만 바닥났던 체력과 정신력까지 돌아올 리는 없었다.

재빨리 감정을 실행하고 생명에 지장이 없음을 확인한 뒤 안도의 숨을 내쉬었다.

그러면서 유고가 걸어놓은 세뇌가 풀렸다는 사실도 이미 확인을 마쳤다.

긴장이 풀리려고 하던 그때 이쪽으로 날아오는 마법이 보였다.

허둥지둥 얼음벽을 만들어내서 날아드는 마법을 막았다.

"슌! 긴장 풀지 마라!"

하이린스 씨의 외침에 아직 우리가 포위된 상태였음을 떠올렸다.

하이린스 씨는 왼손으로 대형 방패를 들고, 오른손으로는 안나를 짊어지고 있었다.

본래는 왼손에 든 대형 방패로 공격을 막으면서 오른손으로 쥔 검을 휘둘러 상대를 베어 쓰러뜨리는 전법을 구사하지만, 안나를 안아 들고 있기 때문에 오로지 방어만 취해야 하는 처지였다.

그럼에도 불구하고 방패의 크기와 중량을 살리는 실드 차지로 적병을 날려버리는 장면은 압권이었다.

적병은 아예 기가 꺾여버린 탓에 더는 공세를 이어나가지 못했다.

분명히 말하겠는데 일반 병사가 우리를 저지하기는 불가능했다.

그만큼 스테이터스에 격차가 있었고 마음만 먹으면 포위 중인 병사 전원을 때려눕힐 수도 있었다.

다만 되도록이면 그러고 싶지 않았다.

아무리 이쪽의 전력이 월등하다고 해도, 아니, 그래서 더더욱 온 힘을 다해 싸우면 사망자가 나올 수도 있다.

힘을 조절하여 무력화만 시키면 어떨까 생각도 했다. 하지만 나는 카티아를, 하이린스 씨는 안나를 제각기 보호하고 있었다.

게다가 상대는 한 명도 아니고 다수로 대치하는 형국.

이런 상황에서 적절하게 힘 조절이 가능하다고 자부할 만큼 나는 스스로의 힘을 과신하지 않는다.

레스톤 형님과 클레베아도 일개 병사에게 빈틈을 내어줄 일은 없겠지만 나와 하이린스 씨의 전투력에는 미치지 못했다.

선생님이라면 우리 중에서 유일하게 병사를 압도할 실력을 지녔을 뿐 아니라 온전한 상태로 싸울 수도 있었지만, 안타깝게도 지금 막 꼼짝 못 하는 처지에 놓이고 말았다.

"또 만났네."

소피아가 선생님의 진로를 쓱 가로막으면서 서 있었다.

"네기……."

"그 이름으로 부르지 말라고 했을 텐데?"

선생님이 무언가를 말하려 하자 소피아가 중간에 잘라먹었다.

직접 대치하고 있지도 않건만 등줄기가 얼어붙는 듯한 위압감이 느껴진다.

네기?

무슨 말이지?

아니, 괜한 데다가 신경 쓸 틈이 없다.

"맞아, 이거. 선생님한테 선물이야."

소피아가 뭔가를 집어 던졌다.

그 무언가는 붉은 액체를 흩뿌리면서 선생님의 발밑으로 굴러갔다.

나는 그것을 슬쩍 돌아봤다가 아연실색하고 말았다.

"포티, 머스!"

그것은 처음 선생님과 재회했을 때 만났던 엘프의 친선 대사 포티머스였다.

"마, 말도 안 돼?!"

아무리 봐도 가짜로는 보이지 않았다. 살아 있었던 자의 머리였다.

소피아는 당혹감을 감추지 못하는 선생님을 흥미롭게 바라보다가 자신의 손에 묻은 피를 핥아 먹었다.

"맛없어라. 근본이 썩어 빠진 놈은 피도 맛이 없나 봐?"

"포티머스를, 네가?"

"나 말고 누가 있는데?"

선생님이 차마 믿기지 않는다는 표정으로 묻자 소피아는 진심으로 이상하다는 듯 대답했다.

"그렇지만, 너는!"

"절대로 사람을 죽이는 애는 아니라든가 그런 소리는 안 했으면 좋겠네? 당신도 참 많이 죽이지 않았어? 여기는 일본이 아니니까 전하고 똑같을 거라고 생각하면 안 되지."

선생님이 살인자라고?

아니, 선생님은 그런 사람이 아니다. 분명히 피치 못할 사정이 있었을 것이다.

그보다 지금은 소피아의 다른 대사가 더 중요하다.

소피아는 방금 자신이 전생자임을 시인하는 말을 꺼냈다.

그렇다면 선생님과 어떻게 아는 사이인지 이해가 되고, 역시 전생자인 유고와 같은 편으로 행동하는 이유도 납득할 수 있었다.

다만 그런 사실을 알았다 해도 아무런 주저 없이 사람을 살해했다고 인정하는 소피아와 서로를 이해하기란 불가능하겠지.

선생님도 비슷한 생각을 했는지 충격을 감추지 못하면서도 소피아와 싸울 결의를 보였다.

"선생님, 나랑 싸우려고? 그러지 마. 선생님은 건드리지 말라고 주인님이 신신당부를 했단 말이야."

주인님?

유고를 말하는 건가?

아니, 그렇지만, 그래서는 위화감이 느껴지는데.

"뭐, 그래도 불가항력이니까. 이건 정당방위야. 그러니까 나는 나쁘지 않아."

소피아가 한 걸음 전진했다.

선생님은 즉각적으로 소피아를 향해 바람 마법을 쏘아 날렸다.

하지만 여느 사람의 몸이라면 단숨에 날려버렸을 바람의 소용돌이는 소피아에게 접근하면서 차츰 힘을 잃어버렸고, 최종적으로는 고작 머리카락을 살짝 흔들어놓는 것이 전부인 미풍으로 바뀌었다.

또다.

성에서 마주했을 때도 그랬지만 마법이 먹히지 않는다.

마법이 분해되는 것처럼 산산이 흩어져버렸다.

이런 식으로 수차례 대놓고 보여주면 분명해진다. 모종의 스킬로 마법을 무효화시키고 있었다.

소피아에게는 마법이 통하지 않는다고 생각해야겠다.

그렇다면 선생님이 위험하다.

선생님은 엘프답게 마법을 주력으로 삼을 테니까.

엘프는 인족보다 육체의 성장이 늦기 때문에 물리 능력치가 낮아질 수밖에 없었다.

선생님의 겉모습은 같은 또래 나이인 우리보다도 상당히 어려 보였다.

겉모습이 스테이터스에 반드시 반영되리라는 법은 물론 없지만, 지금껏 내가 본 바로 선생님은 분명 물리보다 마법 쪽을 특기로 삼고 있었다.

어느 정도라면 물리 능력을 구사할 수 있을 테지만 선생님은 무기도 지니고 있지 않았다.

맨손으로 대적하기에는 소피아라는 소녀가 너무나도 섬뜩하다.

바닥이 보이지 않았다.

"선생님!"

선생님에게 가세하려고 한 그 순간, 어딘가에서 날아든 칼날이 내 걸음을 멈췄다.

내 눈앞을 스치면서 날아간 그것은 원형의 칼날을 지닌 투척 무기.

차크람이었던가?

의사를 가진 것처럼 공중에서 홀로 궤도를 바꾼 차크람이 또다시 나를 노리고 날아왔다.

검으로 쳐서 튕겨내고는 차크람을 조종하는 술자를 찾는다.

기척 감지가 지붕 위에 서 있는 인물을 발견했다.

자세며 분위기가 마치 닌자 같았다.

"큭!"

짤막한 신음성이 들려 그쪽을 돌아보니 하이린스 씨가 다른 흑의인에게 습격당하는 참이었다.

그자의 움직임은 하이린스 씨와 거의 호각이었지만 기절한 안나를 안고 있는 만큼 하이린스 씨가 밀리는 형편이었다.

"아읏!"

또다시 신음 소리가 들려 고개를 돌리자 선생님이 소피아에게 목을 붙들려 공중에 떠 있는 장면이 보였다.

큰일이다!

하이린스 씨는 흑의인을 상대하기도 벅찼고 레스톤 형님이나 클레베아도 병사들 때문에 몸을 빼지 못하는 상황.

나는 걸음을 떼려고 할 때마다 날아오는 차크람 견제 때문에 한 발자국도 제대로 내디딜 수가 없었다.

무엇보다도 지금 섣불리 나섰다간 소피아가 선생님의 목을 베어 버릴지도 모른다.

어떡하지. 이렇게 끝장인 건가.

『제일 위험할 때 화려하게 등장!』

초조해하는 내 귓가로 분위기와 맞지 않는 명랑한 염화가 들려왔다.

바로 위에서 들려오는 바람 가르는 소리.

햇살을 반사하며 밝게 빛나는 비행체가 급강하한다.

그것은 상공에서 빛나는 구체로, 빛 마법의 탄환을 병사나 흑의인에게 날리면서 선생님을 붙잡고 있는 소피아를 향해 돌격을 감행했다.

소피아는 선생님을 떼어놓으며 그 돌격을 회피.

방향을 돌려 내 눈앞으로 내려선 그 비행체는 하얀빛으로 반짝이는 아름다운 용(竜)이었다.

『히어로는 늦게 등장하는 법!』

"페이?"

염화의 느낌, 그리고 무엇보다도 바로 곁에서 느껴지는 친숙한 기척. 나는 이 용이 페이가 진화한 형태라고 직감했다.

하지만 어떻게 된 일이지?

페이는 날개를 지니지 못한 검은색 지룡이었을 텐데.

그런데 눈앞에 있는 페이는 하얀색 날개를 펄럭이는 용이 되어 있다.

내가 용사가 된 이후 수수께끼의 고치로 변화했던 현상과 관계가 있는 걸까?

아니지, 지금은 다른 데에다가 정신을 팔 때가 아니야.

『방금 막 깨어나서 잘은 모르겠는데 위험한 상황이지?』

"맞아, 덕분에 살았어."

그럼에도 상황은 아직 긴박했다.

병사들은 방금 전 페이의 공격으로 상당한 타격을 입은 듯 보였지만 가장 경계해야 할 소피아와 흑의인은 흠집 하나 없었다.

소피아뿐 아니라 흑의인 두 사람도 상당한 실력자였다.

기절한 카티아와 안나를 안고 있는, 나와 하이린스 씨로는 버거운 상대일지도 모르겠다.

"슌! 그 용을 타고 도망쳐라!"

레스톤 형님이 갑자기 소리쳤다.

하지만 그렇게 도망치면 형님을 두고 가야 한다.

지금은 페이의 몸집이 상당히 크기 때문에 몇 사람을 태울 수는 있겠지만 전부는 무리였다.

"우리는 신경 쓰지 말고 가라! 슌, 그리고 하이린스 씨! 오카 씨를 데리고 도망쳐!"

레스톤 형님은 후위로 남아 퇴로를 지킬 작정이었다.

다만 소피아와 흑의인을 상대로 형님과 휘하 부대가 맞서 싸우는 것은 거의 불가능했다.

내가 망설이고 있을 때 흑의인의 허점을 찌르며 시간을 번 하이린스 씨가 바닥에 쓰러진 선생님을 안아 들고 달려왔다.

"슌! 도망친다!"

양쪽 옆구리에 선생님과 안나를 안고 있는 하이린스 씨가 위기감을 감추지 못하는 표정으로 내게 결단을 재촉했다.

"곱게 보내줄 것 같아?"

『곱게 안 보내줘도 도망칠래!』

페이가 뒤따라오는 소피아와 흑의인에게 브레스를 토했다.

동시에 나와 하이린스 씨를 한 손에 한 명씩 붙잡고는 가타부타 말도 없이 날아올랐다.

"페이?!"

『미안하지만 저런 걸 상대하는 건 무리거든? 도망칠 수밖에 없단 말이야!』

눈 깜짝할 사이에 드넓은 하늘 높이 솟구쳤다.

아래쪽으로 보이는 장면은 페이의 브레스를 받아내고도 아무런 상처 없이 서 있는 소피아.

『저기서 버텨봤자 승산은 절대로 없었을 거야.』

페이의 신랄한 지적에 나는 반론하지 못했다.

이렇게 우리는 도망길에 올랐다.

레스톤 형님과 클레베아를 버려두고서…….

막간. 지배자와 흑의인

“어머나~ 놓쳐버렸네.”

“일부러 놓아줬으면서 무슨 소리를 하는 거예요.”

“후후, 그러게. 오히려 어떤 식으로 놓아줘야 할지 고민하고 있었는데, 때마침 용이 난입해줘서 다행이었지 뭐야.”

“주인님께서 용사는 건드리지 말라고 말씀하셨으니까요. 명령을 어기고 전투를 시작한 이유는 뭐죠?”

“그냥 용사가 어느 정도의 그릇을 가지고 있는지 시험해보고 싶었거든.”

“그게 전부인가요?”

“전부야.”

“……이번 건은 주인님께 보고드리겠어요.”

“너도 나를 거들어줬다는 건 잊었어? 연대 책임으로 같이 벌 받을까? 아니면 조용히 공범이 될래?”

“……보고하겠어요.”

“저기, 그건 좀 곤란한데?”

“곤란하면 처음부터 하지 말았어야죠.”

“벽창호.”

“좋을 대로 말하세요. 게다가 제가 보고하지 않아도 주인님이 가만히 구경만 하실 분이던가요? 분명히 이번 공작도 파악하고 계실 거예요. 가벼운 벌로 끝내고 싶으면 솔직하게 보고하는 편이 나을

걸요?"

"나도 주인님을 아니까 그럴 리는 없다고 장담을 못 하겠네."

"어쨌든 간에 주인님의 계획은 시작됐어요. 저희의 경솔한 행동으로 계획을 무너뜨릴 수는 없다고요."

"예예, 제가 다 잘못했습니다."

"잘못했다고 생각한다면 자중 좀 하시죠?"

"흥. 있잖아, 그러고 보니 다른 한 명은?"

"용에게 브레스를 뒤집어쓴 데다가 태양 빛까지 쐬고 뻗었어요."

"칠칠맞기는."

"사람들이 전부 다 당신처럼 강하지는 않으니까요."

"어머? 너도?"

"농담은 그만하세요. 당신이 제 실력을 발휘하면 저 따위는 상대도 못 돼요."

"그런 것치고는 반항적인데?"

"제가 반항적인 것이 아니라 당신이 주인님께 너무 불성실한 거예요."

"어쭈?"

"이럴 때만 괜히 발끈하지 말고 주인님의 뜻을 거스르는 행동은 삼가주세요."

"에이, 알았다니까."

단장. 엘로 대미궁 이변 조사대

모여 있는 기사들을 둘러봤다.

이곳에 모인 인원은 렝잔드 제국의 기사들.

이번에 나는 기사들을 엘로 대미궁으로 안내해 달라는 의뢰를 받았다.

우리들 미궁 안내인과 달리 기사 나리들은 엘로 대미궁에 출입한 적이 없었다.

그래서 아들 녀석이 엘로 대미궁에 관한 기본 지식을 소집된 기사들에게 가르쳐주고 있었다.

"기사님들께서 조사를 위해 진입할 장소는 입구에서 열흘 정도 떨어진 곳에 위치합니다. 이동에 편도 열흘, 조사에 열흘, 돌아오는 기간이 또 열흘. 최소한으로도 한 달 분량의 보존 식량을 확보해놓지 않으면 중간에 복귀할 수밖에 없게 됩니다. 일정이 길어지는 경우를 대비해서 열흘 치는 더 준비해주셨으면 좋겠습니다."

기사 나리들이 이번에 파견된 이유는 최근 들어 미궁 내부의 어느 지역에서 마물의 양이 급증했기 때문이었다.

그래서 원인 조사와 마물의 퇴치를 맡아서 처리하게 되었는데, 한 번도 미궁을 들어가 본 적이 없는 기사 나리들이 일 처리를 제대로 할 수 있을지 의심스러웠다.

마물이 대량 발생한 구역은 하필이면 카사나가라 대륙과 더즈톨디아 대륙을 왕래하기 위한 최단 루트와 겹쳐 있었다.

엘로 대미궁은 두 대륙을 연결하는 세계 최대이자 세계 최악의 위험한 미궁이다.

그렇지만 흉악한 수룡(水龍)이 거처로 삼은 탓에 항행이 불가능한 바다를 대신하여, 유일하게 대륙을 넘어 이동할 수 있는 귀중한 길이기도 했다.

그 때문에 위험을 무릅쓰고서라도 엘로 대미궁을 이용하는 인간은 끊이지 않는다.

어느 정도냐면 우리 같은 미궁 안내인이라는 희한한 직업이 생길 만큼…….

대륙 간 교역이 이루어지는 장소이기도 하기에 대미궁의 출입구가 위치한 이곳 오우츠 국은 제법 짭짤한 수익을 올리고 있었다.

이대로 마물의 수가 계속 늘어나서 미궁을 드나드는 인파가 적어지면 오우츠 국과 우리들 미궁 안내인도 적잖은 곤란을 겪게 된다.

나라는 귀중한 재원인 교역과 미궁 통행세가 줄어들고 우리들 미궁 안내인은 일거리가 줄어든다.

그런 사태를 염려한 오우츠 국에서는 동맹국 렝잔드 제국에 도움을 요청했다.

명목은 동맹국이지만 사실 오우츠 국은 렝잔드 제국의 속국 신세나 다름없으니까 말이지.

오우츠 국은 엘로 대미궁에서 산출되는 수입이 전부인 조그만 나라였다.

군사력도 낮고 토지도 좁다.

엘로 대미궁의 입구가 없었다면 나라의 체재조차 유지하지 못하는 약소국이다.

문제가 발생해도 자국의 힘만으로는 해결이 불가능할 정도였다.

반대로 말하자면 그만큼 엘로 대미궁에서 얻는 수입이 크다고도 할 수 있겠다만…….

대륙 전체를 아우르는 교역으로부터 비롯되는 수익. 미궁을 드나들면서 지불하는 통행세. 그리고 미궁에서 채집되는 마물의 소재.

이것들이 오우츠 국을 풍요롭게 만들어준다.

또한 풍요의 일부를 헌상함으로써 렝잔드 제국이라는 강국의 보호를 받고 있다.

렝잔드 제국으로서도 자신들의 몫이 줄어드는 사태는 달갑지 않은 관계로 이변을 해결하기 위해 기사들을 파견했다고 보면 되겠다.

추후의 여파를 감안하면 되도록 한 번에 이변의 원인을 규명하고 배제까지 할 수 있으면 좋겠다만…….

글쎄다, 가능하려나.

"그리고 말입니다, 대미궁의 마물은 독을 보유하는 종류가 많으니 해독제는 필수입니다. 또한 빛을 밝힐 도구와 연료. 되도록이면 불을 사용하는 방식이 좋겠습니다. 거미집에 걸렸을 때 불을 붙이고 도망칠 수도 있으니까요. 설명은 이만 마치겠습니다. 기사님들께서는 이쪽에 리스트를 작성해놓았으니 물자 보급을 부탁드립니다. 일단 공간 수납용 아이템은 안내인들이 소지하고 있으니 운반은 저희에게 맡겨주시면 됩니다. 아, 그리고요. 가족분들께 편지 한 통씩 보내고 오시면 어떻겠습니까? 긴 여정이 될 테니까요."

아들 녀석이 이것저것 설명하는 중에도 기사 놈들은 멍하니 고개를 끄덕거리기만 했다.

이변을 해결하라고 파견 보낸 기사가 이런 꼴이니 앞날이 걱정된다.

가족에게 보내는 편지가 유서로 남지 않도록 잘 받쳐줘야겠군.

대미궁으로 진입하고 나서 8일.

이제 슬슬 이변이 발생한 지역과 가까워지고 있었다.

기사들에게 큰 기대를 하지는 않았지만 전투 면으로는 그럭저럭 제 몫을 해줬다.

처음에는 얼뜨기 귀족 부대가 임무를 떠안고 온 줄로만 생각했고, 실제로 이 부대는 귀족의 차남이나 삼남 따위로 구성되어 있었다.

그렇지만 렝잔드 제국은 역시 강국이었다.

마냥 허울만 좋은 부대는 필요 없다는 뜻이겠지.

“분명 우리들은 귀족 출신을 긁어모은 부대이다만, 훈련량과 실전 경험은 다른 부대에 뒤지지 않는다네. 처음부터 작위를 이어받지 못하는 놈들을 모아서 만든 부대니까 말이지. 실적을 올려서 작위를 받겠다고 다들 필사적이야.”

나름 사연이 있었다.

일부 기사들은 나를 안내인 나부랭이라는 식으로 우습게 보는 듯했지만, 막상 작전을 시작하고 미궁의 가혹한 환경을 경험한 뒤로는 불평도 금세 가라앉았다.

낮에도 밤에도 어둠으로 감싸인 미궁에 며칠이고 틀어박혀 있으면 시간 감각이 불분명해지고 신체에도 정신에도 이상을 초래하게 된다.

그런 환경에서 노숙을 해야 하는데, 이곳은 마물이 배회하는 위험천만한 미궁의 내부.

한시도 안심할 수 없는 탓에 피로 해소는 느렸고 불평을 할 기운은 곧바로 사라진다.

이러한 악조건을 조기에 깨달은 기사단장이 미궁 안에서는 내 지시에 전면적으로 따르겠다고 선언해준 영향도 컸다.

기사단장은 됨됨이가 제법 괜찮은 남자였다.

덕분에 첫 미궁 탐색인데도 불구하고 이제껏 낙오자 없이 전진해왔다.

보통은 몇 사람쯤 도중에 되돌아가고는 한다.

그나저나 기사들이 예상보다 자기 몫을 잘해줬다는 점은 흐뭇한 오산이었지만 이상하게도 불길한 예감을 떨칠 수 없었다.

아직 보고로 올라왔던 지역에는 도착하지도 못했는데 평소보다 마물의 수가 많다.

사망자가 나오지는 않았지만 부상자는 이미 몇 명쯤 발생했다.

치료술사를 동행하고 있으니까 문제가 되진 않았어도 언제 무슨 일이 일어날지 모른다는 것이 대미궁의 무서운 점이다.

해독제는 대량으로 가지고 들어왔고 이제껏 전투를 거듭하면서 독 내성을 획득한 기사도 있다.

아주 위험한 사태가 일어나지는 않으리라고 생각한다만 그럼에도 불구하고 불길한 예감이 쉴 새 없이 나를 자극했다.

근처에 혹시 퀸이 올라와 있는 건가?

충분히 있을 법한 일이었다.

반대편, 더즈톨디아 대륙 쪽에서 타라텍트 사냥이 유행하고 있다는 것은 퀸이 알을 낳았다는 의미이리라.

요컨대 상층으로 올라왔었다는 뜻이 된다.

퀸 타라텍트는 오버 S랭크의 움직이는 재앙.

토벌 기록은 아주 먼 옛날 용사님이 대군과 본인의 목숨까지 맞바꿔서 물리쳤다는 한 마리뿐.

그 한 마리를 빼고도 세계에는 아직 다섯 마리가 존재한다.

또한 그중 한 마리는 이곳 대미궁에 서식하고 있었다.

평소는 상층보다 아래 계층에서 머무르지만 알을 낳을 때는 상층까지 올라온다.

금방 아래로 돌아가면 좋을 텐데, 때때로 상층에 눌러앉는 경우도 있으니까 방심하면 안 된다.

다만 이번에 타라텍트가 출현한 위치는 더즈톨디아 대륙의 입구 근처였기 때문에 이곳 카사나가라 대륙 방향으로 퀸이 이동했을 가능성은 희박했다.

굳이 걱정할 일은 아니라고 생각하지만 만에 하나 그런 괴물과 마주쳤다가는 목숨이 아무리 많아도 못 버틴다.

퀸이 지나다닐 만한 커다란 통로는 피해야겠군.

또 한 가지 신경 쓰이는 점은 이변이 일어난 구역이 중층의 입구라는 정도일까.

상식적으로 판단하자면 중층에서 뭔가 강력한 마물이 올라왔고, 그 때문에 다른 마물들은 원래 살고 있던 보금자리에서 쫓겨난 건가?

그렇지만 중층에 그만큼 강력한 마물이 있었던가?

예전에 중층을 탐색하고 나온 모험가는 스테이터스로 보자면 그리 대단한 마물은 없었다고 증언했다.

더 아래에 위치한 하층에서 올라왔다면 강력한 마물이 나타날 수도 있겠지만…….

퀸은 하층을 근거지로 삼고 있다고 알려져 있는데, 도시 전설 수준의 소문으로는 그보다 더 아래에 최하층이라는 층계가 존재한다고도 알려져 있었다.

진위 여부는 확인이 불가능하지만 일부러 접근하지 않는 한 하층이든 최하층이든 엮일 일은 없다.

혹시 이번 이변은 하층처럼 깊숙한 지역으로부터 중층을 지나 올라온 무언가로 인해 발생했을지도 모르겠군.

그렇게 말도 안 되는 망상을 했다.

미궁 진입 후 13일째.

당초 목적했던 지역에 도착해서 지금은 마물 퇴치와 원인 조사를 수행하는 중이었다.

그렇지만 우리들은 뜻밖의 상황에 고개를 갸웃거렸다.

"마물이 없군."

"으음. 보고에 의하면 마물이 대량 발생했다고 들었는데 그런 낌새는 없지 않나?"

"그렇군. 차라리 이곳까지 오는 도중에 훨씬 많았어."

도중에는 마물의 수가 확실히 많았었다.

평소였다면 최대한 전투를 피하는 식으로 움직였겠지만 이번에는 마물 퇴치도 중요한 임무 중 하나였다.

마물을 발견할 때마다 기사들이 전투를 벌였다.

그 때문에 당초 열흘로 예정했던 이동 기간이 12일로 늘어나 버렸다.

돌아가는 데 걸릴 시간을 고려하면 조사를 최대한 신속하게 진행해야 했다.

"뭐, 이제 겨우 조사 1일 차다. 서두르지 말자고. 게다가 마물이 아예 없어졌다면 오히려 좋은 징조야. 이변은 이미 끝났고, 우리는 한 건 해결한 거지."

"정말 그랬으면 좋겠군."

단장에게는 가볍게 말했지만 나 자신은 스스로 한 말을 믿지 않았다.

미궁으로 들어오고 나서 줄곧 느껴지던 불길한 예감이 점점 더 짙어지고 있기 때문이었다.

이런 예감이 들 때면 언제나 좋은 꼴을 보지 못했다.

경계를 늦추지 말아야겠다.

15일째.

"역시 마물이 없군. 이제껏 피해 왔지만 지금은 과감하게 대통로도 조사해봐야 하지 않겠나?"

"으음. 대통로라……."

조사는 아무 성과도 올리지 못했다.

대량으로 발생했다던 마물이 한 마리도 없었으니 당연한 일이었다.

단장의 제안은 나를 망설이게 했다.

지금 딱 퀸이 올라와 있지는 않을 테지만 대통로에는 그 밖에도 몹시 강력한 마물들이 있었다.

특히 지룡(地竜)은 특출한 물리 능력 때문에 까다로운 마물이다.

되도록이면 대통로에 진입하고 싶지 않으나 조사대의 이번 목적을 고려하면 마냥 고집을 부릴 수도 없겠군.

"어쩔 수 없지. 하지만 단장 나리, 위험하다고 판단되면 당장 퇴각이야."

"그래야겠지. 모두 들어라! 이제부터 대통로로 진입한다! 위험하다고 판단되면 즉시 퇴각할 테니 단단히 채비하도록 하라!"

단장의 호령에 따라 부대가 전진한다.

"여기야."

"음. 이 앞쪽은 신중하게 전진해야겠군."

대통로로 나왔다. 주변을 주의 깊게 둘러본다. 마물의 모습은, 역시 안 보이는군.

"여기에도 마물이 없는데?"

"그렇군. 내가 들은 얘기에 따르면 대통로에는 마물의 수도 많다고 했는데?"

"맞아. 이토록 조용한 대통로는 처음 봐. 왠지 소름이 끼치는군."

"더 신중하게 전진할 필요가 있겠어."

내가 느끼고 있는 불길한 예감이 더욱 강해졌다.

본능이 이 앞으로 나아가면 위험하다고 알리고 있다.

"좋지 않아. 불길한 예감이 가시질 않는다고."

"나도 마찬가지다."

단장은 식은땀을 흘리고 있었다.

내 이마에도 마찬가지로 땀방울이 맺혔다.

천천히, 천천히 앞으로 나아갔다.

그리고 무언가를 발견했다.

"이건, 거미집인가?"

"타라텍트 계통의 마물인가."

우리가 목격한 것은 거대한 거미집이었다.

거미집뿐이고 둥지의 주인은 보이지 않는다.

크기를 보건대 이 거미집의 주인은 틀림없이 성체로 성장을 완료했을 것이다.

"이 거미집의 주인이 이번 이변의 원인인가?"

"아마도 그럴 테지. 저길 보라고."

내가 손가락으로 가리킨 곳, 그곳에는 절반 이상 잡아먹힌 지룡의 시체가 거미줄에 붙들려 있었다.

"지룡조차 이런 신세다. 어쩌면 그레이터 클래스까지 진화했을지도 모르겠어."

타라텍트종은 진화를 거듭하면서 스테이터스가 폭발적으로 상승하는 종이었다.

최상위에 위치하는 퀸은 신화급.

반면에 막 태어난 새끼 거미는 최저의 F랭크.

진화에 의한 변화가 얼마나 거대한지는 말할 필요도 없었다.

그레이터 타라텍트는 극히 드물게 발생하는 진화 개체다.

위험도는 A랭크에 가까운 B랭크.

지룡이 당해버렸다는 점을 고려하면 이미 A랭크에 도달했다고 봐도 무방했다.

“A랭크의 마물을 상대할 수 있나?”

“무리겠지. 전멸을 각오하고 임전하면 혹시 토벌할 수도 있겠지만, 그럴 바에는 후퇴하는 편이 나아.”

“옳은 말이군. 아무래도 복귀해야겠는데? 우리 전력으로는 어림도 없겠어.”

“찬성이다. 한시라도 빨리 탈출하도록 하지.”

나와 단장의 의견을 일치됐다.

둘이서 마주보고 고개를 끄덕이고는 그 자리에서 벗어나려고 하던 그때, 극도의 오한이 나를 덮쳤다.

숨을 멈춘다.

등을 돌린 곳에 있는 거미집.

그곳에 무언가가 나타나 있었다.

옆쪽의 단장과 눈을 마주했다.

시선을 교환하고는 천천히 고개 돌린다.

그것과, 눈이 맞았다.

거미다.

자주 봐서 익숙한 타라텍트종과 비슷했지만 조금 달랐다.

앞다리가 낫 형태로 되어 있는 조그맣고 까만 거미 마물.

그 즉시 깨달았다.

이놈은 위험하다.

어떤 방법으로 느닷없이 출현했는지 모르겠지만 어쨌든 간에 위험하다.

공포로 몸이 굳어졌다.

그레이터 타라텍트?

고작 그런 수준이 아니었다.

이놈은 그런 뻔한 잣대로 가늠할 수 없는 존재다.

"철수!"

단장의 고함 소리 덕분에 정신을 차렸다.

뒤도 돌아보지 않고 도망쳤다.

대열 따위는 무너진 지 오래였다.

그저 오로지 그놈으로부터 도망치기 위해 부들부들 떨리는 다리를 필사적으로 움직였다.

얼마나 달렸을까, 우리들은 마침내 대통로를 빠져나왔다.

뒤쪽을 살펴봤지만 그놈이 쫓아오지는 않는 듯하다.

여기저기에서 안도의 한숨이 흘러나왔다.

단장도 숨을 한 번 내쉬고는 곧바로 점호를 시작했다.

빠진 인원은 없었다.

"당장 미궁을 나가도록 하지."

"그래. 본국으로 연락을 넣어야겠다. 저런 괴물을 우리들만으로 상대할 수는 없어."

물론 실제로 싸워보지는 않았다.

하지만 한눈에 알아버렸다.

그놈은 말도 안 되는 괴물이었다.

마물이 많았던 이유는 그놈에게 쫓겨나 서식지를 잃어버리고 주변으로 퍼져 나갔기 때문이었다.

이곳 주변에 마물이 없었던 이유는 그놈에게서 도망쳤기 때문이었다.

아무리 생각해도 A랭크는 여유롭게 뛰어넘을 만한 괴물이었다.

어쩌면 S랭크까지 다다랐을지도 모르겠다.

그런 괴물은 용사님이나 각국의 정예 정도 되야 상대할 수 있다.

적어도 우리 같은 평범한 사람들이 상대할 만한 존재는 아니다.

"조아 에레."

누군가가 중얼거렸다.

"그게 뭔데?"

"어느 마물의 이름입니다. 불길함을 상징하는 거미 마물. 하지만 저런 괴물은 아니었을 텐데……."

아무래도 그 마물은 조아 에레라고 불리는 종족인 듯했다.

하지만 그런 괴물이 대미궁에서 발생했다는 소식 따위 들은 적도 없었다.

타라텍트종에서 돌연변이라도 한 건가?

평범한 조아 에레하고는 명백하게 달랐으니까 틀림없이 돌연변이로 발생한 개체일 것이다.

어쨌든 간에 더 이상은 무리였다.

우리들은 곧바로 채비를 갖추고 미궁 밖으로 탈출했다.

S6. 잠복

왕도를 탈출하고 나서 열흘이 지났다.

우리는 왕도에서 조금 떨어진 도시에 있는, 하이린스 씨의 옛 친구라는 사람의 저택을 빌려 몸을 숨겼다.

그 사람의 인맥을 써서 이것저것 정보를 수집할 수도 있었고 상당한 도움을 받았다.

하지만 그러므로 이곳에서 너무 오랜 시간을 보낼 수는 없을 것 같다.

지금 내 입장은 몹시 위태로운 처지에 놓여 있었다.

아버지를 제 손으로 살해했고 왕도에서 쿠데타를 일으켜 무력으로 왕좌를 차지하려고 획책한 막내 왕자.

그것이 현재 내 평판이었다.

쿠데타는 실패로 끝났지만 국왕 폐하는 왕자의 흉악한 칼에 쓰러지셨고 왕도는 혼란에 휩싸였다.

제3 왕자 레스톤 형님도 내 협력자이며 카티아의 가문 및 엘프를 뒷배로 두고 반란군을 결성했다.

대충 저런 줄거리였다.

레스톤 형님은 결국 그 후 붙잡혔다고 들었다.

그 자리에서 살해당하지는 않아 다행이었지만 반역죄로 처형당하는 것은 시간문제라고 판단된다.

역시 그때 무리를 해서라도 함께 탈출했어야 했는데…….

애초에 형님까지 빼낼 실력이 있었다면 이렇게 되지도 않았다.

그때 내게는 소피아에게 대항할 만한 힘이 없었다.

마법이 통하지 않는 소피아를 상대하면서 카티아를 끌어안은 채로 어떻게 싸우라는 말인가.

머리로는 알고 있었지만 그럼에도 후회는 점점 격해졌다.

탈출 때가 전부가 아니었다.

지금 돌이켜 보면 스우나 카티아와 염화로 대화할 때에도 위화감은 있었다.

스우는 왠지 분위기가 이상했었고 카티아는 나와 단둘이 염화로 대화하는데도 불구하고 일본어를 쓰지 않았었다.

카티아가 나와 단둘이 이야기할 때면 언제나 일본어로 말했는데도…….

이변은 이미 일어났었다.

그런데도 나는 전혀 알아차리지 못했다.

미리 알아차렸다면 이렇게 되기 전에 막을 수도 있었을 텐데.

울적한 머릿속을 털어내려고 방 안에서 검을 들지 않은 맨손으로 허공을 그었다.

몸을 움직이는 동안만큼은 아무런 생각을 안 해도 된다.

쓸데없는 고민을 그만두고 몰두하고 있던 그때 문 두드리는 소리가 들렸다.

"너, 뭐하냐?"

"카티아, 이제 걸어 다녀도 되는 거야?"

문을 열고 들어온 사람은 바로 얼마 전까지 몸져누워 있었던 카티아였다.

“응. 이제 몸은 괜찮아. 아직 머리가 가끔 아프지만…….”

“힘들면 꼭 말해라? 세뇌가 풀리기는 했어도 영향이 완벽하게 사라진 건 아니니까.”

유고의 세뇌는 지독했다.

카티아는 본인의 정신력으로 일순간이나마 제정신을 차리는 데 성공했지만 그 틈에 저지른 짓은 자폭이었다.

딱히 다른 수단이 없었을 만큼 세뇌의 힘은 강력했다.

지금은 이미 세뇌의 영향에서 벗어났지만, 카티아는 아직도 원인 불명의 두통에 시달리고 있었다.

“괜찮대도 그러네. 아, 맞다. 슌한테 감정 좀 받으려고 온 거야.”

“감정?”

“응. 뭔가 새로운 스킬이 생겼는데 들어본 적도 없어서. 내가 기억하는 바로는 스킬 사전에도 실려 있지 않았던 것 같은데, 효과를 모르겠거든. 그러니까 슌이 감정으로 조사해줬으면 좋겠어.”

“아, 그랬구나. 알았어.”

카티아를 향해 감정을 발동시켰다.

분명히 요전까지는 없었던 스킬이 늘어난 상태였다.

나도 가지고 있지 않은 스킬이다.

〈신성 영역 확장: 신성 영역을 확장한다〉

감정을 해봐도 잘 모르겠는데?

설명을 또 감정해볼까.

〈신성 영역: 생명이 지닌 혼의 심층 영역. 모든 생명의 근원이자 자

신의 최종 의존 영역이기도 하다〉

역시 잘 모르겠다.

"미안, 나도 잘 모르겠네."

"감정을 해도?"

"응. 혼이 어쩌고저쩌고하는데 결국 어떤 효과인지는 모르겠어."

둘이 같이 고개를 갸웃거린다.

"뭐, 됐어. 그리고 외도 내성인가 하는 스킬도 올랐더라."

"아, 그건 유고의 세뇌를 풀어내서 그럴 거야."

"그리고, 병렬 의사도 있네?"

"그 스킬은 온으로 작동시키면 일시적으로 이중인격 비슷해지는 효과야."

"뭔 소리야? 의미가 있나?"

"한쪽은 지금처럼 똑같이 싸우고, 다른 한쪽이 마법을 쓸 수도 있어."

"와, 진짜? 비겁하네?"

"일시적으로 두 사람 몫의 전투력을 발휘한다고 본다면 꽤 비겁하지."

"오오. 그럼 당장 써봐야겠다."

"아, 평소에는 쓰지 마. 나도 그 스킬을 익혔을 때 시험해봤는데, 평소에도 계속 쓰고 다니면 어느 쪽이 진짜 자신인지 헷갈려지니까 혼란스럽더라. 다중 인격은 결국 정신병의 일종이잖아. 평소는 오프로 해놓고, 전투 때만 온으로 돌리는 편이 좋아."

"으엑, 무서운 스킬이네."

"그런데 말이야."
"응?"
"좀 가깝지 않아?"
카티아는 내 눈앞에 있었다.
거리가 굉장히 가까웠다.
내 키가 더 크니까 내려다보는 구도가 되는데, 그게, 각도가 좀, 가슴이 살짝.
"신경 쓰지 마."
"아니, 신경 쓰이거든. 원래는 남자였어도 지금은 여자애니까."
"흐응, 슌은 나를 그런 눈으로 보고 있었구나. 흐음."
"아, 아니, 이건, 그게, 그러니까, 남자의 본능이랄까, 너도 알잖아?"
"흐음, 그러면 이렇게 해주면 부끄러워?"
카티아가 또 한 걸음을 내딛더니 내 몸에 가슴을 꾹 가져다 댔다.
"항복! 내가 잘못했으니까 그만 좀 놀려!"
"순진하기는."
카티아는 웃으면서 뒤로 물러났다.
"어때? 이제 기분 좀 괜찮아졌어?"
"아, 응. 그렇구나. 고마워."
왜 이러나 했다.
카티아는 침울한 나를 조금이나마 위로해주기 위해서 일부러 짓궂은 장난을 한 것이다.
정말이지 성격 좋은 녀석이었다.
"있잖아, 한 가지 묻고 싶은데 말이야. 그때 사용한 치료 마법, 평범한 치료 마법은 아니지?"
카티아가 질문을 꺼냈다.
뭐라고 대답해야 할까.
"말하기는 좀 그래?"
"아니, 그런 건 아닌데."
"뭐, 됐어. 억지로 캐물으려는 건 아니야. 그냥 그걸로 선생님을 치료할 수는 없을까 해서."
말하고 싶지 않은 내용은 아니었지만 카티아도 굳이 캐물을 생각은 없는 듯했다.
"벌써 써봤는데 소용없었어."
"그랬구나."
선생님은 지금 혼수라는 상태 이상에 빠져 있었다.
잠든 채 눈을 뜨지 못하는 상태 이상이다.
죽은 사람처럼 잠들어 있지만 생명에는 큰 지장이 없었다.
감정한 결과, 15일이 지나면 저절로 해제돼서 깨어날 것이라고 나왔다.
오늘로 10일째니까 딱히 손을 쓰지 않아도 5일만 지나면 선생님은 깨어날 수 있다.
저런 상태 이상을 걸어놓은 자는 틀림없이 소피아겠지.
어째서 그렇게 어정쩡한 피해만 입혔을까. 어째서 저절로 해제되도록 걸어놓은 걸까.
이유는 잘 모르겠다.
다만 선생님은 소피아의 신상을 아는 눈치였는데 그것이 원인 중

하나가 아닐까 생각하고 있다.

어쨌든 선생님이 지닌 지식에 앞으로 5일 동안은 기댈 수 없다.

유고가 지니고 있다는 7대 죄악 스킬이나 소피아에 관한 정보.

살해당한 포티머스나 레스톤 형님과 관련된 정보 등 하고 싶은 질문은 잔뜩 있었는데…….

선생님과 레스톤 형님은 그날 서로를 대하던 모습에서 이미 안면을 튼 사이임을 알 수 있었다.

하지만 나는 전혀 알지 못했다.

레스톤 형님이 개인적으로 병사를 보유하고 있었다는 것도 그날 처음으로 알았다.

그런데도 선생님은 당연하다는 듯 알고 있었고 마치 동지라도 되는 것처럼 서로를 대했다.

레스톤 형님이 선생님과, 나아가서는 엘프와 연결되어 있다는 사실은 명백하다.

무엇 때문에 그런 관계를 구축했는지, 무엇 때문에 병사를 보유하고 있었는지.

이것저것 묻고 싶지만 선생님은 혼수상태이고 레스톤 형님은 적에게 붙잡혔다.

다만 레스톤 형님은 진심으로 나를 염려해서 도피시켜주셨다.

그 행동에는 악의가 없었다고 믿는다.

레스톤 형님은 모종의 방법으로 이번 사건이 일어난다는 것을 예견하고 있지 않았을까?

"안나는 어때?"

"순조롭게 회복 중이지만 아직 대화를 나눌 만한 상황은 아니야."

유고에게 세뇌당한 안나는 아직도 세뇌에서 헤어나지 못했다.

내가 상태 이상 해제 마법으로 조금씩 세뇌를 풀어내고 있지만, 아직은 방 안에 감금해놓을 수밖에 없는 상태였다.

안나는 선생님이 걸린 혼수와는 달리 치료 방법을 강구하지 않으면 평생 이대로였다.

여유가 될 때마다 MP가 바닥날 때까지 해제 마법을 연발하고 있다.

덕분에 아주 조금씩이지만 세뇌가 풀릴 조짐이 보인다.

순조롭게 간다면 세뇌를 풀어낼 수도 있겠지.

뭐, 안나의 치료를 우선시하는 까닭에 선생님의 혼수를 치료하는 일이 뒤로 밀려났다는 점은 부정할 수 없지만…….

결국은 시간 경과로 깨어난다는 사실을 알고 있으니까 우선순위가 낮아져버렸다.

선생님, 미안.

안나에게도 묻고 싶은 말이 있으니까.

안나는 레스톤 형님과 함께 행동했었다.

그렇다면 레스톤 형님의 움직임을 알고 있다는 뜻이 되겠다.

게다가 세뇌까지 당한 상태였으니 유고의 움직임도 어느 정도는 알고 있었을 것이다.

세뇌가 풀려도 당시의 기억이 사라지지 않는다는 것은 카티아가 이미 증명해줬다.

카티아는 깨어난 다음 모든 것을 말해주었다.

유고를 공작가에서 감시하고 있었다는 것.

감시를 맡았던 자들이 세뇌당했다는 것.

그리고 그 세뇌의 마수가 카티아 자신에게도 뻗쳤다는 것.

세뇌당하고 나서는 유고의 말을 무조건적으로 옳다고 받아들이게 되었고, 잘못됐다는 생각은 티끌만큼도 하지 않았다고 한다.

강제로 명령을 따르게 하는 느낌이 아니라, 자기 자신의 의사로 유고에게 절대적인 충성을 맹세했다는 기분이 들었다고도 했다.

들으면 들을수록 무시무시한 스킬이었다.

본인에게는 조종당한다는 의식조차 없으니까.

스스로 바라서 행동한다고 착각하기 때문에 저항할 의지조차 갖지 않는다.

카티아가 잠깐이라도 세뇌를 이겨냈던 까닭은 원래 남자였던 정신이 남아 있었던 덕분이 아니겠느냐고 본인이 직접 말했었다.

그 이야기를 할 때 원래는 남자였고 지금은 여자라는 소리를 유난히 강조했었는데 대체 왜 그랬던 걸까.

"그건 그렇고 페이가 그렇게 바뀔 줄이야, 정말 깜짝 놀랐지."

"맞아."

페이는 진화해서 광룡(光竜)이 됐다.

아마도 내가 용사가 된 덕에 새로운 진화 트리가 열린 모양이었다.

사역마로 계약된 관계였기에 용사 칭호가 간접적으로 페이에게도 영향을 미친 듯했다.

하이린스 씨의 말로는 과거에도 비슷한 사례가 있었다고 한다.

용사가 사역하는 마물은 특수한 방향으로 진화한다고…….

그렇게 페이는 본래의 종족이었던 지룡에서 광룡으로 탈바꿈하게 되었다.

게다가 지룡의 힘은 그대로 보유한 상태다.

지룡의 특징은 뛰어난 방어력에 있었다.

페이는 지룡의 방어력을 그대로 보유한 채 날개를 손에 넣음으로써 땅과 하늘 양쪽에서 기동성을 발휘할 수 있게 되었다.

새롭게 습득한 스킬은 광룡 9레벨과 빛 마법 1레벨과 비상 1레벨.

순수한 스테이터스로는 언젠가 학원을 습격했었던 지룡, 페이의 어미보다도 강해졌다.

솔직히 말하자면 나보다 더 강하다.

나도 용사가 되면서 수행한 덕에 비약적으로 강해졌는데 말이지.

편리하다는 이유로 맺은 계약이지만 사역마에게 뒤처지는 주인은 멋지지 않다고 생각한다.

페이는 지금 마을과 그리 멀지 않은 숲 속에서 몸을 숨기고 있는데, 아무래도 그런 거구를 데리고 마을 안으로 들어오기는 곤란했기 때문이었다.

무리해서 데리고 다니다가 사람들 눈에 띄면 추격대에게 들킬 수도 있고…….

우리는 현재 지명 수배 중이었다.

그러므로 오랫동안 머물러서는 안 된다.

추격대에 발각되지 않도록 조심 또 조심해야 했다.

사태는 유고 하나를 쓰러뜨린다고 해결되는 단계를 훌쩍 지나버렸다.

이미 나는 세뇌당하지 않은 사람들에게도 왕을 살해한 대역 죄인으로 인식된 상태였다.

누명을 벗지 못하면 당당히 바깥을 돌아다닐 수도 없다.

반면에 유고는 교회에서 율리우스 형님의 후계자로 정식 인정한 새로운 용사였다.

인류의 새로운 희망으로서, 거대한 제국의 차기 후계자로서, 온 세계의 칭송을 한 몸에 받는 존재가 되어가고 있었다.

이런 상황에서 내가 아무리 목소리를 높여봤자 죄인의 헛소리 취급을 받을 뿐, 귀 기울이는 사람이 없을 것은 명백했다.

어떻게든 방도를 찾아야 했다.

하지만 적절한 타개책이 전혀 떠오르지 않는다.

새삼스러운 말 같지만 정치에 전혀 관심을 두지 않았던 과거가 후회됐다.

조금이라도 연줄을 가지고 있었다면 그쪽으로부터 만회할 길을 찾아낼 수 있었을 텐데.

어쩌다가 그런 속내를 카티아에게 털어놓았는데 천만뜻밖의 대답이 돌아왔다.

"그건 어쩔 수 없지 않겠냐. 너 자신은 눈치를 못 챘던 것 같은데, 티 안 나게 정치 쪽하고는 떼어놓았으니까."

응?

"슌, 왕비가 너를 싫어했다는 건 알고 있었지?"

"아, 응."

이때 말하는 왕비는 사일리스 형님과 스우의 친어머니였다.

나와 율리우스 형님의 어머니는 셋째 측실이고 레스톤 형님의 어머니가 둘째 측실이다.

"너희 어머님은 후원자가 없는 약소 귀족 출신이었지만, 율리우스 님이 용사로 발탁되면서 그분을 받들어 모시려는 파벌이 적지 않았어. 율리우스 님 본인은 그런 자들을 싫어했기 때문에 본국에는 별로 머무르지도 않고, 여러 임무를 맡으면서 세계 각국을 돌아다녔지만 말이야. 그리고 그런 분위기가 왕비와 사일리스 님은 마음에 안 들었다는 거지. 나라에 남은 슌을 통해서 율리우스 님을 떠받들려고 하는 움직임도 있었고, 아예 슌 너부터 전면으로 내세우자는 움직임도 있었거든. 왕비 일파는 그런 사태를 막으려고 손을 써서 너를 정치적인 자리로부터 떨어뜨려 놓은 거야."

진짜로?

내가 당사자인데 왜 전혀 몰랐지?

"너도 명색이 왕족인데, 예를 들면 정치를 공부하는 시간이 전혀 없었다는 데 위화감을 느끼지도 않았던 거냐?"

"아, 그게, 스우도 안 했으니까 원래 그런 줄 알고."

"뭐, 스우도 특수하다면 특수한 경우였지. 너랑 스우를 같이 다니게 두면 컨트롤하기가 편하다는 이유로 굳이 붙여놓은 셈이었으니까. 아마 왕비가 네 행동을 잘 감시하라고 지시도 내렸을걸?"

"뭐?!"

진짜냐?!

그렇다면 오라버니 정말정말 좋아해요 어필은 그런 목적을 감추기 위한 기만책이었다는 건가?

그럼 엄청나게 충격인데.

"아, 그 애가 너를 좋아한다는 건 진짜야. 그러니까 안심해라."

"아니, 그렇지만……."

"그게 진짜가 아니라면 이 세상에 진실한 사랑 따위 없다고. 여동생에다가 얀데레라니, 상대하기 까다로운 속성만 모아놨어. 이런 강적이 있나."

음, 그러냐.

그래, 굉장히 박력 넘치는 분위기로 저리 딱 잘라 말하는데, 나도 순순히 믿어줘야지.

무엇을 두고 강적이라 하는지는 모르겠지만 왠지 파고들면 안 될 것 같다.

"뭐, 어느 쪽이든 이번 사건은 네가 정치에 관여했었다고 한들 별다른 방법은 없었을 테니까 안심하고."

"그래도 뭔가 달라지지 않았을까?"

"글쎄다, 공작가의 힘을 가지고도 속절없이 당해버렸는데 얼마나 달라졌겠냐."

"아……."

그랬다.

카티아는 세뇌돼서 유고의 꼭두각시로 이용당했을 뿐 아니라 가문 전체가 반역자라는 오명까지 뒤집어쓰고 말았다.

붙잡힌 사람은 레스톤 형님만이 아니었다.

카티아의 부모님도 역시 누명을 쓰고 붙잡혀 있다.

전부 다 유고와 사일리스 형님의 책략 때문이었다.

자기편을 아무리 만들어봐야, 정치 수완이 아무리 좋아봐야 그것들 전부를 뒤엎어버리는 유고의 세뇌를 당해낼 도리가 없다.

“미안. 카티아의 가족까지 휘말려 들었네.”

“네 책임은 아니잖냐. 전부 다 빌어먹을 유고 놈 때문이지. 너는 왜 자꾸 혼자 끌어안으려고 그래? 세뇌당해서 꼭두각시 노릇을 한 내가 할 말은 아니지만, 다른 사람에게 의지 좀 해라.”

그렇겠지.

카티아의 말이 옳다.

“고마워. 조금 후련해졌어.”

“그래, 고마워해라고!”

내가 솔직하게 고맙다고 말하자 카티아는 일부러 우쭐거리는 표정을 짓고 대답했다.

가족이 붙잡혀서 보통 불안한 것이 아닐 텐데, 이렇게 나를 격려해주고 있다.

내게는 과분할 만큼 훌륭한 친구였다.

“역시 나는 카티아가 없으면 안 될 것 같아. 이번 사건으로 잘 알았어. 앞으로도 계속 옆에 있어줘.”

“푭?!”

내 말을 듣고 쑥스러웠는지 카티아가 입을 살짝 벌린 채 얼굴을 붉혔다.

“슌, 있냐? 응? 뭐야. 사랑 고백이라도 하고 있었어?”

문을 열고 하이린스 씨가 얼굴을 내밀었다.

카티아의 얼굴이 새빨개서 이상한 착각을 했나 보다.

“그럴 리가 없잖아요.”

내가 가볍게 부정하자 카티아의 얼굴에서 표정이 쓱 사라졌다.

“아, 그래. 응. 너는 원래 이런 녀석이었지. 암.”

“카티아?”

“너, 그런 성격은 완전 짜증 나.”

“갑자기 왜?!”

영문을 모르겠다.

“흠흠, 이제 다 끝났냐?”

가만히 지켜보던 하이린스 씨가 말을 건넨다.

“아, 네.”

내가 대답하자 하이린스 씨의 얼굴에 긴장감이 어렸다.

“레스톤과 공작 부부의 처형일이 사흘 뒤로 결정됐다.”

나도 카티아도 숨을 죽였다.

레스톤 형님과, 카티아의 부모님을 처형하는 날이, 결정됐다고?

“상당히 대대적으로 알리고 있더군. 처형을 하는 동시에, 십중팔구 우리를 유인하려는 함정이겠지.”

추격대는 아직 우리를 발견하지 못했다.

그래서 추격하는 대신 유인하는 작전으로 전환했다는 말인가.

“함정이라는 전제로 물으마. 어떡할 테냐?”

함정임을 알고도 뛰어들겠느냐, 아니면 레스톤 형님과 공작 부부를 내버리겠느냐.

고민 따위는 할 필요도 없었다.

“가죠.”

7. 인간과의 조우

먹는다.

먹는다.

먹는다.

실을 더듬어 나가는 것처럼.

천천히 신중하게.

후루룩후루룩 음미하며 먹는다.

《숙련도가 일정 수치에 도달했습니다. 스킬 〈포식 LV 2〉가 〈포식 LV 3〉으로 성장했습니다.》

《숙련도가 일정 수치에 도달했습니다. 스킬 〈신성 영역 확장 LV 4〉가 〈신성 영역 확장 LV 5〉로 성장했습니다.》

마침내 상층에 다다른 나는, 우선 마이 홈 건설에 착수했다.

중층으로 내려가는 입구 근처에 딱 적당한 공간이 있길래 그곳을 마이 홈으로 정했다.

중층에 있을 때는 실이 타버려서 간이 홈조차 만들지 못했으니까 하층에서 지룡 카구나한테 와장창 당한 이후로 처음 짓는 마이 홈이었다.

후후, 차원이 다른 편안함!

중층은 쪄 죽을 만큼 뜨거운 데다가 실로 방벽을 만들지도 못하니까 편안한 수면은 어림도 없는 환경이었다.

반면에 상층으로 돌아와 보니 이리도 편안할 수가 없구나!

기온은 뜨겁지도 차갑지도 않은 알맞은 온도!

실을 마음껏 둘러칠 수 있으니 방범 대책은 완벽!

게다가 강한 마물도 없으니 안심하고 푹 잠들어도 된다!

아아~ 훌륭하여라~.

그렇게 며칠간 아무것도 안 하면서 빈둥빈둥 보냈다.

지금까지 죽을 각오로 열심히 버둥거렸으니까 며칠 정도는 휴식을 취해도 괜찮을 거야.

하지만 언제까지고 늘어져 있어선 안 된다.

전하고 달리 지금의 나는 위압과 공포를 불러오는 자의 콤보 때문에 마물을 쫓아내고 있었다.

당연히 마이 홈으로 돌격하는 마물도 없어졌고, 요컨대 식량이 걸려들지 않는다는 뜻이다.

식량 확보 겸 경험치 획득을 위해 사냥을 나가야 한다.

겸사겸사 상층의 지도를 채우면서 출구를 찾고 싶었다.

밖으로 나갈 준비는 아직 무엇 하나 제대로 안 됐지만 출구를 미리 찾아놓는다고 손해 보지는 않는다.

뭐, 상층의 광대한 넓이를 감안하면 쉽사리 발견되지는 않을 테니까 혹시 찾아내면 행운이라는 마음가짐으로 탐색해보자.

사냥의 목적은 식량 확보가 최우선이고 그다음은 경험치 획득.

이제 한 번만 더 레벨 업을 하면 20레벨로 진화를 할 수 있거든.

그런 까닭으로 상층에서 유유자적 사냥을 개시하고 며칠 후―.

상층에서 마물이 사라졌습니다.

이번 괴기 사건의 배경에는 아무래도 수수께끼의 미확인 몬스터가 관련돼 있는 듯합니다.

상층에 몇 안 되는 생존자, 개구리 군의 증언을 들어볼까요?

"그게 말입죠~. 뭔가 무지막지하게 위압감을 뿜어내면서 독이랑 마법을 쏟아붓는 위험한 녀석이 있더랬지요~. 그야 당연히 도망치고 볼 일 아니겠습까~."

이상입니다.

엘로 대미궁 상층의 마물 연맹은 중대한 사태로 판단하고 가까운 시일 내에 대책 본부를 설치할 방침입니다.

뉴스 끝, 데헷.

개구리가 말하는 위험한 녀석이란 바로 이 몸이고요, 에헤헷.

마물이 없다고~! 왜 죄다 도망치는 거냐고~!

기막혀, 정말. 내가 여기 근처에 거미집을 설치하니까 요놈들이 갑자기 싹 다 대이동을 시작하더라고!

처음에는 중층처럼 마그마 속으로 도망칠 일은 없으니까 쫓아가서 잡으면 된다고 여유도 부리고 그랬거든? 근데 무슨 일이든 한도란 게 있잖아!

마이 홈을 중심으로 며칠씩 이동해야 겨우 마물 한 마리 보일까 말까는 너무하지 않아?!

덕분에 요 며칠 동안 마이 홈으로 돌아가지도 못하고 간이 홈을 만들면서 떠돌이 신세라고!

내가 유목민도 아니고!

음, 하는 짓은 유목민보다는 수렵민이겠지만…….

아~ 망했어요~. 완전 망했어요~.

마물은 진짜 너무너무 안 보이고, 일일이 마이 홈으로 돌아가려니까 이동하기도 번거로워서 공간 마법 레벨을 후다닥 올려버렸다.

공간 마법 레벨 9, 장거리 전이.

이 마법은 한 번 찾아간 적이 있는 장소라면 한순간에 이동이 가능한 초절정 편리 마법이다.

이 마법을 익힘으로써 교통 문제, 집 문제는 완벽하게 해결.

찾아간 적이 있는 장소라면 한순간에 이동이 가능하니까 행동 범위도 그만큼 넓어진 셈이었다.

덕분에 한층 더 자신감이 붙은 나는 마더가 지나다닐 수도 있는 거대한 통로로 진출했다.

뭐, 마더는 중층에서 아래로 내려가는 장면을 목격했으니까 물론 여기에는 없겠지만…….

그 대신 지룡(地竜)이 있었다.

음, 이름은 용이지만 생김새는 그냥 공룡처럼 보이는 녀석이었는데 스테이터스는 장어와 비슷한 수준으로 강했다.

그래 봤자! 지금의 내가 장어 급 마물 따위를 어찌 두려워하랴!

단숨에 실로 구속하고 사안을 발동해서 쪽쪽 흡수해드렸다.

스태미나만큼은 쓸데없이 많았던 덕에 그만큼 포식의 비축분을 가득 채울 수 있었다.

그런고로 당장 먹을 필요도 없으니까 보존 식량 삼아서 그 자리에다가 간이 홈을 건설하고 안전하게 보관.
허기가 질 때마다 이리로 전이해서 조금씩 먹어치웠다.

그날도 허기가 돌아서 전이했는데, 그곳에 인간이 우글우글 있었다.
응, 깜짝 놀랐어.
경직된 채로 댄디한 아저씨하고 엉겁결에 눈싸움을 해버렸지 뭐야.
담배를 물리면 어울릴 것 같은 완숙한 얼굴이었답니다.
나는 허둥지둥 사안을 오프로 돌렸다. 잘했어.
그대로 아무 생각 없이 계속 사안을 발동해놓은 채 눈을 마주했다면 댄디맨 아저씨가 덜컥 죽어버릴 뻔했어.
깜짝 놀란 건 나 혼자가 아니라 저쪽도 마찬가지였나 보다.
누가 봐도 위압당해서 덜덜거리는 모습이었고…….
갑자기 뭔가 소리치더니 막 달려갔는데, 아마도 도망친 것 같지?
으음. 느닷없이 덤벼드는 것보단 좀 낫지만 왜 그랬을까.
차림새를 보면 기사 같았으니까 그럭저럭 전투력을 보유한 집단이라는 뜻이잖아?
그런데도 내 위압 때문에 벌벌 떨다가 도망쳐버렸어.
혹시 내가 미궁 바깥으로 나가면 걸어 다니는 공황 유발자가 되는 건가?
전투가 직업인 사람들도 저래서야 일반인은 그냥 나를 보기만 해도 실신하지 않을까?
왠지 아라크네로 진화한다든가 염화를 익힌다든가 하는 계획이 전부 다 쓸데없는 노력으로 그칠 것 같다는 생각이 든다.

뭘 어떻게 해도 평온하게 살아가는 장면이 그려지지 않는걸.

방금 전 기사 집단은 도망쳤으니까 다행이지만 만약 덤벼들기라도 했다면 끔찍한 사태가 벌어졌겠지.

실제로 방금 전 기사 집단은 그리 강하지도 않았으니까 도망쳤을 테지만, 실력에 자신이 있는 인간이었다면 무기를 휘두르는 경우도 충분히 있을 법하고 말이야.

어쩌면 나보다 강한 인간이 있을지도 모르는 일이고…….

방금 전 기사들을 보면 인간이 내 상상 이상으로 약한 듯했지만 벌써부터 단정 짓기는 위험하다.

내가 그토록 약했던 시절부터 버티고 버텨서 이렇게 강해졌으니까 인간 중에도 당연히 강한 사람이 있지 않겠어?

오히려 인간이기에 더더욱 개인차가 훨씬 더 심하다거나?

평범한 마을 사람이랑 군인을 비교하면 스테이터스의 차이도 꽤 크겠지.

이 세계에 사는 인간에 대해서 나는 거의 아무것도 모르니까 아직은 그냥 억측이지만…….

제대로 알기 위해서는 인간과 접촉하는 방법이 최고겠지만 그게 안 되니까 이렇게 고민하는 거잖아.

염화를 쓰려고 해도 방금 전 기사가 고함쳤을 때 들은 느낌으로는 역시 모르는 언어였고 말이야.

대화를 나누려면 어떻게든 이 세상의 말을 배워야 하는데 말을 배우려면 인간하고 접촉해야 되고, 접촉하려면 말을 할 줄 알아야 한다는 역설의 무한 루프.

응. 인간하고 교류하는 건 무리라는 기분이 드는걸.

기사 집단과 조우하고 나서 며칠이 흘렀다. 그리고 나는 아직도 진화를 못 하고 있다.

끙, 마물 진짜 너무 없는 거 아니야?

이제 진짜 조금만 더 가면 되는데 빨간불이 딱 켜진 느낌.

도대체가 이렇게까지 마물이 없으면 짜증이 솟구친다.

마이 홈의 방비는 완벽. 식량도 지룡이 아직 남아 있고 부족한 것은 경험치뿐.

준비는 완벽하게 다 마쳐놓았는데 정작 경험치를 쌓을 수가 없다!

그렇게 생각했는데 의외로 쉽게 발견했다.

경험치, 즉 마물.

뱀이구나.

재도 상층에서는 제법 강한 축이니까 해치우면 레벨 업으로 진화를 할 수 있다.

그렇지만 문제가 하나.

뱀하고 인간이 싸우는 중이었다.

뱀이랑 맞서 싸우는 인간은 두 명.

조금 떨어진 곳에서 이미 뻗어버린 인간이 두 명.

그들을 치료하는 인간이 또 한 명.

합계 다섯 명.

천리안으로 확인한 상황으로 보자면 뱀에게 습격당한 모험가라는 느낌이랄까?

으음.

천리안으로 감정까지 같이 쓸 수 있으면 좋겠지만 슬쩍 본 바로는 뱀이 더 우세였던 것 같아.

둘이 덤벼도 뱀 하나 못 이기는구나.

앗, 이미 둘은 쓰러졌으니까 처음에는 다섯 명이 같이 상대했겠네.

이거 예상 이상으로 인간이 약한가 보다.

그나저나 어떡하지?

난입해서 뱀을 확 잡아버릴 수는 있지만 만약 그렇게 한다면 저 사람들하고 딱 마주치게 되잖아.

지난번 기사들처럼 난리치면 귀찮을 텐데.

하지만 이대로 내버려 두면 저 사람들 전멸할 테고…….

상관없지 않나?

뱀은 다 죽고 나서 잡으면 되지?

그럼 괜히 얼굴 안 마주쳐도 되니까.

……역시 그건 아닌 것 같다.

그런 짓을 저질러버리면 원래는 인간이었다고 말하기가 좀 그렇잖아.

나 스스로도 성격 참 안 좋다고 생각하지만 어쨌든 사회의 도덕이라는 것을 이해는 하고 있거든?

그런 윤리를 따라서 행동하느냐는 둘째 치더라도…….

그냥 뭐, 귀찮다는 이유만으로 죽게 내버려 두기는 꺼림칙하다고 생각할 정도의 양심이란 것이 내게도 아주 없진 않다는 말을 하고 싶네.

그런고로 가만히 두기는 좀 뭣하니까 도와주도록 하자.

끝내주게 마음 넓은 나한테 감사하시게나.

달리기.

귀찮지만 도와주러 왔다! 뭐, 그런 쓸데없는 연출은 하지 않는다.

후다닥 해치우고, 샤샤삭 철수하자.

그래야 깔끔하게 끝낼 수 있을 테니까.

그러니까 뱀, 자네는 이만 퇴장하시게나.

천리안으로 보고 있었던 장소까지 순식간에 도착.

공간 기동을 사용해서 뱀의 머리 위로 이동.

낫을 내리찍는다. 참격 강화와 능력치 보너스, 그리고 맹독 공격의 추가 효과.

내 낫은 단번에 뱀의 정수리를 꿰뚫었다.

한 번의 공격만으로 뱀의 HP가 0까지 바닥났다.

쓰러지는 뱀.

나는 뱀의 머리에서 낫을 뽑아내고 묻어 나오는 피를 털어냈다.

또 시시한 것을 베어버렸다.

이런 녀석을 보스 캐릭터라고 생각했던 시절이 먼 옛날 같은걸.

《경험치가 일정 수치에 도달했습니다. 개체, 조아 에레가 LV 19에서 LV 20으로 성장했습니다.》

《각종 기초 능력치가 상승했습니다.》

《스킬 숙련도 레벨 업 보너스를 습득했습니다.》

《숙련도가 일정 수치에 도달했습니다. 스킬 〈기절 내성 LV 3〉이

〈기절 내성 LV 4〉로 성장했습니다.》

《스킬 포인트를 입수했습니다.》

《조건을 충족시켰습니다. 개체, 조아 에레가 진화할 수 있습니다.》

《진화 가능 후보가 복수 존재합니다. 다음 중에서 선택하십시오.》

· 에데 사이네

· 그레이터 타라텍트

· 오르토 카디너트

좋았어! 드디어 레벨 업이다!

이제야 겨우 진화를 할 수 있겠다.

어디 보자, 우선은 모험가들(아마도)의 상태를 확인해볼까? 응, 멍하니 움직임을 멈춰버렸네.

뭐, 기분은 어느 정도 이해되지만…….

어쨌든 용건은 끝, 뱀을 짊어지고 전이로 안녕하자고.

으음, 그냥 사라질 생각이었는데 안쪽에 기절해서 누워 있는 두 사람이 죽을 것 같다.

뱀의 독에 중독됐나 본데?

간병하는 남자가 마력을 쥐어짜면서 마법으로 치료를 시도하고 있지만 구축 속도도 위력도 낮았다.

이대로 두면 치료되기 전에 죽겠네.

그래, 뭐. 이왕 도와줬으니까 제대로 살려놓자.

한번 도와줬으면 끝까지 도와줘야지.

쓰러져 있는 두 사람에게로 이동.

치료하던 남자가 깜짝 놀라는 바람에 구축 중이던 마법이 싹 흩어져버렸지만, 어차피 이 사람의 마법 따위는 있어도 없어도 그게 그거니까 아무래도 좋았다.

치료 마법을 발동.

상태 이상 회복과 HP 회복 마법을 각각 2인분씩.

불 내성을 올리면서 마구마구 써댔던 덕에 치료 마법도 스킬 레벨이 많이 올랐다.

이 정도 독이랑 부상이라면 문제없이 회복시킬 수 있었다.

내 마법을 보고는 동료를 치료하던 남자의 눈이 휘둥그레졌다.

아이고, 여기서 더 얽히면 귀찮아지겠는걸.

해줄 건 다 해줬으니까 이제부터는 자네들 스스로 해결하시게나.

뱀이 있는 곳으로 돌아가서 이번에야말로 정말 전이를 하려고 했는데—.

내 눈에 무언가가 들어왔다.

과일이었다.

건조시킨 말랭이 같은 생김새였다.

우오오오오오옷?!

달콤한 거?!

이거 달콤한 거 맞지?!

막 싸우던 중에 이 사람들이 떨어뜨렸나?!

내가 받아 가도 될까?! 안 된다고 하지는 않겠지? 꼭 가져갈 거야!

후다닥 움직여서 달콤한 말랭이 득템!

우오~! 어떤 의미로는 레벨 업보다 기쁘다!

즐거운 마음에 종종걸음을 치면서 뱀이 있는 곳으로 이동했다.

아직도 멍하니 바라만 보는 모험가들(아마도)을 남겨두고 뱀을 안아 든 채 이번에는 정말로 전이했다.

마이 홈으로 귀가.

방금 입수한 과일을 빨리 먹어보도록 하자.

진화? 나중에 하면 돼.

지금은 나의 거미생 처음으로 달콤한 맛을 맛보는 데 전력을 다할 때로다!

미각 강화 최대 출력!

후각 강화도 최대로!

우선은 차분하게 눈으로 보고 즐깁니다.

겸사겸사 감정.

〈건조 클리크타의 열매〉

〈클리크타: 카사나가라 대륙에 두루 자생하고 있는 식물. 정기적으로 꽃을 피우고 열매를 맺는다. 달콤한 열매에는 약간이나마 MP를 회복시키는 효과가 있다〉

와. 이 열매는 그냥 간식이 아니었구나.

MP를 회복시켜줄 줄이야.

회복약 대신 가지고 다닌다고 보면 나쁘지 않을지도 모르겠다.

그래도 뭐, 빈사의 중상을 치료해줬으니까 이 정도 받아 가도 불평하지는 않겠지.

대가는 충분히 치렀으니까 괜찮고말고.

그러면 심호흡.

흐읍, 하아. 좋아!

잘 먹겠습니다!

……달다.

아아, 달아라.

달콤해.

전세에서 먹었던 과일과 비교하면 떫은맛도 나고 아주 맛있지는 않았다.

건조시킨 탓에 싱싱하지도 않았다.

그래도 달콤했다.

거미가 된 이후 태어나서 처음으로 맛보는 단맛.

달아라.

맛있어.

행복해~.

천천히 맛보면서 먹었다.

차분히 맛보면서 먹었다.

마지막 한 조각까지.

후유. 잘 먹었습니다.

역시 제대로 단맛이 나는 음식은 각별하구나.

맛있는 음식은 아무 생각 말고 맛있다고 해줘야지.

아무리 맛있는 음식이어도 먹고 나서 복잡한 기분이 들면 소용없잖아.

미궁 바깥으로 나가면 이렇게 맛있는 음식이 나를 기다린다고 생각하니까, 갑자기 아라크네 진화를 노리는 의욕 스위치에 불이 붙는 기분인걸!

좋아, 아직 아라크네는 멀었지만 목표를 이루기 위한 한 걸음으로 진화를 해치웁시다.

이번에는 중층에서 진화했을 때와 달리 준비도 완벽했다.

안전도 확보했고 식량도 충분하다.

아무 문제도 없었다.

딱 하나 문제를 꼽아보자면 아마 금기가 이번 진화로 최고 레벨을 달성할 것이라는 정도일까.

으음, 금기.

이건 아마 최고 레벨이 되면 뭔가가 일어날 것 같은데, 예지 님의 힘을 빌리고도 상세한 내용은 못 알아냈거든.

무슨 일이 일어날는지, 원.

뭐, 여기까지 왔으면 이제 회피는 불가능이고 무슨 일이 일어나든 받아들일 수밖에 없겠네.

아무쪼록 즉사 이벤트라든지 대응 방법이 전무한 페널티라든지 그런 종류만은 아니기를 기도해야겠다.

끄응.

뭐, 무섭긴 무섭지만 아주 끔찍한 일은 안 일어날 것 같다는 생각도 들었다.

지금까지도 오만이라든지 수수께끼 스킬도 결국은 디메리트가 없었으니까 말이야.

의외로 디메리트 없이 초절 강화될 수도 있잖아?

유쾌범 D의 성격을 감안하면 느닷없이 금기 10레벨이니까 당장 죽어버리라는 식으로 데스 페널티를 먹일 것 같지도 않아.

개 하는 짓을 보면 분명히 살려놓은 채 말없이 구경하면서 즐기는 쪽을 선택할 테니까.

어라? 그러면 죽는 것보다 무시무시한 꼴을 당할 수도 있겠네?

……그런 고민은 하지 말자.

내가 고민해봐야 아무 소용 없으니까.

금기 걱정은 일단 접어두자. 달리 방법도 없는걸.

진화 가능한 후보는 셋.

그레이터 타라텍트는 본래의 타라텍트 계열로 돌아가는 진화구나.

하층에서 봤던 그 녀석이다.

뭐, 확실히 강하겠지만 이쪽으로 진화할 마음은 전혀 없었다.

응, 몸이 커다래지잖아.

아라크네의 진화 조건 중 하나가 소형이나 중형의 거미형 마물이어야 한다는 것이었는데, 그렇게 커다란 그레이터 타라텍트가 되어버리면 아라크네로 진화하는 길이 막힌다.

그러니까 그레이터 타라텍트는 일단 제외해놓고.

나머지는 둘. 에데 사이네와 오르토 카디너트.

〈에데 사이네, 진화 조건: 조아 에레 LV 20. 설명: 죽음의 상징으로 일컬어지며 두려움을 불러일으키는 소형 거미형 마물. 대단히 뛰어난 전투 능력과 은밀성을 보유한다〉

〈오르토 카디너트, 진화 조건: 일정 이상의 스테이터스를 보유한 거미형 몬스터. 마법계 스킬 소지. 설명: 마법에 정통한 거미형 마물. 지능이 높고, 함정을 설치하는 등 영악한 수단을 쓰기도 한다〉

오르토 카디너트는 마법형이고 에데 사이네는 조아 에레의 상위 진화.

다만 오르토 카디너트는 그다지 끌리지를 않는단 말이지.

마도의 극의와 성마 스킬 덕분에 해금된 진화 트리지만 솔직히 말해서 이쪽은 그냥 꽝이다.

왜냐하면 머리가 좋아봐야 마물 기준이잖아.

함정 따위는 태어났을 때부터 쓰고 다녔거든?

게다가 오르토 카디너트는 진화가 여기에서 끝나 버린단 말이야.

결국 별것 아니라는 뜻.

진화 트리를 살펴봐도 상위 마물이라고 할 수준은 아니었고 별로 매력이 없다.

그에 비해서 에데 사이네는 대단하다.

최종 진화까지는 아직 멀었지만 진화 트리를 보면 마더의 바로 아래 랭크에 속하는 마물이었다.

진화 트리는 마물의 이름이 쓰여 있는 위치에 따라 마물의 랭크를 얼마간 알아볼 수 있도록 구성됐다.

그곳에 표기된 이름의 위치로 말하자면, 마더의 종족이라고 추측되는 퀸 타라텍트와 쌍벽을 이루는 마물의 바로 전 진화 형태.

그것이 에데 사이네였다.

마물에게 매기는 랭크도 다른 진화 후보보다 단연코 높다.

이런 까닭으로, 선택한다면 에데 사이네 하나뿐…….

예지 님의 진화 트리가 없었다면 망설였을지도 모르겠다.

역시 예지 님은 완전 대단하세요~.

참고로 아라크네는 특수 진화로, 진화 트리에서 독립돼 있다.

진화 조건은 오만을 보유하고 있을 것, 소형 혹은 중형 마물일 것, 그리고 레벨 50 이상이어야 한다는 것.

완전 억지 요구란 말이지.

그런 목표를 진심으로 노리고 있는 나도 참 대단하고.

《개체, 조아 에레가 에데 사이네로 진화합니다.》

자, 진화 개시!

돌연히 의식이 멀어져 간다.

《숙련도가 일정 수치에 도달했습니다. 스킬 〈금기 LV 9〉가 〈금기 LV 10〉으로 성장했습니다.》

《조건을 충족시켰습니다. 금기의 효과를 발동합니다. 정보를 인스톨 중입니다.》

《인스톨이 완료되었습니다.》

……안녕히 주무셨어요.

……으.

속이 뒤집힌다.

금기, 금기란 말이지.

그래, 확실히 이건 이 세상 주민들에게는 금기겠구나.

이 세상 사람이 이딴 정보를 알았다가는 당장에 발광하지 않을까?

그런데 말이야, 왜 거기에 나를 끌어들이는 건데?

분명히 D가 저지른 짓이야.

걔밖에 없어.

D녀석, 진짜 성격 나쁘구나.

그 녀석, 어째서 이따위 붕괴 직전의 세계로 전생시킨 거야.

이왕에 전생시키려면 여기 말고 다른 세계로 보내주면 됐잖아.

스킬이며 스테이터스가 튀어나오니까 확실히 게임 같은 세계라고 생각은 했지만 그런 꿍꿍이가 있을 줄 누가 생각하겠냐고…….

신기하다고 느끼겠지만 보통은 원래 이런 세계라는 식으로밖에 생각 못 할 거 아니야.

설마 이따위로 게임처럼 생겨먹은 웃기는 시스템이 세계를 구하기 위한 방법이라고 누가 상상하겠어?

이걸 만든 D는 분명히 게임 중독일 거야.

이미 알아버린 이상은 지금까지처럼 살아선 안 된다.

뭔가 행동에 나서야지.

행동이라, 내가 뭘 할 수 있을까. 인간과 마족을 대량 학살이라도 해버려?

어림도 없지.

내 실력 운운하기 이전에 관리자 규리에디스트디에스가 용납하지 않을 테니까.

지금 돌이켜 보면 D의 스마트폰이 나타났을 때 있던 그 검은 남자, 그자가 관리자 규리에디스트디에스였어.

그때는 D가 나한테 관여하지 말라고 돌려보내 줬지만, 만약 내가 도를 넘은 행동을 취하면 D가 아무리 제지한들 아무 소용도 없을 거다.

안 그러면 이런 상태가 되도록 세계를 그냥 내버려 뒀을 리가 없잖아.
그렇다면 대학살은 불가능하다.
뭐, 그런 짓은 처음부터 할 생각도 없었지만…….
그럼 결국 남은 길은 하나뿐—.
스킬을 수련해서 강해질 수밖에 없다.
스테이터스도 스킬도 시스템 내부에 속한 일시적인 힘에 지나지 않는다.
그런 일시적인 힘을 진실된 경지로 승화시킨다.
결국 D의 노림수대로 되는구나.
이렇게 된다고 내다보고서 D는 나를 이 세계로 전생시킨 걸까.
그래서 n%I=W 스킬을 줬구나.
전부 모조리 다, 그 나쁜 놈이 계획한 대로 움직여야 한다.
솔직히 D의 손바닥 위에서 놀아나는 상황은 절대로 마음에 들지 않았다.
얼마나 마음에 안 드냐면 말이야.
《숙련도가 일정 수치에 도달했습니다. 스킬 〈노여움 LV 1〉을 획득했습니다.》
이 정도로—.
으아~ 짜증 나, 짜증 나!
나는 다른 사람한테 강제당하는 걸 제일 싫어한다고!
하지만, 속이 뒤집힐 것 같지만 얌전히 따라줄 수밖에 없다.
안 그러면 붕괴하는 이 세계와 동반 자살하게 될 테니까.
그딴 신세는 절대로 사절이다.

지독한 고생길이라는 건 알고 있지만 시작하기도 전에 포기할 수도 없는 노릇이었다.

어쩌면 세계의 붕괴는 내 예상보다 훨씬 뒤에 일어날 수도 있다.

하지만 나는 불분명한 희망에 매달릴 바에는 자신의 의지로 앞길을 개척할 테다.

설령 다른 누군가가 준비해놓은 길이라고 하여도…….

오히려 길을 마련해준 D에게 고마워해야 될지도 모르겠다.

하지만 그 녀석의 초절정 울트라 하이퍼 슈퍼 삐뚤어지고 썩어 빠진 성질머리를 생각하면, 지금 이 순간에도 나를 훔쳐보면서 득의의 미소를 짓고 있겠지!

도대체가 말이야, 살아남을 길을 마련해주기 전에 처음부터 붕괴 직전의 세계 말고 다른 데에다가 전생시켜주면 됐잖아!

이렇게 불평은 해도, 괜히 전생시켜줬냐는 질문을 받는다면 전생시켜줘서 고맙다고 대답하겠지만 말이야!

아, 정말! 순순히 고맙다고 말하기도 뭣하고 굳이 따져보자면 괘씸한 감정이 더 많은 미묘한 기분!

이런 기분마저도 계산된 결과라면 D는 틀림없이 진짜 사신이겠다.

사람의 마음을 가지고 노는 고약한 사신 녀석.

후유.

조금 후련해졌다.

하지만 내 안에 쌓인 스트레스는 완전히 해소되지 않았다.

이 스트레스를 마물한테 쏟아부어야겠다.

하층으로 가서 레벨 업이다.

이제는 지룡 무섭다는 둥 뭐뭐 무섭다는 둥 약한 소리를 할 때가 아니었다.

온 힘을 다 바쳐서 레벨을 올릴 테다.

그렇게 이 세상과 작별할 힘을 쌓는다.

최종 목표가 아라크네에서 한 걸음 더 앞으로 달아나버렸네.

마물 도감

file.11 에데 사이네

LV.01

status 【능력치】

HP
800 / 800

MP
800 / 800

SP
800 / 800

800 / 800

평균 공격 능력 : 400
평균 방어 능력 : 400
평균 마법 능력 : 400
평균 저항 능력 : 400
평균 속도 능력 : 400

skill 【기술】

「거미줄 LV 5」「독니 LV 5」「부식 공격 LV 5」「참격 강화 LV 5」「은밀 LV 5」「무음 LV 5」「그림자 마법 LV 5」「독 내성 LV 5」

죽음의 상징이라고도 불리는 거미형 마물. 수십 년에 한 번씩 목격될 만큼 대단히 희소한 마물이다. 마주친 순간 죽음이 찾아온다는 전설로 두려움을 사고 있다. 목격 사례조차 거의 없기 때문에 위험도 측정이 곤란하다. 임시로나마 위험도 B로 지정돼 있다.

S7. 왕도의 전투

왕도의 상공을, 우리들을 등에 태운 페이가 날아간다.

페이의 비상(飛翔)은 막 진화해서 스킬 레벨을 올릴 시간이 없었는데도 불구하고 몹시 안정적이었다.

사람을 셋이나 태웠는데도 안정감이 느껴진다.

그렇지만 꽉 붙잡지 않으면 뒤로 날려 가버릴 만큼 빠른 속도임은 분명했다.

이러고도 고속 비상 스킬로 진화하면 더 빨라질 테니까 무시무시했다.

고속 비상으로 스킬이 진화하면 등에 타고 다니기는 어려울 것 같다.

"보인다."

거센 맞바람을 맞으며 힘겹게 눈을 뜨고 전방을 바라봤다.

그곳에는 밤의 어둠 속에 떠올라 있는 왕성이 자리하고 있었다.

저곳에 레스톤 형님과 공작 부부가 잡혀 있을 것이다.

페이를 타고 상공에서 고속으로 접근하여 성내로 침입.

형님과 공작 부부를 구출해서 탈출.

계획이라고 할 것도 없는 단순 명쾌한 작전이지만 마땅한 방법이 없는 것도 사실이었다.

작전을 성공시키려면 다른 무엇보다도 스피드와 돌파력이 중요시된다.

전투력 측면에서는 더할 나위가 없을 것이다.

용사 칭호를 받은 나, 율리우스 형님과 수많은 무공을 세운 하이린스 씨, 카티아도 그만한 실력을 지니고 있었기에 천재라고 불렸다.

분명히 말하겠는데 인족 중에서 우리 세 사람을 저지할 수 있는 자는 그리 많지 않다.

경계의 대상이었던 유고와 스우는 전이로 이 나라를 떠났다는 정보를 확보했다.

유고가 이미 렌잔드 제국으로 귀환하고 없다면 우리에게 대적할 실력자는 없을 것이다.

다만 소피아와 흑의인 두 명만큼은 신경 쓰인다.

혹시 정체를 알 수 없는 그 소녀가 있다면 작전 수행은 만만치 않을 것이다.

도저히 불길한 예감을 떨칠 수 없는 소녀였다.

마법이 통하지 않아서만은 아니다. 바닥이 보이지 않는 섬뜩함이 느껴졌다.

어쩌면 유고보다 훨씬 위험할 수도 있겠다고 여겨질 정도로…….

만약 그녀가 남아 있다면 힘겨운 싸움이 되겠군.

그래서인지도 모르겠다.

이만한 멤버로 작전에 임하는데도 차마 불안감이 가시질 않는 까닭은…….

"큭! 페이! 피해!"

내 불안감을 적중시키려는 듯 고속으로 날아오는 무언가.

페이가 허둥지둥 회피하자 급히 움직인 반동으로 크게 요동쳤다.

『다들 꽉 붙잡고 있어!』

우리는 곧바로 페이의 등을 단단히 붙잡았다.

동시에 페이의 몸이 급선회.

또 한 번 날아든 무언가가 방금 전까지 있었던 공간을 가로지르는 광경이 눈에 들어왔다.

"원거리 마법 공격인가?!"

밤하늘에 꼬리를 그리며 날아가던 빛줄기는 레이저 비슷한 마법 공격이었다.

"말도 안 돼?! 이런 높은 하늘까지 와 닿는 마법 공격이라고?!"

하이린스 씨가 경악해서 외쳤다.

우리가 날아가고 있는 위치는 상당히 높은 고도의 상공이었다.

정확한 고도는 잘 모르겠지만 적어도 지상에서 1킬로미터는 떨어져 있을 것이다.

지상에서는 우리의 모습이 제대로 보이지도 않을 터다.

그런 계산하에 밤하늘을 뚫고 잠입하기로 계획했었다.

그런데도 우리는 정확하기 짝이 없는 저격을 당하고 있었다.

『좀 흔들릴 텐데 떨어지면 안 돼!』

페이가 겨냥당하지 않도록 좌로 우로 왔다 갔다 하면서 앞으로 나아갔다.

고속으로 움직이는 페이의 바로 옆쪽을 광선이 통과해 지나간다.

등에 탄 우리가 떨어지지 않도록 최소한의 움직임으로 피하고 있었지만, 그렇다 해도 스칠 것처럼 옆쪽을 지나쳐 날아가는 공격을 보면 저절로 식은땀이 흘렀다.

초장거리 저격인데도 불구하고 너무나 정확했다.
마법의 명중률은 거리가 멀어지면 그만큼 낮아진다.
1킬로미터 이상의 거리에서 저격이라니 나라면 엄두도 내지 못했다.
하물며 지금은 밤이기에 제대로 보이지도 않는 데다가 이리저리 움직이는 페이를 조준한다는 것은 어림도 없는 일이있다.
그럼에도 불구하고 페이의 회피 동작은 점점 더 커지고 있었다.
우리를 신경 쓸 여유가 없어졌다는 의미였다.
즉 앞뒤 가리지 않고 피하지 않으면 저격당한다는 뜻.
거리가 서서히 좁아지는 이유도 있을 테지만 그렇다 해도 상식을 벗어날 만큼 정밀한 사격이었다.
"슌! 철수해야 한다! 저만한 마법사가 있는 데다가 우리는 이미 포착당했어! 작전은 실패다!"
하이린스 씨의 말대로 당초의 계획은 들키지 않고 잠입한 뒤, 들킨다 해도 상대가 혼란에 빠진 틈을 노려 신속하게 철수할 예정이었다.
그러므로 우리의 의도는 선제공격을 허용해버렸을 때 이미 그르친 셈이었다.
"아니요, 이대로 강행 돌파합니다!"
지금 철수한다면 레스톤 형님과 공작 부부의 생명을 포기한다는 뜻이다.
내가 어떻게 그럴 수 있을까.
여기까지 와서 무섭다고 꽁무니를 뺐다가는 앞으로 용사라고 행세할 자격을 잃어버린다.

"무모하다!"

"율리우스 형님이라면 이런 데서 포기하지는 않았을 겁니다! 그렇지요?"

하이린스 씨에게 이런 말을 하는 것은 비겁할지도 모르겠다.

하지만 여기에서 물러날 수는 없었다.

"……어쩔 수 없군."

아니나 다를까 하이린스 씨는 뜻을 굽혀주었다.

뭐, 근본적인 문제는 해결되지 않았다.

아직도 저격은 이어지는 상황이고 무엇보다도 이미 발각당한 이상, 술자의 주변에서는 공격 태세를 갖추고 있다고 봐야겠지.

나는 고속으로 비행하는 중에도 천리안을 발동하여 저격이 발사되는 지점을 주시했다.

왕성의 성벽 위, 그곳에 술자가 있었다.

이것이 바로 마법사라고 말하는 듯한 차림새의 노인이다.

"페이, 이대로 왕성에 접근해줘!"

『알았어!』

천리안을 발동하면서 노마법사의 움직임을 살핀다.

노마법사가 들어 올린 지팡이에서 일정 간격으로 마법 저격이 발사되고 있었다.

안타깝게도 힘겨워하는 낌새는 느껴지지 않았다. 터무니없이 대단한 마법을 행사하면서도 마치 초급 마법을 발동하는 듯한 모습이었다.

『아차!』

페이의 급박한 목소리가 들리는 동시에 나와 하이린스 씨는 함께 결계를 전개했다.

용 결계라는 스킬로, 용종 고유의 용린(竜鱗) 스킬처럼 마법 효과를 경감시키는 능력을 지니고 있다.

얇은 막이 생성되면서 물리 공격도 어느 정도는 견뎌 내는 유용한 스킬이었다.

하지만 습득 조건에 용종(竜種)의 격파가 있을 뿐 아니라 적지 않은 포인트를 요구하는 스킬이었다.

게다가 원조 용린과 비교하면 효과가 낮은 편이고, 발동하는 데 MP가 제법 많이 필요하기 때문에 편리하기는 하지만 그만한 대가를 치러야 하는 스킬이기도 했다.

지금까지 아껴두었던 것도 계속 발동해놓으면 MP가 금세 고갈되기 때문일 뿐 다른 이유는 없었다.

나와 하이린스 씨가 이중으로 설치한 결계에 더해서 페이의 용린(龍鱗) 스킬.

직격당해도 충분히 막아낼 수준으로 방어를 전개했다.

그랬건만—.

"크!"

뺨으로 흘러내리는 피의 감촉 때문에 등으로 쉴 새 없이 한기가 치달린다.

광선은 이중 결계와 페이의 용린을 관통해서 내 안면을 꿰뚫을 뻔했다.

순간적으로 목을 비틀어 피했지만 뺨에 살짝 스쳐버린 모양이었다.

별로 대단한 대미지는 아니었다.

곧바로 자동 재생이 발동하면서 상처가 봉합됐다.

하지만 내게 상처를 입혔다는 사실은 변하지 않는다.

거듭거듭 포갠 방어를 관통해서 내 저항 스킬까지 꿰뚫었다.

사정거리가 전부는 아니었다.

저 공격은 이쪽을 확실하게 살상 가능한 위력을 지니고 있다.

용사가 된 내 스테이터스를 고려하면 직격당해도 죽지는 않을 것이다.

하지만 다른 일행은?

하이린스 씨의 말대로 철수하지 않았던 것을 이토록 빨리 후회하게 될 줄은 상상도 못 했다.

"슌! 너는 너 자신만 생각해라! 아가씨는 내가 지킨다!"

하이린스 씨의 믿음직한 말이 위로가 됐다.

그렇다, 하이린스 씨는 율리우스 형님의 등 뒤를 줄곧 지켜왔던 수호자.

하이린스 씨가 지키겠다고 말한 이상 분명 끝까지 지켜낼 것이다.

그렇다면 나는 하이린스 씨를 믿고 전력을 쏟아붓도록 하자.

"페이, 똑바로 전진해줘!"

『뭐?!』

왕성에 다다르려면 아직도 거리가 제법 남았다.

천천히 거리가 좁혀지고는 있지만 이대로 피하면서 전진해봐야 언젠가 한계가 온다.

페이의 회피 능력보다도 노마법사의 명중률과 연사력이 더 우세하다.

지금 정도의 거리라면 아직은 회피가 가능하지만 점점 더 거리가 가까워질수록 피하기는 어려워지겠지.

그렇다면 애초부터 피한다는 선택지를 버리고 돌진하면 된다.

『똑바로 가라니, 뭘 어쩌려고?!』

"내가 책임질게. 나를 믿고 돌진해줘!"

페이는 잠깐 망설였지만 이내 마음을 굳히고 똑바로 가속하기 시작했다.

『어떻게 돼도 나는 몰라!』

홱 가속한다.

이제까지는 못 느꼈는데 역시 스킬 레벨이 낮은 페이는 비행에 익숙지 않은 듯했다.

똑바로 날아가는 정도라면 그런대로 괜찮았지만 마법을 피하면서 속도를 내는 곡예는 어려운 모양이었다.

회피를 신경 쓰지 않고 똑바로 날아가는 비행 속도는 방금 전과 비교도 되지 않았다.

정면에서 광선이 날아온다.

나는 준비를 마쳐놓은 마법을 발동시켰다.

성광 마법의 하나, 거울 방패.

공격을 튕겨서 돌려주는 카운터 마법.

날아오는 광선의 앞에 얇고 빛나는 하얀 막이 출현하면서 그 막에 닿은 광선은 엉뚱한 방향으로 날아가 버렸다.

『무서워! 무서워!』

눈앞에서 거울 방패와 광선이 격돌하는 광경을 본 페이가 아우성쳤다.

본래는 공격을 시도한 상대에게 그대로 튕겨 보내는 마법이지만 위력이 너무 강한 탓에 빗겨내는 것이 고작이었다.

아직 나도 하이린스 씨도 결계를 발동 중이었다.

그런데도 간신히 빗겨내는 것이 고작이라니 얼마나 강한 위력인가.

그런 마법을 구사하는 상대의 면전으로 날아가고 있다.

원거리 전투로는 아예 승산이 없다.

접근해서 근거리 전투로 몰고 가지 않으면 저 마법을 코앞에서 맞게 될 거다.

또다시 날아드는 광선을 같은 방식으로 빗겨냈다.

점차 거리가 가까워짐에 따라 거울 방패에 느껴지는 반탄력도 강해진다.

그때마다 거울 방패에 거듭 MP를 주입하면서 보강하고 있지만 이대로 마냥 받아내기만 하다가는 이윽고 부서질 것이 뻔했다.

이만한 공격을 툭툭 날리면서도 노마법사의 MP는 바닥날 줄을 몰랐다.

대체 MP가 얼마나 넘쳐나길래……. 상식을 벗어난 양이라는 생각에 내심 혀를 내둘렀다.

하지만 저자의 탁월한 마법 저격도, 대량의 MP도 접근해서 마법을 사용할 틈만 주지 않으면 승기를 가져올 수 있다.

그리고 그 순간은 바로 눈앞에 보인다.

물리적인 거리로도—.

천리안을 사용할 필요도 없을 만큼 노마법사와의 거리는 좁혀져 있었다.

이제 앞으로 수십 미터 정도를 남겨둔 지점에서 나는 페이의 등 아래로 뛰어내렸다.

『얘가?!』

페이의 초조함 섞인 염화가 들려왔지만, 신경 쓸 틈도 없이 내가 전방으로 전개한 거울 방패에 광선이 작렬하면서 격렬한 소리가 울려 퍼졌다.

하이린스 씨, 페이와 흩어진 덕분에 내 마법 방어력은 떨어진 상태였다.

그럼에도 내 힘을 모조리 거울 방패에 주입해서 광선을 튕겨냈다.

그대로 중력에 이끌려 떨어지며 노마법사에게 검을 휘둘렀다.

"흠. 뭐, 합격점을 주도록 하지."

분명 그런 목소리를 들었다.

목소리가 들린 곳은 옆쪽.

내가 휘두른 검은 허공을 갈랐고 목소리가 들린 쪽으로 고개를 돌린 방향에 노마법사가 이동해 있었다.

환각인가? 아니면 희소한 공간 마법을 발동한 전이인가?

판단은 되지 않았지만 이대로 무방비하게 측면을 노출시켜선 안 된다.

뒤쪽으로 물러나는 것은 악수일 뿐.

거리를 떨어뜨렸을 때 유리해지는 쪽은 노마법사다.

그렇다면 돌진한다!

스킬에 의해 가속된 사고 속에서 순식간에 결단을 내리고 노마법사를 향해 뛰어들었다.
하지만 의도했던 바와 달리 내 다리는 강제적으로 뒤쪽을 향해 움직일 수밖에 없었다.
이쪽으로 발사되는 무수한 마법에 의해…….
"큭, 흡, 앗!"
마치 머신 건처럼 쉴 새 없이 발사되는 마법 탄막.
마법 하나하나의 위력은 아까 전 장거리 저격 마법보다 낮았다.
하지만 숫자가 너무 많았다!
검으로 쳐서 튕기고 거울 방패로 되돌려 보내지만 그럼에도 결계를 꿰뚫고 내 몸에 몇 차례나 마법이 꽂혀 들어왔다.
한 발 한 발의 대미지는 낮지만 낙숫물이 댓돌을 뚫는 법이다.
충격에 밀려나면서 내 다리는 한 걸음, 또 한 걸음 노마법사에게서 멀어져 갔다.
"오오오!"
상황을 바꾼 것은 나와 마찬가지로 상공에서 뛰어내린 하이린스 씨의 일격.
하이린스 씨의 검이 성벽을 가르고 무너뜨렸다.
이번에는 노마법사가 사라지는 광경을 똑똑히 목격했다.
등 뒤를 돌아보자, 그곳에서 분명히 정면에 있었던 노마법사의 모습이 보였다.
세계를 통틀어도 사용할 줄 아는 인간이 손가락으로 꼽을 숫자밖에 없다고 하는 공간 마법에 의한 전이.

나도 습득하려면 갈 길이 먼 마법을 자유자재로 구사하는 가공할 마법사.

나와 하이린스 씨가 검을 겨눴다.

동시에 선회해서 돌아온 페이가 상공에서 노마법사를 위협한다.

등에 올라탄 채 마법 준비를 완료한 카티아.

“어이쿠, 이래서야 못 이기겠구먼. 에이, 관둬야겠다. 이만 철수해야겠군.”

노마법사는 전이로 사라져버렸다.

기척을 추적해봤지만 가까운 곳으로 전이한 것 같지는 않았다.

“정말로 철수했나?”

“철수했다기보단 그냥 물러나 줬다고 봐야겠지.”

하이린스 씨의 말에 동의한다.

노마법사가 전력을 다해 싸웠다면 우리들 전원이 한꺼번에 상대했어도 승리를 장담할 수 없었다.

“그분은 로난트 님, 인족 최강의 마법사이자 율리우스의 마법 스승이기도 하다.”

그랬구나. 율리우스 형님의…….

율리우스 형님의 입에서 「우리 스승님은 이상하거든」이라는 발언을 나오게 한 지고의 마법사.

물러나 준 이유는 내가 형님의 동생이기 때문이었을까?

“나도 아직 멀었구나.”

어째서 물러나 줬는지 이유까지는 잘 모르겠다.

다만 하늘 위에는 또 하늘이 있음을 가르쳐주려 했다는 인상을 받았다.

유고, 소피아라는 이름의 소녀, 그리고 율리우스 형님을 살해한 하얀 소녀.

내가 과연 저들을 뛰어넘을 수 있을까?

“가죠.”

머리를 흔들고 치밀어 오르려고 하는 불안감을 꾹 눌러 삼켰다.

마침 페이가 성벽 위로 착지해서 카티아를 내려주고 있었다.

부근에 우리 말고 다른 인기척은 없다.

요란하게 소동을 벌였는데도 이곳으로는 누구 하나 달려오지 않았다. 십중팔구 이 앞에서 매복을 한 채 기다리고 있겠지.

그럼에도 갈 수밖에 없었다.

“페이는 근처에서 대기해줄래? 무슨 일 있으면 염화로 연락할게.”

『오케이.』

페이를 그 자리에 남겨둔 채 우리는 어두운 성내로 몸을 날렸다.

마물 도감

file.12 광룡 페일룬

LV.01

status 【능력치】

HP 3489 / 3489

MP 3433 / 3433

SP 3481 / 3481

3485 / 3485

평균 공격 능력 : 3562
평균 방어 능력 : 3601
평균 마법 능력 : 3411
평균 저항 능력 : 3478
평균 속도 능력 : 3464

skill 【기술】

「광룡 LV 9」「지룡 LV 9」「역린 LV 5」「견갑각 LV 2」「강체 LV 2」「철벽 LV 10」「비상 LV 1」「HP 고속 회복 LV 3」「MP 고속 회복 LV 1」「MP 소비 대완화 LV 1」「SP 고속 회복 LV 2」「SP 소비 대완화 LV 2」「마력 감지 LV 10」「마력 정밀 조작 LV 1」「빛 공격 LV 1」「빛 강화 LV 1」「대지 공격 LV 3」「대지 강화 LV 6」「중압 대공격 LV 2」「중압 대강화 LV 1」「파괴 대강화 LV 3」「참격 강화 LV 8」「타격 대강화 LV 4」「관통 강화 LV 2」「충격 대강화 LV 1」「마투법 LV 8」「마력 부여 LV 7」「마력격 LV 7」「기투법 LV 7」「기력 부여 LV 6」「기력격 LV 6」「방패의 재능 LV 6」「체술의 재능 LV 4」「연계 LV 10」「통솔 LV 2」「원화 LV 5」「입체 기동 LV 4」「명중 LV 10」「회피 LV 10」「확률 보정 LV 4」「은밀 LV 10」「은폐 LV 2」「위압 LV 7」「집중 LV 10」「사고 가속 LV 2」「예견 LV 2」「위험 감지 LV 10」「기척 감지 LV 10」「빛 마법 LV 1」「흙 마법 LV 10」「대지 마법 LV 8」「외도 마법 LV 4」「독 마법 LV 1」「치료 마법 LV 10」「중압 마법 LV 8」「파괴 내성 LV 4」「참격 내성 LV 4」「타격 내성 LV 4」「관통 내성 LV 4」「충격 내성 LV 4」「불 내성 LV 4」「물 내성 LV 6」「얼음 내성 LV 5」「바람 내성 LV 4」「대지 무효」「벼락 내성 LV 4」「중압 내성 LV 8」「산 내성 LV 4」「성광 무효」「어둠 내성 LV 4」「상태 이상 내성 LV 4」「기절 내성 LV 7」「공포 대내성 LV 3」「고통 무효」「통각 대경감 LV 3」「오감 대강화 LV 2」「지각 영역 확장 LV 1」「밤눈 LV 2」「천리안 LV 4」「천명 LV 1」「천마 LV 1」「천동 LV 1」「부천 LV 1」「강의 LV 2」「성채 LV 2」「천도 LV 1」「천수 LV 1」「위타천 LV 1」「과식 LV 3」「금기 LV 4」「n%I=W」

전생자 페이가 용사 슌과 계약하여 특수 진화한 형태. 지룡으로서 본래 지니고 있던 힘을 보유한 채로 빛 속성과 날개를 활용한 비상 스킬을 새로이 습득했다. 전생자이기에 용(竜)이면서도 용(龍)을 뛰어넘는 힘을 지니고 있다.

막간. 노마법사와 지배자

"어딜 다녀왔는지 궁금하네?"

돌아오자마자 골치 아픈 녀석한테 걸려버렸구먼.

"내가 어딜 다니든 내 마음이지 않나."

"그렇긴 하지. 그럼 내가 뭘 어떻게 하든 내 자유겠네."

소녀는 내게 의미심장한 미소를 지어 보였다.

오래도록 맛본 적 없었던 공포가 스멀스멀 피어올랐다.

"내가 이래 봬도 당신 실력은 꽤 인정하거든? 평범한 인족으로 놔두기가 아깝다고 생각할 만큼."

어이쿠, 이 녀석 눈빛 좀 보게나.

실력을 인정한다고 말하면서도 눈은 사냥감을 관찰하는 육식 동물 같구먼.

"허, 그것참 영광이구먼."

"당연하지. 그런데 말이야, 실력을 인정한다는 건 반대로 말하자면 그만큼 경계하고 있다는 뜻도 되거든. 어중이떠중이야 뭔 짓을 하든 싹 쓸어버리면 되지만, 당신이 마음먹고 뭔가 저지르면 이야기가 달라지거든. 나도 전력을 다해서 뭉개버릴 거야."

소녀가 한 걸음 다가왔다.

나는 한 걸음 물러나면서 은밀하게 마법 발동 준비를 시작한다.

"뭐, 그렇다고."

소녀가 빙그르르 몸을 돌리고 내게 등을 보인 뒤 걸어 나아갔다.

“괜히 수상한 행동은 하지 마. 물론 당신이 뭘 하든 간에 주인님의 계획을 뒤집지는 못하겠지만…….”

“그러면 내가 뭘 하든 방해가 되지는 않을 텐데?”

“어머? 방해가 안 되는데도 짜증스러울 때가 있잖아? 당신도 허를 찌르면 혹시 나한테 한 방쯤 먹일 수 있을지도 모르고.”

소녀는 할 말은 다 했다는 듯 걸어가 버렸다.

꼴사납군, 대체 누가 인족 최강의 마법사란 말인가.

저런 계집애한테도 말대꾸 한 번 제대로 못하는 신세이거늘…….

하지만 아주 틀린 말도 아니었다.

내가 예측하기에 저 소녀와 나의 전력 차이는 상당했다.

맞서 싸웠다가는 분명 꼼짝도 못 하고 찌부러지겠지.

인족 최강의 마법사 소리를 듣고는 있지만 그래 봤자 인족이라는 좁은 틈바구니 안에서 최강이다.

인간을 벗어난 진짜 괴물은 당해내지 못한다.

나는 옛날에 이미 뼈저리게 깨달았다.

하늘 위에는 또 하늘이 있고 그곳에는 아무리 발악해도 넘지 못할 벽이 있다는 사실을…….

그래서였을까.

옛 제자의 동생에게도 가르쳐주고 싶어졌다.

나 하나조차 이겨내지 못해서야 희망 따위는 없다고.

하지만 나와 달리 우리 세계의 진정한 용사는 아직 젊었다.

앞으로도 계속 더 강해질 테지.

글쎄다, 새로운 용사는 내가 넘지 못했던 벽을 뛰어넘을 수 있을까?

넘는다고 해도 과연 그 소녀에게, 또 그 배후에 도사리고 있는 주인님인지 뭔지 하는 자에게 다다를 수 있을까?

그 소녀, 소피아.

감정이 먹히지 않았던 순간부터 이미 보통내기가 아님을 깨달았다.

문제는 나조차 바닥을 볼 수 없었다는 것.

그토록 무시무시한 소녀에게 주인님이라고 불리는 존재가 있다.

내가 아는 가장 강대한 존재는 그분이지만, 어쩌면 주인님인지 뭔지 하는 자 또한 그분에게 필적할지도 모르겠군.

그렇다면 인간의 몸으로 대항할 방법이 있을까.

제국을 힘으로 지배하는 유고 왕자.

그 뒤에서 암약하는 자들.

자, 나는 어떻게 행동해야 할까.

당분간은 경고를 따라 얌전히 지내야겠구먼.

8. 하층의 지룡

먹는다.

먹는다.

먹는다.

이제 그 행위에 거리낌이 없다.

호쾌하게 씹어 으깨고 삼켜버린다.

모든 것을 먹어치울 때까지.

《숙련도가 일정 수치에 도달했습니다. 스킬 〈포식 LV 3〉이 〈포식 LV 4〉로 성장했습니다.》

《숙련도가 일정 수치에 도달했습니다. 스킬 〈신성 영역 확장 LV 5〉가 〈신성 영역 확장 LV 6〉으로 성장했습니다.》

하층에서 난장을 치며 돌아다녔다.

그야말로 쌓이고 쌓인 울분을 떨쳐내려는 것처럼…….

약한 마물도 강한 마물도 평등하게 싹 다 사냥해버렸다.

그러다가 그놈과 재회했다.

지룡 카구나.

하층에서 두 번째로 마주쳤었던 지룡(地龍).

응? 그래서 싸웠냐고?

놈의 스테이터스를 보고 나서 다시 질문해줄래?

〈지룡 카구나 LV 26

스테이터스

HP: 4198/4198(녹) MP: 3339/3654(청)

SP: 2798/2798(황) : 2995/3112(적)

평균 공격 능력: 3989 (상세) 평균 방어 능력: 4333 (상세)

평균 마법 능력: 1837 (상세) 평균 저항 능력: 4005 (상세)

평균 속도 능력: 1225 (상세)

스킬

「지룡 LV 2」 「역린 LV 9」 「견갑각 LV 8」
「강체 LV 8」 「HP 고속 회복 LV 6」 「MP 회복 속도 LV 2」
「MP 소비 완화 LV 2」 「마력 감지 LV 3」 「마력 조작 LV 3」
「SP 회복 속도 LV 1」 「SP 소비 완화 LV 1」 「대지 강화 LV 8」
「파괴 강화 LV 8」 「관통 강화 LV 6」 「타격 대강화 LV 5」
「마력격 LV 1」 「대지 공격 LV 9」 「명중 LV 3」
「위험 감지 LV 10」 「열 감지 LV 6」 「흙 마법 LV 2」
「파괴 내성 LV 9」 「참격 대내성 LV 2」 「관통 대내성 LV 3」
「타격 대내성 LV 6」 「충격 대내성 LV 4」 「대지 무효」
「불 내성 LV 3」 「벼락 내성 LV 7」 「물 내성 LV 3」
「바람 내성 LV 5」 「중압 내성 LV 2」 「상태 이상 대내성 LV 8」
「부식 내성 LV 3」 「고통 무효」 「통각 대경감 LV 3」

「시각 강화 LV 3」	「밤눈 LV 10」	「시각 영역 확장 LV 4」
「청각 강화 LV 1」	「천명 LV 2」	「마력 기관 LV 3」
「순신 LV 1」	「내구 LV 1」	「강대 LV 9」
「성채 LV 2」	「도사 LV 2」	「천수 LV 1」
「축지 LV 1」		

스킬 포인트: 31200

칭호

「마물 살해자」	「마물 살육자」	「용(龍)」
「패자」		

〉

완전 딱딱하잖아!

대체 뭐냐고. 스킬의 방어가 그야말로 완벽하다.

이래선 움직이는 성채 아니야?

내 스테이터스도 꽤 치우친 편이지만, 저 녀석은 아예 스킬까지 전부 방어 계열로 특화시켰거든.

용의 기본 스킬, 역린에서 비롯되는 높은 방어력과 마법 방해 능력.

거기에 또 방어력을 상승시키는 견갑각과 강체 스킬.

둘 다 상시 발동형이고 단순하게 방어력을 상승시키는 스킬이었다.

저런 스킬 때문에 그렇지 않아도 높은 방어력이 더더욱 빛을 발하고 있다.

그것도 모자라서 각종 내성계 스킬까지.

대미지를 입을 생각이 아예 없구나.

내성 중에서 특히 골치 아픈 녀석은 상태 이상 대내성이었다.

화룡도 가지고 있었던 상태 이상 내성 스킬의 진화 버전.

상태 이상 공격을 주 무기로 삼는 내게는 최악의 상성이다.

레벨 8쯤 되면 상태 이상은 거의 안 먹힌다고 봐야겠지.

독도 마비도 저주도 전부 다~.

아, 저주도 분류하면 상태 이상에 들어가나 봐.

그 때문에 사안 쪽은 거의 아무런 도움이 안 된다.

무엇보다도 독이 안 먹힌다는 것이 가장 치명적이다.

태어나서 지금껏 독만 믿으면서 살아왔는데 말이야.

독이 안 먹힌다는 건 상당히 충격인걸.

내성을 가진 마물들도 지금까지는 독 앞에 무너졌었는데 이번만큼은 상대의 방어력이 더 우세했다.

대미지가 아예 안 들어가지는 않겠지만 그래 봐야 HP 고속 회복으로 금방 회복되겠지.

상태 이상은 통하지 않는다.

그렇다면 물리 공격은 먹히느냐? 훨씬 더 무리.

내 빈약한 물리 공격력으로는 요새나 다름없는 단단한 방어를 절대 돌파 못 한다.

어쩌면 부식 공격으로 대미지를 꽤 줄 수 있을지도 모르지만, 내 조그만 낫으로 베어봤자 카구나의 거대한 크기를 감안하면 결국 찰과상 수준이다.

부식 공격은 자폭기이기 때문에 왼쪽 오른쪽 낫으로 한 번씩밖에 못 쓴다.

두 번 공격해서 저 방어력 괴물을 끝장내라고?

무리, 무리.

대미지가 들어간다고 해도 득실을 따졌을 때 오히려 내 피해가 클지도 몰라.

아등바등 방어를 돌파해서 대미지를 넣어봤자 결국은 HP 고속 회복 때문에 슬금슬금 회복돼버린다는 말이지~.

단단한 데다가 회복력까지 갖고 있다니 완전 사기잖아.

덕분에 중압의 사안으로 펼치는 공격도 별 의미가 없고…….

물리도 상태 이상도 안 먹힌다면 역시 마법밖에 없다.

내가 특기로 삼는 어둠 계열의 내성이 없다는 점이 그나마 위안이구나.

하지만 전투가 길어질 경우는 회복력과 뛰어난 순수 방어력으로 버티고 늘어질 가능성도 있다.

그리된다면 싸우는 도중 내성을 획득하면서 대미지와 회복량이 역전된다는 상황도 각오해야 한다.

그랬다가는 그냥 끝장이지, 뭐.

음, 마법 관련 능력으로 말하자면 내 스테이터스는 파격적으로 높으니까 결국에 가서는 지룡의 체력을 다 깎아먹을 수 있을 거다.

다만 문제는 체력을 깎아먹는 동안에 오히려 내가 당해버릴 수도 있다는 거지.

스킬 구성으로 짐작하건대 카구나의 전법은 아마 거대한 몸집을 활용한 육탄전이다.

지룡 스킬, 즉 브레스 공격과 레벨은 낮아도 흙 마법이 있기는 한데 저것 말고는 딱히 이렇다 할 공격 스킬은 없었으니까.

원거리 공격 수단은 저 둘뿐이라고 말할 수 있다.

그래도 얕보지 말지어다.

거대한 몸집은 그 자체만으로도 거대한 무기가 되거든.

상상해보라고.

고개를 한껏 쳐들고 올려다봐야 할 만큼 커다랗고 단단한 용이 조그마한 거미를 짓밟겠다며 돌진하는 광경을…….

무서워~.

게다가 두드러지지는 않지만 속도도 1225면 어지간한 마물보다는 훨씬 더 빠르단 말이야.

다른 능력치가 높으니까 낮게 느껴질 뿐이라고…….

뭐, 나의 탁월한 속도를 발휘하면 거리가 좁혀질 일은 여간해서는 없겠지만…….

그것도 상대가 한 마리일 때나 그렇다는 거지.

〈지룡 게에레 LV 24

스테이터스

HP: 3556/3556(녹)　　MP: 2991/2991(청)

SP: 4067/4067(황)　　: 3562/3845(적)

평균 공격 능력: 3433 (상세)　　평균 방어 능력: 3874 (상세)

평균 마법 능력: 1343 (상세)　　평균 저항 능력: 3396 (상세)

평균 속도 능력: 4122 (상세)

스킬

「지룡 LV 2」　「역린 LV 6」　「견갑각 LV 2」

「강체 LV 2」 「HP 고속 회복 LV 3」 「MP 회복 속도 LV 1」
「MP 소비 완화 LV 1」 「마력 감지 LV 3」 「마력 조작 LV 3」
「SP 고속 회복 LV 3」 「SP 소비 대완화 LV 3」 「대지 강화 LV 8」
「파괴 강화 LV 9」 「참격 대강화 LV 8」 「관통 대강화 LV 4」
「타격 대강화 LV 8」 「마력격 LV 1」 「대지 공격 LV 8」
「공간 기동 LV 5」 「명중 LV 10」 「회피 LV 10」
「확률 보정 LV 7」 「위험 감지 LV 10」 「기척 감지 LV 8」
「열 감지 LV 7」 「동태 감지 LV 8」 「흙 마법 LV 2」
「파괴 내성 LV 4」 「참격 내성 LV 8」 「관통 내성 LV 8」
「타격 내성 LV 9」 「충격 내성 LV 5」 「대지 무효」
「벼락 내성 LV 3」 「상태 이상 대내성 LV 3」 「부식 내성 LV 1」
「고통 무효」 「통각 경감 LV 7」 「시각 강화 LV 7」
「밤눈 LV 10」 「시각 영역 확장 LV 5」 「청각 강화 LV 5」
「후각 강화 LV 4」 「촉각 강화 LV 3」 「신명 LV 9」
「마력 기관 LV 1」 「천동 LV 2」 「부천 LV 1」
「강대 LV 8」 「강고 LV 9」 「도사 LV 1」
「수호 LV 8」 「위타천 LV 3」

스킬 포인트: 31000

칭호

「마물 살해자」 「마물 살육자」 「용(龍)」
「패자」
〉

그게 있잖아, 카구나가 있잖아, 지룡이 또 한 마리 말이야, 같이 있는데 말이야.

응, 무리.

어림도 없다.

뭐냐고, 진짜.

물론 전이로 도망쳤습죠.

안 도망치면 나더러 어쩌라고.

승산이 없는걸.

움직이는 요새처럼 방어에 특화된 카구나하고, 공간 기동을 보유한 데다가 능력치만 척 봐도 스피드 타입이라고 티가 나는 게에레가 한 세트잖아.

대놓고 죽으라는 소리랑 뭐가 다른데.

한숨만 나오는구나~.

지룡 게에레. 생김새는 상당히 스마트한 느낌으로 아라바와 비슷한 체형이었다.

몸집은 물론 큼지막하지만 통통한 느낌이 드는 카구나와 달리 굉장히 잽싸 보이는 날렵한 몸매를 갖고 있었다.

실제로 속도가 4000을 넘는 스피드 타입이었지.

거기에 고레벨 감지 계열과 회피 스킬까지 추가해서 공격은 한 대도 안 맞겠다는 식이었어.

아니지, 척 봤을 때는 속도에 주의가 쏠려버리지만 게에레 씨도 방어력이 상당히 높은 축이었단 말이지.

카구나 정도는 아니지만 뛰어난 스테이터스에 스킬의 보조, 내성도 제법 갖춰놓았고 HP 고속 회복도 보유.

맞지도 않고 맞는다 해도 별로 안 아프겠네.

에라이, 뭘 어쩌라는 겁니까!

게다가 물리 공격력도 충분히 높았잖아.

특히 양 팔에 달린 칼날 비슷한 그거.

거기에 맞았다간 무조건 한 방에 두 동강이다.

타고난 체격으로 신속하게 전장을 누비고 다니면서 블레이드 공격.

물론 브레스도 표준 탑재.

뭐, 카구나만큼 방어력이 높진 않으니까 이쪽은 공격하면 제대로 타격이 들어간다.

속도가 빨라 봐야 나한테는 한참 멀었고 회피력도 명중력도 내가 더 우세했다.

순조롭게 싸운다면 못 이길 상대는 아니었다.

둘이 함께 덤비지만 않으면…….

내 공격이 카구나에게 막히고, 그 틈에 게에레가 공격을 가한다.

서로의 약점을 보완하는 방패와 창의 조합.

안 그래도 1 대 1과 1 대 2는 난이도가 완전 다른데, 상성이 기막히게 잘 맞는 두 마리가 한패를 이루면 그냥 대책이 없잖아.

일단 마킹은 해놨으니까 나중에 두 마리가 서로 떨어지기를 기다렸다가 행동하자.

마킹은 예지의 효과 중 하나로, 대상에게 마크를 붙이는 기능이다.

마크를 붙여놓은 한, 세상 어디를 가더라도 그 녀석의 위치를 알 수 있었다.

뭐, 내가 모르는 장소였을 때는 대략적으로 요 근처라는 정도만 느낄 수 있다.

하층의 지도를 다 채우지는 못했는데 카구나와 게에레의 마크는 찰싹 붙어 있었다.

당분간은 안 떨어질 것 같네.

참고로 마킹을 해놓으면 언제든지 그 녀석의 스테이터스를 확인할 수 있다.

수시로 체크하다가 약해졌을 때를 노려서 전이로 기습하면 되는 거다.

지룡 두 마리가 위기에 처할 일은 아마 없겠지만…….

덧붙여서 전이 전에 다른 마법의 술식을 미리 구성해두었다가 전이한 순간 눈앞에 있는 상대에게 쏟아붓는 전법은 불가능했다.

사전에 술식을 구성해봤자 전이한 순간 산산이 흩어지기 때문이다.

이것만큼은 구성 능력하고는 관계없는 전이의 영향이니까 달리 방법도 없었다.

일단 쟤네들이 떨어질 때까지는 다른 장소에서 레벨을 올리도록 하자.

하층에는 아직 다른 지룡도 있을 테고 그쪽부터 먼저 해치워도 되니까.

아라바한테 복수라도 해볼까?

그러고 보니 「지룡 무서워」 소리를 처음으로 하게 만든 녀석이었지.

트라우마를 떨쳐내기 위해서라도 그 녀석한테 승리를 거머쥔다면 나쁘지 않겠다.

일대일이면 카구나도 게에레도 아마 이길 수 있을 것이다.

그렇다면 홀로 행동하는 아라바에게도 이길 수 있지 않을까?

으음, 차분하게 고민해봐야겠다.

어쨌든 느닷없이 싸우러 가는 건 위험하니까 한 번쯤 정찰을 하고 스테이터스부터 확인해봐야지.

카구나와 게에레를 보건대 지룡에게 대책 없이 덤비면 고생깨나 할 것 같고…….

게다가 아라바의 레벨은 내 기억이 틀리지 않았다면 카구나보다 높았거든.

데이터를 가지고 돌아와서 대책을 마련한 다음에 싸우도록 하자.

그런 사정으로 하층을 찾아왔습니다.

현재 위치는 내가 상층에서 이곳 하층으로 떨어졌었던 추억의 장소, 절벽 구덩이 부근.

물론 절벽 구덩이로 직접 전이할 수도 있지만 그랬다가 떡 마주치면 무서우니까 조금 떨어진 곳으로 전이했다.

응, 현명한 판단이었어.

〈엘로 배러기슈 LV 25

스테이터스

HP: 3994/3994(녹)	MP: 3011/3011(청)
SP: 3926/3926(황)	: 3958/3958(적)
평균 공격 능력: 3875 (상세)	평균 방어 능력: 3821 (상세)
평균 마법 능력: 2999 (상세)	평균 저항 능력: 3295 (상세)

평균 속도 능력: 3827 (상세)

스킬

「역린 LV 7」	「HP 고속 회복 LV 4」	「MP 고속 회복 LV 3」
「MP 소비 대완화 LV 3」	「마력 감지 LV 7」	「마력 조작 LV 7」
「SP 고속 회복 LV 4」	「SP 소비 대완화 LV 4」	「상태 이상 대강화 LV 8」
「강산 강화 LV 7」	「중압 대강화 LV 6」	「파괴 강화 LV 9」
「관통 대강화 LV 4」	「타격 대강화 LV 10」	「충격 대강화 LV 10」
「마력격 LV 7」	「맹독 공격 LV 10」	「마비 공격 LV 6」
「강산 공격 LV 8」	「중압 대공격 LV 8」	「공간 기동 LV 1」
「은밀 LV 10」	「미채 LV 8」	「무음 LV 10」
「무취 LV 7」	「명중 LV 10」	「회피 LV 10」
「확률 보정 LV 5」	「위험 감지 LV 10」	「기척 감지 LV 8」
「열 감지 LV 10」	「동태 감지 LV 8」	「중압 마법 LV 5」
「그림자 마법 LV 4」	「파괴 내성 LV 6」	「참격 내성 LV 9」
「관통 내성 LV 8」	「타격 내성 LV 9」	「충격 내성 LV 5」
「땅 내성 LV 8」	「어둠 내성 LV 1」	「상태 이상 대내성 LV 9」
「부식 내성 LV 4」	「고통 무효」	「통각 경감 LV 9」
「시각 강화 LV 7」	「밤눈 LV 10」	「시각 영역 확장 LV 7」
「청각 강화 LV 5」	「후각 강화 LV 4」	「촉각 강화 LV 3」
「신명 LV 9」	「마력 기관 LV 1」	「천동 LV 2」
「부천 LV 1」	「강대 LV 8」	「강고 LV 9」
「도사 LV 1」	「수호 LV 8」	「위타천 LV 3」

스킬 포인트: 37000

칭호

「마물 살해자」 「암살자」 「마물 살육자」

「패자」 〉

위험한 녀석과 마주쳐버렸다.

넓고도 넓은 하층의 통로가 느닷없이 비좁게 느껴질 만큼 장대한 체구. 몸뚱이가 몇 미터나 되는 거냐고 감탄이 나오는 거대한 뱀 마물.

거대한 몸과 어울리지 않게 매끄럽게 이동하는데 무음 스킬의 효과 때문인지 일절 소리가 들리지 않았다.

아, 그렇군요.

방금 본 지룡 카구나와 게에레를 뛰어넘는 괴물이에요.

저런 놈하고 붙으면 죽어버려요, 살려주세요.

아니, 뭐. 실제로 붙었을 때 아주 못 당할 상대는 아니지만, 승산은 아마 절반도 간당간당하지 않을까?

겉모습으로 짐작하자면 상층에 있는 뱀의 진화형이 아닐까 생각이 든다.

뱀은 상층에서도 강한 축에 속하는 마물이었던 만큼, 진화하면서 위험도가 급증했다.

나는 감정을 사용 가능한 아슬아슬한 거리에서 왕뱀이 떠나가는 장면을 지켜보고 있었다.

왕뱀이 향하는 곳은 내 목적지였던 절벽 구덩이.

선불리 뒤를 따라가다가 전투가 벌어지면 죽도 밥도 안 되니까 아라바 정찰 임무는 포기하자.

하층에는 아직도 내 상상을 초월하는 괴물이 있었다고 그 사실을 깨달은 것만으로도 수확이라고 생각해야지.

왕뱀이 떠나고 충분한 시간이 흐른 다음 전이를 써서 돌아가자.

내가 마도의 극의를 가지고 있다지만 전이를 사용할 때는 발동까지 시간이 조금 필요했다.

감지 계열 스킬이 특히 많았으니까 조심 또 조심해서 아예 못 돌아올 정도로 거리가 벌어질 때까지는 가만히 기다려야지.

흠흠!

뭐지? 전투를 벌이는 소리? 그런 게 들리네?

왕뱀이 스르륵~ 떠나간 방향을 보니 저 멀리에서 왕뱀이 무언가와 싸우는 광경이 보였다.

이럴 때 쓰라고 있는 스킬이지. 망원 발동!

내 시야에 격렬하게 싸우고 있는 왕뱀이 확대돼서 비친다.

그리고 나는 숨을 멈췄다.

다름 아닌 용(龍)이었다.

대지를 박차고 대지를 다스리는 지룡(地龍).

왕뱀이 거대한 몸과 어울리지 않게 재빠른 움직임으로 제 몸을 구부러뜨린다.

몸에다가 중력의 힘을 두른 채 본래의 중량과 합쳐서 후려갈기면 무시무시한 위력이 발휘될 것이다.

하지만 그런 공격을 가볍게 피한 용은 지면과 공중을 가볍게 박차며 나아갔다.

왕뱀의 몸으로 지면에서 솟아오른 바위 창이 꽂혀 들어간다.

높은 방어력 덕분에 관통되는 꼴은 면했지만 그럼에도 대미지를 아주 안 받을 수는 없었다.

피하려고 해봐도 바위 창은 왕뱀의 몸이 디디고 있는 바로 그 지면에서 솟구친다. 거대한 몸뚱이가 닿아 있는 모든 곳에서 뻗쳐오르는 공격을 왕뱀이 무슨 수로 피한단 말인가.

날개를 만들어 공중으로 도망치지 않는 한 대지를 지배하는 용의 공격에서 벗어날 방도는 없었다.

아니다. 공중, 혹은 천장에서 바윗덩어리가 떨어진다.

이곳은 사방이 토벽으로 둘러싸여 있는 미궁, 대지를 관장하는 용에게는 주변의 모든 것이 흉기였다.

그리고 용도 제 몸을 하나의 흉기로 다루면서 왕뱀에게 덮쳐들었다.

어금니로, 발톱으로, 그리고 검날처럼 예리한 꼬리로—.

압도적인 스테이터스를 보유한 왕뱀이 아무 저항도 못 한 채 얻어맞고 있다.

그 광경을 보면서 나는 아름답다고 생각했다.

저 용은 내 상상보다 훨씬 높은 경지에 있었다.

못 이기겠다고 단념한 적은 많았다.

마더, D, 관리자 규리에디스트디에스.

하지만 그들이 지닌 강대함에 공포를 느낀 적은 있어도 동경한 적은 없었다.

나는 지금 저 용의 전투 장면을 보면서 격한 열망을 느끼고 있다.

뛰어넘고 싶었다.

이 충동이 어디에서 왔는지 나 스스로도 알지 못한다.

하지만 무슨 일이 있어도 꼭 싸워보고 싶다.

지금은 아직 당해내지 못한다.

그래도 넘볼 수 없는 경지는 아니다.

그렇다면 레벨을 올려서 도전하자.

왕뱀이 브레스를 맞고 털썩 고꾸라졌다.

나는 저 브레스를 알고 있다.

다른 누구도 아닌 나 자신의 몸으로 경험했던 공격이니까.

그때의 공포가 되살아나면서 몸이 부르르 떨렸다.

하지만 나를 전율케 하는 것에는 공포 말고도 흥분과 설렘 또한 섞여 있다는 기분이 들었다.

왕뱀의 시체를 밟아 뭉개는 용.

나는 그 당당한 모습을 뚫어져라 주시하다가 전이했다.

언젠가 도전할 그날까지, 방금 전 광경을 머릿속에다가 단단히 새겨 넣고 잊지 않도록…….

저것이 내가 뛰어넘어야 하는 존재.

저것이 나의 트라우마.

저것이, 지룡 아라바.

마물 도감

file.13 # 지룡 카구나

LV.01

평균 공격 능력 : 2871

평균 방어 능력 : 3069

평균 마법 능력 : 906

평균 저항 능력 : 3005

평균 속도 능력 : 325

status【능력치】

HP 3019 / 3019

MP 1147 / 1147

SP 988 / 988

1018 / 1018

skill【기술】

「지룡 LV 1」「역린 LV 6」「견갑각 LV 5」「강체 LV 5」「HP 고속 회복 LV 2」「마력 감지 LV 1」「마력 조작 LV 1」「대지 공격 LV 5」「대지 강화 LV 4」「파괴 강화 LV 4」「관통 강화 LV 1」「타격 대강화 LV 2」「위험 감지 LV 10」「열 감지 LV 2」「흙 마법 LV 1」「파괴 내성 LV 6」「참격 내성 LV 8」「관통 내성 LV 8」「타격 대내성 LV 1」「충격 내성 LV 9」「대지 무효」「벼락 내성 LV 2」「바람 내성 LV 1」「상태 이상 대내성 LV 4」「부식 내성 LV 1」「고통 무효」「통각 경감 LV 9」「밤눈 LV 10」「시각 영역 확장 LV 1」「시각 강화 LV 1」「신명 LV 8」「마력량 LV 8」「순발력 LV 7」「지구력 LV 7」「강대 LV 5」「강고 LV 9」「술사 LV 6」「호부 LV 8」「질주 LV 1」

용(龍)의 일종. 강건한 지룡 중에서도 특히 방어 능력이 우수한 개체. 방어력만을 중시했기 때문에 공격 수단은 사실상 거대한 체구를 활용한 물리 공격뿐이다. 단순하기에 오히려 격파 또한 곤란하다고 일컬어진다. 위험도 S.

S8. 자비

단단히 마음먹고 진입한 성내는 섬뜩하리만큼 조용했다.

평소라면 늘 배치돼 있어야 하는 파수병이 한 명도 없는 데다가 밤의 고요함 이상의 정적이 성안을 가득 메우고 있었다.

마치 성안에 아무도 없는 것처럼…….

실제로 내 기척 감지에는 단 한 곳을 제외하고는 아무런 반응도 발견되지 않았다.

그래, 단 한 군데.

이토록 비정상적인 상황 속에서 그곳 단 한 군데에만 또렷한 기척이 느껴진다.

분명 함정이겠지.

하지만 여기까지 와서 되돌아갈 수도 없는 노릇이었다.

방금 전 로난트라는 이름의 마법사는 그냥 물러나 준 듯했지만, 나는 이 앞에서 기다리고 있는 자들도 똑같이 물러나 줄 것이라고 생각할 만큼 대책 없는 낙관주의자는 아니다.

소피아와 흑의인이 지키고 있든가, 아니면 나로서는 상상도 하지 못할 강대한 누군가가 기다리고 있을지도 모르는 상황이었다.

각오를 다지고 향하도록 하자.

이 성의 중심이라고 말할 수 있는 알현실, 옥좌가 있는 곳으로—.

긴장감 때문에 우리들은 대화도 하지 않았다.

빨려 들어갈 것 같은 어둠과 귀가 아프도록 싸늘한 정적만이 주위를 지배하고 있었다.

그리고 마침내 다다른 곳은 알현실.

왕에게 알현을 청하는 엄숙한 분위기의 공간에 뜻밖의 광경이 펼쳐져 있었다.

"사일리스 형님……."

옥좌에 앉아 있는 사일리스 형님.

그리고 사일리스 형님의 앞쪽에서 고개 숙인 채 엎드려 있는 레스톤 형님과 클레베아, 게다가 카티아의 부모님.

각각의 목에 검을 겨누고 있는 네 명의 병사.

그들의 눈동자는 텅 비어 있을 뿐, 의지의 빛은 느껴지지 않았다.

"짐이, 왕이니라."

사일리스 형님이 무감정한 목소리로 고했다.

형님의 눈에도 병사들과 마찬가지로 탁한 빛이 어려 있었기에 제정신이 아님을 알 수 있었다.

세뇌당했나?

아마도 그렇겠지.

다만 카티아나 안나가 당했던 세뇌하고는 명백하게 종류가 달랐다.

"이 옥좌는, 짐의 자리다. 짐이, 왕이니라. 왕, 이로다."

더듬더듬 선언하는 사일리스 형님에게서는 평소의 엄격하고도 단호한 인상이 전혀 느껴지지 않았다.

"옥좌를, 위협하는 자는, 필요 없으니."

병사들의 검이 레스톤 형님을 비롯한 인질들에게 휘둘러진다.

제기랄, 이미 늦었어!

카티아의 비명!

하이린스 씨가 이를 갈면서 분노를 드러낸다.

나는 전부 다 무시하고 검을 내리친 병사들을 날려버렸다.

검날이 잘 갈려 있었는지, 아니면 병사들의 실력이 좋았는지, 레스톤 형님과 다른 사람들의 목은 깨끗하게 잘려서 바닥을 구르고 있었다.

목이 절단되고도 살 수 있는 인간은 절대로 없다.

그럼에도 내 스킬을 사용하면 구해낼 수 있다!

바닥에 떨어진 레스톤 형님의 머리를 주워 들고 절단면에 갖다 댔다.

그리고 나는 남몰래 습득했던 스킬을 사용했다.

자비라는 이름의 스킬을—.

변화는 극적이었다.

레스톤 형님의 목이 이어 붙으면서 분명 사라졌었던 생명의 숨결이 되살아난다.

《숙련도가 일정 수치에 도달했습니다. 스킬 〈금기 LV 5〉가 〈금기 LV 6〉으로 성장했습니다.》

자비 스킬.

그것은 금단의 사자 소생 스킬이었다.

카티아도 의문을 품었었지. 평범한 회복 마법이 아닌 기적을 일으키기 위한 스킬.

그때 세뇌를 풀기 위해 자신에게 마법을 폭발시킨 카티아는 분명 치명상을 입고 있었다.

HP가 0이 되면서 정말로 사망했었다.

하지만 나는 즉시 이 스킬을 사용하여 카티아를 죽음의 늪 속에서 구출했다.

레스톤 형님의 소생을 완료한 다음은 클레베아와 카티아의 부모님까지 소생을 완료시켰다.

동시에 내 MP는 거의 바닥을 보였고 금기의 레벨이 9까지 올라갔다.

자비는 아마도 모든 스킬 중에서도 유일하게 사자 소생이 가능한 스킬인 듯한데 그런 만큼 제약도 디메리트도 컸다.

우선 MP를 대량으로 소비한다.

네 사람이나 한 번에 소생시킬 수 있었던 것은 내가 용사 칭호를 받으면서 능력치가 대폭 상승한 덕분이었다.

또한 소생시킨 사체가 심각한 손상을 입었을 경우는 성공하지 못한다.

이번에는 절단된 목을 원래대로 되돌릴 수 있었지만 가령 머리만 남은 상태였다면 소생을 시도해봐야 성공하지 못했을 것이다.

그리고 사망 직후가 아니면 효과가 없다.

실제로 검증해보지는 않았으니까 유효 시간이 정확히 어느 정도인지는 모르겠지만 느낌으로는 기껏해야 몇 분이 한계라고 짐작된다.

거기에서 시간이 더 지나면 발동 자체가 되지 않는다.

그러니까 사후 수일이 지나버린 아버지를 소생시키기는 불가능했다.

아버지가 살해당한 그 순간에 당장 소생시켰다면 상황이 달라졌겠지만 유고와 소피아가 가만히 보고 있지는 않았겠지.

아버지를 살리려면 자비로 소생시킬 수 있는 짧은 시간 동안에 둘을 쓰러뜨려야 했었다.

분하지만 내게 그만한 힘은 없다.

마지막으로 이것이 최대의 디메리트라고 여겨지는데, 금기의 레벨이 오른다.

금기는 습득만 해도 교회의 손에 처형당하는 위험한 스킬이다.

자비 스킬을 습득했을 때 나는 금기를 함께 획득하고 말았다.

그 사실을 감추기 위해 서둘러서 은폐 스킬의 레벨을 올렸더랬지.

유리도 이 스킬을 언급할 때면 이상하리만큼 혐오감을 드러냈었다.

지금으로서는 금기의 레벨이 내게 뭔가 특별한 디메리트를 부여하고 있지는 않았다.

어디까지나 사회적으로 용인되지 않을 뿐이다.

다만 유리에게 넌지시 물어 알아낸 바로는 금기 스킬은 레벨 10이 되면 뭔가 무시무시한 사태가 일어나는 듯했다.

단정이 아니라 추측인 이유는 유리 자신도 상세한 내용을 모르기 때문이었다.

어떻게 무시무시한 사태가 벌어진다는 건지 모르겠지만 9레벨까지 올린 내게는 더 이상 남의 일이 아니었다.

하지만 이제 한 명만 더 소생시키면 10레벨로 오를 것이라는 사실을 알고 있을지라도, 눈앞에서 누군가 소중한 사람이 죽어버린다면 나는 망설이지 않고 이 스킬을 사용하겠지.

레스톤 형님, 클레베아, 카티아의 부모님, 모두 제대로 호흡하고 있음을 확인한 나는 옥좌에 앉아 있는 사일리스 형님에게로 시선을 돌렸다.

내 눈에는 우스꽝스럽게 입을 헤벌린 채 떠듬떠듬 왕이라는 말만 반복하는 불쌍한 사람이 보인다.

내가 처음에 날려버렸던 병사들 역시 분명 기절하지는 않았는데도 여전히 쓰러진 채 일어서려고 하지를 않았다.

하이린스 씨와 카티아가 소생을 실시하는 동안 경계를 서주었지만 굳이 그럴 필요도 없었나 보다.

그들은 유고의 세뇌로 인해 마음이 부서져버렸다.

자비 스킬의 소생은 단지 육체를 되살리는 것이 한계다.

부서진 마음을 원래대로 되돌리기는 불가능했다.

"슌, 가자."

하이린스 씨는 사일리스 형님과 병사들을 내버려 둔 채 떠나자고 제안했다.

"이놈은 세뇌당하지 않았을 때부터 슌을 모함하고 폐하를 해쳤다. 그 업보가 돌아온 거지."

기척은 느껴지지 않는다지만 세뇌당한 병사도 더 있을 테고 왕비도 있다.

게다가 소피아가 나타날 가능성도 감안해야 한다.

이대로 성을 탈환하기보다는 탈출하는 편이 좋겠다는 결론을 내렸다.

다만 성에 설치된 전이진(轉移陣)만큼은 확인했다.

전이진은 등록된 다른 전이진으로 워프를 할 수 있는 장치다.

그것이 완전히 파괴되어 있었다.

전이진의 행선지에는 제국도 있으니까 우리가 공격해 들어오는 사태를 경계해서 부숴놓았겠지.

전이진이 망가졌다는 사실을 확인한 우리는 곧바로 성을 탈출했다.

사일리스 형님을 그대로 내버려 둔 채—.

왔을 때보다 사람이 넷이나 늘어난 탓에 페이는 무겁다면서 불평을 늘어놓았지만 진심으로 하는 소리는 아니었을 것이다.

기절한 사람을 네 명이나 태우고 가려면 천천히 신중하게 날아가야 한다.

입으로는 투덜투덜해도 날아가는 태도에서는 탑승자를 신경 쓰는 배려심이 엿보였다.

카티아는 포기했었던 가족을 구해내서 안심했는지 기절한 부모님을 끌어안은 채 뚝뚝 눈물을 흘리고 있었다.

한편 나는 사일리스 형님을 떠올리는 중이었다.

사일리스 형님과 내 사이에는 접점이라고 할 만한 것이 거의 아무것도 없었다.

나는 왕비에게 눈엣가시 취급을 받았었고 왕비의 아들인 사일리스 형님하고는 별로 얽힌 적이 없다.

언제나 언짢은 표정을 짓고 있는 모습밖에 보지 못했다.

이따금 대화를 나누기는 해도 내용은 사무적인 인사나 업무상 필요한 전달 사항뿐…….

형제인데도 거리는 무척 멀었다.

그럼에도 불구하고 율리우스 형님에게 들은 사일리스 형님은 분명히 그런 사람이 아니었다.

어릴 적에는 백성을 아끼는 아버지와 마찬가지로 우리나라를 더욱 풍요롭게 발전시키고 싶다고 순수하게 소망했다고 한다.

그런데 언젠가부터는 왕이라는 지위에 고집하는 모습으로 변해버렸고 다른 형제들을 업신여기게 되었다.

아마도 아들을 옥좌에 앉히려고 했던 왕비의 영향을 받은 결과였을 것이다.

율리우스 형님은 그래도 사일리스 형님이 언젠가 예전처럼 순수한 마음을 되찾을 것이라고 믿고 있었던 듯했다.

하지만 결국 이렇게 되어버렸다.

하이린스 씨는 아무런 말도 하지 않는다.

아마 나보다 더 사일리스 형님과 가까이 알고 지냈을 텐데도 얼굴에는 어떤 감정도 드러내지 않았다.

"슌, 사일리스는 신경 쓰지 마라. 그건 녀석이 스스로 선택해서 나아간 길의 끝에 다다른 결과다. 네가 괴로워할 일은 아니야."

하이린스 씨는 자신의 감정은 완벽하게 감춘 채 나를 염려하고 위로해주기까지 했다.

사일리스 형님이 저렇게 되고 아버지가 붕어한 상황에서 왕국이 앞으로 어떻게 될지 모르는 일이었다.

그래도 레스톤 형님과 공작은 구해냈다.

분명 재건할 수 있을 것이다.

그렇게 믿으면서 우리는 왕도를 떠났다.

막간. ???

“소생에 의한 괴리를 확인.”

“그런가. 괴리가 안 일어났다면 또 해치워야 될 뻔했다. 다행이로군.”

“…….”

“이왕이면 그 왕 또한 소생시켜야 했을지도 모르겠군.”

“…….”

“알고 있다. 너무 편들지 말라는 거지? 나는 너희들에게 맡겼다. 그러니까 어떤 방식을 취하든 참견하지는 않아.”

“그럼, 됐어.”

“소피아나 다른 녀석들은 이미 활동을 시작했겠지? 다음은 엘프의 마을이겠군.”

“…….”

“너희들을 믿는다. 걱정은 하지 않는다. 다만 그놈도 그 오랜 세월을 놀면서 살지는 않았다. 방심은 하지 마라.”

“…….”

9. 거미 VS 거미

지룡 쇼크!

지룡 쇼크는 또 뭔 소리냐고 핀잔을 먹을 것 같지만 진짜 완전 쇼크였는걸.

홈으로 돌아와서 넋 놓고 가만히 있다가 제정신으로 돌아올 때까지 한나절은 걸렸단 말이야.

안 그래도 강한 지룡이 둘이나 무리 지어 다녔더랬지. 그래, 뭐. 임팩트가 제법 강했지만 걔네는 차라리 나았다.

하지만 지룡 아라바.

그건 좀 아니잖아.

내가 얘는 무리라고 판단할 만큼 괴물이었던 왕뱀한테 거의 아무런 피해도 입지 않고 완봉승 해버렸단 말이지.

뭐가 충격이었냐고? 전부.

왕뱀의 공격을 모조리 다 완벽하게 피해내는 몸놀림.

내가 본 바로는 스피드 자체도 빨랐지만 그 이상으로 움직임이 노련했다.

그때그때마다 최적의 회피 운동을 취하면서 한편으로는 어떤 위화감도 없이 매끄럽게 스킬을 끼워 넣었다.

나처럼 스킬의 힘으로 다짜고짜 몰아붙이는 느낌이 아니라 오랜 세월에 걸쳐 몸에다가 동작을 새겨 넣은 숙련된 무도가 같은 움직임.

스킬도 능력치도 아닌 순수한 기술이라고 말할 수 있는 화려한 움직임이었다.

그에 더하여 화려한 움직임에서 파생되는 치사하기 짝이 없는 공격.

피하는 동시에 반격.

게다가 본체만으로도 나비처럼 날아서 벌처럼 쏘는 전법을 완벽하게 구사하는데, 거기에 또 마법으로 추가 공격까지 날린다는 악몽.

흙 마법이라니 미궁 안에서는 반칙 아니야?

여기는 미궁 안이니까 지면은 물론이고 벽도 천장도 있단 말이야?

그 전부가 흉기로 변해서 덮쳐드는데 어떻게 다 피하라는 거냐고.

나는 미래 예지가 있으니까 그나마 좀 나은 편이지만, 그래도 완전히 피해낼 자신은 없다.

전방위의 도주로를 완벽하게 봉쇄하는 공격에다가 탁월한 기술에서 비롯되는 회피력.

무엇보다도 저런 능력을 능수능란하게 발휘하는 아라바 본인의 판단력.

플러스, 왕뱀이랑 싸울 때는 결국 한 방도 안 맞아서 드러날 기회가 없었지만 지룡이니까 방어력이 낮을 리도 없겠지.

비집고 들어갈 틈이 없다.

저런 놈을 어떻게 이기라는 거야?

정면으로 싸워서 이길 전망이 요만큼도 안 보이는데요?

으음. 끙.

그렇다면 정면으로 싸우지 않고도 이길 방법을 고민해볼까?

아라바에게 이길 방법을 고민하는 한편, 하층에서 레벨 업에 몰두

한 지 며칠—.

나는 지금 홈에서 가만히 태세를 갖추고 있었다.

탐지에 걸린 마물 집단이 이쪽으로 곧장 접근하고 있기 때문이었다.

상층의 마물은 걸음아 날 살려라 도망치는 내 영역으로 다가온다니 보통 일이 아니었다.

분명히 나를 목표로 삼아 의도적으로 접근하고 있다.

뭐, 이유는 이미 알고 있지만—.

접근하는 마물 놈들의 정체도…….

이윽고 마물 집단이 모습을 드러냈다.

그 선두에는 한층 더 거대한 마물이 보였다.

〈아크 타라텍트 LV 31

스테이터스

HP: 4466/4466(녹) + 1400　　MP: 3182/3182(청) + 1400

SP: 4267/4267(황)　　: 4262/4262(적) + 1288

평균 공격 능력: 4399 (상세)　　평균 방어 능력: 4315 (상세)

평균 마법 능력: 3004 (상세)　　평균 저항 능력: 3101 (상세)

평균 속도 능력: 4237 (상세)

스킬

「HP 고속 회복 LV 5」「MP 고속 회복 LV 7」「MP 소비 완화 LV 7」

「마력 감지 LV 7」「마력 조작 LV 7」「SP 고속 회복 LV 2」

「SP 소비 대완화 LV 2」「상태 이상 대강화 LV 3」「파괴 대강화 LV 2」

「참격 대강화 LV 4」「관통 대강화 LV 8」「타격 대강화 LV 3」

「충격 대강화 LV 1」	「마력격 LV 6」	「마투법 LV 4」
「기투법 LV 7」	「맹독 공격 LV 10」	「독 합성 LV 5」
「실의 재능 LV 5」	「만능 실 LV 3」	「실부림 LV 10」
「염동 LV 2」	「공간 기동 LV 8」	「명중 LV 10」
「회피 LV 10」	「확률 대보정 LV 2」	「위험 감지 LV 10」
「기척 감지 LV 10」	「동태 감지 LV 10」	「외도 마법 LV 10」
「독 마법 LV 10」	「치료 마법 LV 4」	「파괴 대내성 LV 1」
「참격 대내성 LV 2」	「관통 대내성 LV 2」	「타격 대내성 LV 4」
「충격 내성 LV 9」	「상태 이상 대내성 LV 8」	「부식 내성 LV 6」
「외도 내성 LV 5」	「고통 무효」	「통각 대경감 LV 2」
「시각 강화 LV 10」	「천리안 LV 2」	「밤눈 LV 10」
「시각 영역 확장 LV 7」	「청각 강화 LV 7」	「후각 강화 LV 2」
「촉각 강화 LV 7」	「천명 LV 2」	「마력 기관 LV 8」
「천동 LV 1」	「부천 LV 1」	「강의 LV 2」
「성채 LV 2」	「도사 LV 7」	「호부 LV 8」
「위타천 LV 1」	「포식 LV 4」	「금기 LV 7」

스킬 포인트: 34500

칭호

「악식」	「혈족 포식자」	「마물 살해자」
「독 술사」	「마물 살육자」	「실 술사」
「마물의 재앙」	「인족 살해자」	「패자」

〉

세다?!

이 녀석 거미 주제에 지룡보다도 능력치가 높잖아?

으엑, 으음, 뭐, 그렇겠지.

예상은 하고 있었거든.

어지간한 대괴수도 얼굴이 새파래져서 도망칠 마더, 그 바로 아래 단계의 마물이니까 약할 리가 없다고 말이야.

그렇습니다.

침입해 오는 마물 집단은 나랑 똑같은 거미 마물들.

엄밀하게 따지면 나는 진화하면서 종족이 바뀌어버렸으니까 완전히 같은 동족은 아닌 셈이지만, 원래는 똑같은 타라텍트 계열이기도 했고 친척 비슷하다고 보면 될 거야.

제일 앞쪽의 아크 타라텍트를 필두로 재보다는 한 아름 조그만 그레이터 타라텍트가 세 마리.

〈그레이터 타라텍트 LV 29

스테이터스

HP: 2845/2845(녹)	MP: 2101/2101(청)
SP: 2833/2833(황)	: 2839/2839(적) + 786
평균 공격 능력: 2766 (상세)	평균 방어 능력: 2710 (상세)
평균 마법 능력: 2099 (상세)	평균 저항 능력: 2102 (상세)
평균 속도 능력: 2744 (상세)	

스킬

「HP 고속 회복 LV 1」 「MP 회복 속도 LV 2」 「MP 소비 완화 LV 1」
「마력 감지 LV 6」 「마력 조작 LV 5」 「SP 고속 회복 LV 1」

「SP 소비 대완화 LV 1」「파괴 강화 LV 8」「참격 강화 LV 8」
「관통 대강화 LV 1」「타격 강화 LV 5」「상태 이상 강화 LV 9」
「기투법 LV 4」「맹독 공격 LV 5」「실의 재능 LV 2」
「거미줄 LV 9」「실부림 LV 5」「참사 LV 5」
「독 합성 LV 2」「공간 기동 LV 2」「명중 LV 10」
「회피 LV 10」「확률 보정 LV 5」「위험 감지 LV 10」
「기척 감지 LV 10」「동태 감지 LV 10」「외도 마법 LV 10」
「독 마법 LV 8」「파괴 내성 LV 6」「참격 내성 LV 6」
「관통 내성 LV 8」「타격 내성 LV 9」「충격 내성 LV 5」
「상태 이상 내성 LV 8」「부식 내성 LV 3」「외도 내성 LV 1」
「고통 무효」「통각 경감 LV 8」「시각 강화 LV 10」
「망원 LV 7」「밤눈 LV 10」「시각 영역 확장 LV 5」
「청각 강화 LV 4」「촉각 강화 LV 4」「신명 LV 6」
「마력 기관 LV 2」「순신 LV 6」「내구 LV 6」
「강대 LV 6」「강고 LV 6」「도사 LV 1」
「호부 LV 2」「축지 LV 6」「과식 LV 9」
「금기 LV 4」

스킬 포인트: 29500

칭호

「혈족 포식자」「악식」「마물 살해자」
「독 술사」「실 술사」「마물 살육자」 〉

그레이터 중에서 제일 강한 놈은 얘구나.

아크의 스테이터스를 본 다음이라 그런지 왠지 별것 아니라는 생각도 들지만 어쨌거나 충분히 강했다.

순수한 스테이터스는 중층의 화룡보다 낮아도 스킬의 양으로 보면 오히려 우수했다.

직접 대결이 벌어진다면 거미는 불에 약한 만큼 화룡의 승산이 더 높겠지만 종합적인 능력으로는 거의 호각 아니려나?

다른 두 마리 그레이터도 감정 결과는 비슷비슷하니까 용(龍) 클래스의 마물이 네 마리 나타났다고 계산하면 되겠네.

게다가 뒤쪽으로는 스몰 타라텍트가 와글와글, 다 자란 성체 타라텍트도 우르르.

앗, 레어한 포이즌도 드문드문 보이네.

오오~ 이제는 추억 속에 아련한 스몰 레서 타라텍트도 있구나.

약하다~.

살짝 건드리면 죽을 것 같아.

저랬던 내가 이만큼 강해졌단 말이지. 잠시 옛 기억에 잠겨본다.

아, 응.

예상보다 좀 거물이 나타나는 바람에 현실 도피를 했는걸.

응, 예상은 하고 있었다.

언젠가 이런 식으로 타라텍트 일당이 공격해 올 것이라고.

어째서냐고?

내가 얘네들 두목한테 싸우자고 시비를 걸었거든.

위화감은 화룡과의 전투에서 화룡을 증오스럽다고 생각했을 때 자각했다.

그래서 병렬 의사를 총출동시켜 위화감의 정체를 찾으려고 하다가 나는 그것을 발견하고 말았다.

나, 조종당했었나 봐.

뭐, 정확하게 말하면 그 전 단계라고 해야 할까, 아니면 무의식중에 각인당했다고 해야 되려나.

아무래도 마더는 퀸이라는 이름답게 자신의 새끼들을 조종하는 스킬을 가지고 있는 듯했다.

나 또한 그 스킬의 영향을 약간이나마 받고 있었던 거지.

아마도 새끼 전부를 조종하는 건 아니고 일정 이상으로 강해진 개체만 지배하에 두는 것 같은데, 나는 여차여차하다가 그 기준을 넘어버렸나 봐.

완전히 지배당하지 않은 까닭은 내 종족이 타라텍트에서 바뀌었다는 것, 그리고 저항 능력치가 높았던 덕분이라고 짐작한다.

솔직히 화룡과 싸웠을 때 위화감을 못 느꼈다면 조종당할 뻔했던 것을 알아차리지도 못했을 테고, 저항해야겠다는 의식도 없었으니까 그 전까지 무사했던 이유는 잘 모르겠다.

아마도 그렇지 않겠느냐고 생각만 하는 거지, 뭐.

아무튼 이러저러해서 나는 조종당할 뻔했다.

당연하지만 그딴 처사를 용납할 리 없잖아?

그럼요, 당장 반격을 해드렸지요.

조종하려고 했다는 것은 즉 조종하기 위한 경로 따위가 존재한다는 의미이고 실제로 나와 마더 사이에는 얇은 연결선이 있었다.

그 연결선을 이용해서 역으로 해킹을 개시했다.

병렬 의사가 그냥 한번 해봤는데 정말 되더라고.

그런 사정으로 본체 담당인 나 말고 다른 병렬 의사는 지금 이 순간에도 열심히 마더를 역침식 중.

뭐라고 해야 되지?

정신 기생체라고 할까, 아니면 혼백 바이러스라고 할까.

아무튼 요런 느낌.

마더의 혼 비슷한 뭔가를 으득으득 먹어치우는 중이다.

그런 짓을 하는데 마더도 물론 가만히 당하고만 있지는 않겠지.

지금 병렬 의사 vs 마더의 정신이 격렬한 전투를 펼쳐 나가고 있는 가운데, 이런 식으로 내 본체에도 말살 부대를 파견 보냈다는 말씀.

뭐랄까, 영혼 차원에서는 내가 마더와 좋은 승부를 벌이고 있지만 물리적으로 습격당하면 승산이 없잖아?

그래서 마더가 들어오지 못하는 중층과 상층 사이에다가 마이 홈을 건설한 거야.

마더는 화룡을 불도마뱀 취급할 만큼 강력하지만 거대한 몸집 때문에 좁은 장소로는 못 오니까.

지금 눈앞에 있는 아크도 꽤 커다랗지만 아슬아슬하게 통로를 지날 정도는 됐다.

그건 그렇고, 용(龍) 클래스 네 마리를 선두로 대량의 거미 군단.

옆에서 보면 절체절명.

하지만 말이야, 온다는 걸 미리 알았으면서 내가 아무런 대비도 없이 기다리기만 했다고 생각하진 않겠지?

놈들은 거미.

그리고 나도 거미.

요즘 들어서 미궁 안을 이리저리 배회하고 다니기는 했지. 그렇지만 나는 원래 거미줄 가지고 노는 것을 좋아하는, 거미그물로 함정을 만들어놓고 먹잇감이 걸려들기를 기다리는 타입이거든?

그런데 내가 함정을 안 깔아놓았을 리가 없잖아!

기우뚱, 행동을 개시하는 아크.

예견으로 아크의 움직임을 포착했다.

피한다.

방금 전까지 내가 있었던 위치로 아크의 어금니가 내리꽂혔다.

무셔?!

빨라?!

과연, 내가 감정했던 몬스터 중에서 괜히 최속을 자랑하는 게 아니군.

명중도 최고 레벨이고 확률 대보정도 2레벨.

나의 사고 가속, 예견, 회피, 확률 보정의 4종 세트 회피술이 없었다면 저 독니에 콱 꿰뚫렸겠는걸.

무셔라, 무셔라.

뭐, 재가 빨라 봤자 나보다는 느리지만 말이야.

아크도 마투법과 기투법 양쪽을 발동해서 신체 능력을 끌어올렸지만 결국은 내가 훨씬 더 빨랐다.

재가 나름 대단하대도 마투법이든 기투법이든 스킬 레벨은 내가 더 높으니까.

마투법은 아예 진화까지 마치고 마신법이 됐거든.

마신법은 마투법의 상위 스킬이다.

마투법보다 업그레이드된 효과를 발휘할 뿐 아니라 상승시켜주는 항목에 마법계 능력치까지 포함된다.

덕분에 안 그래도 맹꽁이처럼 혼자 툭 삐져나온 내 마법계 능력치가 자기 혼자서 또 전력 질주를 벌이는 꼴이었다.

마신법과 용력을 조합해서 발동하면 마법 공격력과 저항력이 1만대를 훽 넘어버리거든.

크크크.

아크의 물리 공격력은 위협적이지만 안 맞을 텐데 뭐가 무섭겠어.

아크가 실을 뿜어 날렸다.

앗, 저건 조심해야지.

나는 잘 알고 있다.

거미줄은 위험해.

붙들리면 끝장.

뭐, 붙잡힌다 해도 내게는 전이라는 최종 탈출 수단이 있으니까 어떻게든 되겠지만…….

거미그물이 날아들고 있다.

스르륵 피하면서 아크에 뒤이어 그레이터 등등이 행동을 개시하는 장면을 시야 한쪽으로 포착했다.

아, 마냥 여유 부리면 안 되겠네.

거의 승리가 보장된 트랩을 깔아놓았다고 생각하니까 긴장감이 별로 안 생긴다.

나도 꽤 강해진 덕에 예전처럼 한 대 딱 맞는다고 즉사할 걱정도 없어졌고…….

순수 물리 능력치도 높은 데다가 그에 더해서 마신법에 기투법에 용력으로 강화까지 할 수 있으니까 말이지.

마음만 먹으면 노여움으로 더 끌어올릴 수도 있지만 그건 좀 꺼려지거든.

노여움은 물리계 능력치를 대폭 올려주는 스킬이었다.

대폭이 어느 정도냐면 말이야, 겨우 1레벨인데도 9레벨짜리 기투법이랑 거의 비슷한 수준의 상승량이야.

게다가 MP, SP 소비도 없음.

다만 이 스킬을 발동하면 강제적으로 상태 이상 「광기」에 걸려버린다.

나는 다행히도 외도 무효가 있어서 광기에 완전히 침식당하지는 않았지만 그래도 두 번 다시 쓰고 싶지 않았다.

굳이 안 써도 충분히 강한 데다가 무엇보다도 나는 마법 타입이잖아.

간편한 마법을 내팽개치고 육탄전을 벌일 필요가 있겠어?

아무튼 인내까지 감안하면 내 HP는 실질적으로 1만을 가볍게 뛰어넘는다.

HP 1만을 한 방에 작살내는 강자는 없다, 음, 없으면 좋겠네.

어쨌거나 최소한 아크한테는 무리겠지.

아크의 주 무기는 물론 10레벨짜리 맹독 공격이다.

그리고 이빨을 꽂아 넣기 위해 보조로 사용하는 만능 실.

전이가 없었다면 나 역시 붙들린 순간 패배가 확정될 수밖에 없는 흉악한 콤보였다.

그 흉악한 콤보를 잘 써먹어 왔던 당사자가 하는 말이니까 틀림없다.

하지만 나는 아까부터 말했지만 전이를 쓸 수 있어서 그저 도망치려고 들자면 간단한 일이었다.

거대한 몸집에서 나오는 물리 공격은 분명 무섭지만 속도로 뒤지는 이상 내게는 스치지도 못한다.

다만 물량으로 치고 들어오면 살짝 골치 아파질 텐데, 그것도 내 트랩이 잘 작동하면 해결된다.

그러면 트랩「사우나로 초대합니다」를 실행해볼까?

아크가 걸음을 옮기고 있다.

그 장소에다가 미리 설치해놓았던 내 실이 아크의 몸을 붙들고 멈춰 세웠다.

흐흥. 눈에 안 보일 만큼 가늘게 뽑아낸 실을 지면에다가 눈치 못 채게 스리슬쩍 깔아놓았도다!

이름하여 끈끈이 바닥!

나머지는 그곳으로 유도하는 것뿐.

하지만 아직은 단지 발을 묶어놓았을 뿐이다.

아크 수준의 높은 능력치를 보유한 마물이라면 바닥에 얇게 깔아놓은 실 정도는 우격다짐으로 탈출할 수도 있었다.

게다가 탈출을 못 하더라도 아크에게는 마법이라는 원거리 공격 수단이 있다.

아크가 사용하는 마법은 나도 애용하고 있는 독 마법.

상황에 따라서는 고정 포대 역할을 할지도 모른다.

뭐, 내 경우는 독 내성을 가지고 있으니까 대미지가 많이 들어오지도 않을 테고, 별로 걱정할 필요는 없지만…….

평범하게 싸우면 용(龍) 클래스의 무시무시한 괴물은 맞거든.

하지만 이번에는 상성이 좋지 않았다.

왜냐하면 내가 이 녀석의 공격 패턴을 거의 다 알잖아.

한번 생각해보자고.

내가 여태껏 싸우면서 길러온 능력을—.

실을 부리고, 독니로 싸우고, 마법을 날린다.

내 전법하고 그냥 똑같네?

그야 그렇겠지.

원래는 나도 똑같은 타라텍트종이었고, 지금도 똑같은 거미형 몬스터잖아.

전술도 당연히 비슷비슷하지 않겠어?

네놈의 수법은 전부 다 파악했도다! 요런 느낌.

어쩌면 아예 정면 승부를 벌였어도 이겼을지도 모르겠다.

뭐, 그런 위험한 짓을 할 생각은 티끌만큼도 없지만…….

내 몸이 실에 붙들려 움직이지 못하는 아크에게 닿았다.

차원 마법, 범위 전이를 단행.

아라바 대책으로 개발한 트랩.

용을 상대로는 역린의 효과와 높은 저항력 때문에 실패한다고 예상했던 전법.

하지만 아크에게는 역린이 없다.

나름 저항이 높다지만 내 마법력에는 미치지 못한다.

나와 함께 아크가 전이한다.

전이한 곳은 중층에서 화룡(火竜)과 싸웠던 마그마 호수 위.

따끈따끈한 사우나 욕조로 초대합니다~.

푸하하하하!

어때! 새빨갛게 타오르는 중층의 마그마 풍경은!

거미는 불에 약하니까 제법 괴로울 테지!

나도 뜨거워서 괴롭다!

하지만 아크는 나와 비교도 되지 않을 만큼 힘들 거다.

아래로 떨어지면 무조건 사망 확정인 마그마 호수.

나는 사이즈가 조그마니까 군데군데 있는 작은 섬에 착지할 수도 있다.

하지만 아크의 몸길이는 대략 15미터.

저 커다란 몸뚱이로 착지할 만한 큰 섬은 없다.

게다가 가만히 있어도 HP가 깎이는 열악한 환경.

나는 오랜 시간에 걸쳐서 내성을 높여놓았지만 아크에게는 불 내성이 없다.

HP 고속 회복이 있으니까 줄지는 않아도 분명 괴로울 거다.

이로써 HP 고속 회복은 사실상 없는 셈이나 마찬가지.

공간 기동으로 거대한 몸뚱이를 지탱하는 한편, 약점 한가득 화염 필드에서 상성 최악의 나와 대적한다?

그야말로 외통수였다.

크크크. 고작 거미 주제에 이 몸한테 반항하려고 한 어리석음을 후회하면서 죽도록 해라!

그런 관계로 우선은 인척(引斥)의 사안 Go~.

인척의 사안은 중압의 사안에서 진화한 스킬인데, 그동안은 아래쪽으로만 발생시킬 수 있었던 인력(引力)을 상하좌우 어느 쪽으로도 발생시킬 수 있게 되었다.

게다가 끌어당기는 인력 말고도 밀어내는 척력까지 사용이 가능해졌다.

척력을 자신의 주변에다가 전개해놓으면 결계 대용으로도 활용할 수 있다.

다만 공기도 같이 밀어내 버리니까 아주 오랫동안 발동할 수는 없었다.

그리고 진화해서 기능이 늘어났어도 역시라고 해야 할까, 가장 강한 것은 아래쪽 방향의 힘이었다.

나는 아크에게 인척의 사안을 아래쪽 방향으로 있는 힘껏 발동시켰다.

거대한 몸뚱이를 공중에서 지탱하려면 안 그래도 고생스러울 텐데, 거기에다가 또 중력까지 추가.

얌전히 떨어져도 되거든~?

뭐, 어때. 떨어져도 죽기밖에 더 하겠어?

자, 자. 빨리 떨어져서 내 경험치를 올려주시게나.

아크는 공간 기동을 사용하면서 간신히 버티고 있었다.

실을 뽑아서 천장을 향해 날린다.

에잇, 얼른 좀 떨어져버려랏.

내가 가만히 지켜볼 리 없잖아.

암흑 마법, 암흑탄 발동.

암흑 마법은 어둠 마법의 한 단계 위, 심연 마법보다 하나 아래에 위치한다.

심연 마법보다 위력은 떨어지지만 그만큼 부담이 적은 개체 공격 마법이 갖춰져 있었다.

그것이 바로 암흑탄.

어둠 마법 어둠탄의 상위 마법으로 이름 그대로 새까만 탄환을 발사하는 마법이었다.

어둠 속성의 공격에 더해서 아마 충격 속성도 추가되어 있는 듯, 착탄하면 터져 나가면서 상대에게 대미지를 가한다.

참고로 상위 마법인 만큼 겉보기보다 훨씬 더 위력이 높았다.

암흑탄이 실을 뽑아내던 아크의 꽁무니에 착탄했다.

충격 때문에 실이 엉뚱한 방향으로 날아갔고, 아크의 HP가 줄었다.

신 난다, 계속 쏴버리자!

일말의 자비도 없이 암흑탄을 마구 쏘아 날렸다.

아래로 떨어지는 것이 먼저인가.

HP가 바닥나는 것이 먼저인가.

어느 쪽일까~?

아크는 힘냈다.

응, 정말 힘냈다.

열심히 힘내서 내 공격을 견디고, 치료 마법으로 자신을 치료하고, 어둠 내성까지 획득했다.

지독한 근성이라고 칭찬해주자.

힘냈다.

알았으니까 이제 그만 죽어라.

암흑탄을 난사한 덕분에 3레벨로 올라가면서 새롭게 생긴 암흑 마법을 사용했다.

이름은 암흑 창.

암흑탄의 창 버전으로, 이쪽은 관통 속성의 추가 대미지가 있다.

암흑 창이 너덜너덜해진 아크의 몸을 꿰뚫었다.

마침내 스테이터스로는 지룡조차도 뛰어넘는 왕거미에게서 생명의 빛이 사라졌다.

레벨이 넷이나 한 번에 올랐다.

탈피한 허물을 벗어 던졌다.

좋아, 좋아. 첨벙하기 전에 사체를 회수해야지.

떨어지기 시작한 아크의 사체를 전이 마법으로 건져냈다.

마이 홈으로 돌아간다.

나중에 맛있게 먹어주도록 하자.

뭐, 독거미니까 먹어봤자 맛없는 건 무조건 확정이지만 말이야.

그래, 대장이 전이로 사라졌다가 시체가 돼서 돌아왔네?

남아 있던 거미 군단이 눈에 띄게 동요하는구나~.

자, 자. 거기, 그레이터 군?

한창 당황스러울 텐데 미안하지만 자네도 사우나에 가주겠나?

그레이터 님 한 분 사우나로 들어가십니다~.

그러고 나서는 아크와 똑같은 방식으로 처리.

지긋지긋하게 나를 괴롭혔던 중층의 마그마 필드가 내 최대의 트랩으로 거듭나서 거미 군단을 인정사정없이 유린했다.

그레이터 세 마리를 완전히 똑같은 방법으로 해치우고 나머지 잔챙이들은 그냥 마법 난사로 청소해드렸다.

성체 타라텍트의 능력치가 1천 전후쯤은 됐지만…….

지금의 나에게는 잔챙이로만 보일 뿐이다.

응? 스몰 레서 타라텍트?

여파에 살짝 휩쓸렸다고 그대로 사망하셨습니다만, 문제라도?

아크, 그레이터 세 마리, 성체 타라텍트 다수, 보너스로 쪼그만 애들 가득가득.

거물 다수에 잔챙이도 잔뜩, 해치운 숫자가 워낙 많다 보니 경험치도 굉장한 양을 획득.

덕분에 레벨이 마구 올라서 웃음이 멎질 않는다.

우헤헤헷.

이런 꼼수를 쓰면 제아무리 대단한 마물이라도 충분한 여유를 가지고 쓰러뜨릴 수 있음이 증명되었다.

뭐, 이번에는 상성이 좋았던 덕도 좀 봤지만…….

그래도 한마디는 자신 있게 말할 수 있다.

유비무환은 참 멋진 말이야!

마물 도감

file.14 아크 타라텍트

LV.01

status 【능력치】

HP
2912 / 2912

MP
2167 / 2167

SP
2898 / 2898

2901 / 2901

평균 공격 능력 : 2811
평균 방어 능력 : 2808
평균 마법 능력 : 2187
평균 저항 능력 : 2199
평균 속도 능력 : 2851

skill 【기술】

「HP 고속 회복 LV 1」「MP 회복 속도 LV 3」「MP 소비 완화 LV 2」「마력 감지 LV 6」「마력 조작 LV 5」「SP 고속 회복 LV 1」「SP 소비 대완화 LV 1」「기투법 LV 5」「실의 재능 LV 3」「만능 실 LV 1」「실부림 LV 5」「참사 LV 5」「독 합성 LV 3」「맹독 공격 LV 5」「상태 이상 강화 LV 9」「파괴 강화 LV 8」「참격 강화 LV 8」「관통 대강화 LV 1」「타격 강화 LV 5」「공간 기동 LV 2」「명중 LV 10」「회피 LV 10」「확률 보정 LV 7」「위험 감지 LV 10」「기척 감지 LV 10」「동태 감지 LV 10」「외도 마법 LV 10」「독 마법 LV 8」「파괴 내성 LV 6」「참격 내성 LV 6」「관통 내성 LV 8」「타격 대내성 LV 1」「충격 내성 LV 5」「상태 이상 내성 LV 9」「부식 내성 LV 3」「외도 내성 LV 1」「고통 무효」「통각 경감 LV 8」「밤눈 LV 10」「시각 영역 확장 LV 5」「시각 강화 LV 10」「망원 LV 7」「청각 강화 LV 5」「촉각 강화 LV 4」「신명 LV 6」「마력 기관 LV 2」「순신 LV 6」「내구 LV 6」「강대 LV 6」「강고 LV 6」「도사 LV 2」「호부 LV 2」「축지 LV 6」「포식 LV 1」「금기 LV 5」

용종(龍種)에게도 뒤지지 않는 전투 능력을 보유한 거미형 마물. 거대한 체구에 걸맞은 물리 공격력과 맷집을 겸비했으며 언뜻 둔중해 보이지만 신속함까지 갖췄다. 독과 실을 능숙하게 사용하는 기교적인 면도 있기 때문에 빈틈이 없다. 실로 집을 지은 상태의 아크 타라텍트에게 덤비는 것은 자살행위나 다름없다고 일컬어진다. 위험도 S.

단장. 미궁의 악몽

하필 이런 시기에 운도 없지.

이번 임무를 하달받았을 때 느낀 솔직한 감상이었다.

내 아이가 태어났다는 편지를 받고 집으로 돌아갈 날을 즐겁게 기다리던 시기에 이루어진 지명.

아내에게 산기가 보였을 때에도 곁에 있어주지 못했던 데다가 태어난 아이의 얼굴조차 한 번 못 본 채 임무를 수행하러 떠나야 할 줄이야.

제국에서는 드디어 대망의 왕자가 탄생한 덕에 축제 분위기이건만…….

현 검제님은 좀처럼 자식을 보지 못하여 반쯤 포기하고 있던 차에 왕자가 태어났다.

탄생 후 곧바로 유고 님이라는 이름이 발표되었던 만큼, 검제님이 얼마나 기뻐하셨는지 어렵지 않게 상상할 수 있었다.

나도 같은 종류의 기쁨을 음미하고 있어야 할 때인데 오히려 우울한 기분만 든다.

내 아이를 만나지도 못한 것이 물론 첫 번째 이유이지만 임무의 내용 자체도 내 마음을 무겁게 만들었다.

엘로 대미궁에 나타난 수수께끼의 몬스터를 길들이도록.

실패할 경우는 즉시 대상을 말살하라.

이것이 바로 이번에 내가 받은 임무였다.

사건의 발단은 엘로 대미궁 입구가 위치한 어느 소국, 오우츠 국에서 지원 요청을 보냈던 일이다.

엘로 대미궁은 대륙과 대륙을 연결하는 거의 유일한 이동 수단.

예외로 전이진이 존재하고는 있지만 사용 가능한 자는 나라의 중요 인물이나 대단한 부자로 한정된다.

그런데 엘로 대미궁에서 마물의 숫자가 많아졌다는 이변이 발생했고 출입구가 위치한 오우츠 국이 우리나라에 구원을 요청했었다.

제국은 국경 부근에 파견 보냈던 부대를 곧장 오우츠 국으로 이동시켰다.

각각의 구성원은 귀족의 차남이나 삼남 출신으로 이루어졌지만 실력은 물론 다른 부대에 뒤지지 않았다.

조만간에 이변의 원인을 밝혀낸 다음 귀환할 것이라고 여겼다.

실제로 그들은 이변의 원인을 밝혀내고 귀환했다.

하지만 예상과는 다른 형태로—.

파견 부대는 도망쳐 돌아왔다.

수수께끼의 거미형 마물에게서…….

보고에 따르면 잠깐 시선을 마주했을 뿐인데도 저도 모르게 전멸을 각오할 정도로 위협적이었다고 한다.

이변의 원인은 그 거미형 마물의 영역으로부터 도망치려는 마물들이 본래의 서식지를 벗어나 대이동을 벌였기 때문이었다.

자신들이 감당할 상대가 아니라면서 특별 토벌 부대를 조직해야 한다고 덧붙였다.

보고를 처음 접한 자들은 「무슨 농담이냐」는 식으로 웃어넘겼다.

하지만 상세한 보고서를 받아 보고 현지 안내인의 증언이 더해지면서 그 마물의 위험성을 서서히 받아들이게 되었다.

최소한 위험도 A랭크.

최악의 경우는 S랭크에 다다른다.

그토록 위험한 마물이 미궁 바깥으로 나오면 피해는 실로 막대하겠지.

하지만 그와 동시에 기묘한 소문도 퍼져 나갔다.

엘로 대미궁에는 인간을 구해주는 거미 마물이 있다고…….

현지의 조사원은 즉시 소문의 출처를 확인했다.

그리고 어느 모험가 일행이 미궁 상층에서 위험한 마물, 엘로 배러도라드에게 습격당했을 때 느닷없이 나타나서 그 마물을 쓰러뜨렸을 뿐 아니라 부상으로 빈사에 처한 동료를 회복까지 시켜줬다는 이야기였다.

말도 안 된다.

그것이 내 감상이었다.

나는 마물 조련사인 만큼 여느 사람보다는 마물에 관한 지식이 깊다고 자부한다.

마물은 물론 지능이 낮지만 전혀 생각을 못 하는 것은 아니다.

그렇지만 마물이 인간을 구조한다는 것은 명확한 의지에서 비롯된 행동이며, 그런 사례는 그야말로 전설에나 등장할 만한 고위 마물의 이야기가 아닌 한 들어본 적도 없었다.

만약 모험가의 증언이 사실이라면 그 거미 마물은 상당한 지혜를 지닌 전설급의 마물이라는 의미가 된다.

그런 대상을 토벌하라니 어림도 없는 소리다.
하지만 인간의 목숨을 구해줬다 함은 어쩌면 인간에게 우호적인 존재라는 증거일지도 모르겠다.
잘만 된다면 길들일 수도 있지 않을까?
그런 까닭으로 나한테 임무가 내려진 것이다.
정말이지 운이 없다.
혹시 그 거미 마물이 소문대로 전설급의 마물이라면 승산은 절대로 없겠지.
그렇지 않더라도 최소한 A랭크의 마물이라는 사실은 이미 확정적이다.
그만한 마물을 길들이기는 몹시 고된 작업이었다.
조련 스킬에 의한 계약은 마물이 순순히 받아들이거나 혹은 실력으로 굴복시키고 나서 강제로 이루어진다.
마물이 스스로 종속을 받아들이는 경우는 거의 없는 탓에 일단은 힘으로 때려눕힐 필요가 있었다.
A랭크의 마물을 죽이지는 말고 행동 불능 상태로 몰아넣는다?
평범하게 이기려고만 해도 만만치 않은 상대에게 저런 조건을 달성하기는 실로 난감하다고밖에 할 말이 없었다.
하물며 이번 상대는 최소한이 A랭크다.
그 이상이었을 경우에는 승리를 장담할 수 없는 사태도 각오해야 한다.
신중한 대응이 필요한 임무였다.
그런 상황이건만—.

“허, 그것참. 이 몸에게 미궁 탐색 따위를 시키다니. 재수도 없지.”
내 옆에 있는 분은 제국이 자랑하는 대마법사, 로난트 님.
분명 우수한 마법사지만 성격에는 난감한 면이 있었다.
매사에 분방하고 제멋대로다.
명령 위반을 아무렇지도 않게 저지르면서 주변을 휘휘 둘러본다.
“로난트 님. 대상이 S랭크 이상이었을 경우에는 어르신만 한 전력이 필요하기 때문입니다. 그러니 며칠만 참아주십시오.”
“알고 있다네. 뭐, 어느 놈이 오든 간에 내가 있으면 아무 일도 없을 게야. 자네들 이번 임무는 그냥 거저먹겠구먼.”
이분은 평소에 붙임성도 좋고 재미있는 분이지만 전장에서도 그런 모습이 변하질 않아서 곤란했다.
그래도 실력은 진짜였다.
인족 최고의 마법사라고 칭송받을 만큼 대단한 실력을 지니고 계신다.
이번 임무는 나와 로난트 님을 포함해서 제국의 전사 서른 명에 네 명의 안내인으로 편성해서 임하고 있다.
가능하면 저번 조사 때 안내인을 맡았다고 하는 베테랑 안내인을 섭외해서 일을 맡기고 싶었지만 그자는 단호히 거부했다.
그토록 위험한 마물이 있는 곳을 어떻게 다시 가겠느냐는 이유였다.
유감이지만 어쩔 수 없지.
척 보기에 상당한 실력자로 여겨지는 안내인마저 꺼려할 정도의 마물이라는 정보를 얻었다고 생각하자.
별로 달갑지 않은 정보지만…….

어쨌든 간에 우선은 그 마물을 발견하고 나서 생각해볼 일이다.

"흠. 보고서에 쓰여 있었던 지룡의 사체가 발견된 장소는 이곳이 틀림없는가?"
"네. 분명 맞을 겁니다."
"그야말로 아무것도 없구먼."
우리들은 대통로라고 불리는 커다란 통로에 와 있었다.
이곳에서 예의 마물과 조우했다는 보고가 올라왔기 때문이었다.
하지만 지룡의 사체를 발견했다는 거미집은 찾아냈지만 그 안에는 아무것도 남아 있지 않았다.
아니, 정확하게 표현하자면 먹고 남긴 것으로 보이는 딱딱한 부위 같은 잔해 말고는 아무것도 없었다고 말해야겠지.
나는 다시금 거미집의 상태를 확인했다.
실에 부착된 불순물이나 집 안의 분위기를 보건대, 이곳은 방치되었다고 보는 편이 옳을 듯싶다.
흔적을 보면 사용 중은 아니었다.
"아무래도 집의 위치를 옮긴 것 같군요."
"그렇군. 하면 샅샅이 뒤질 수밖에 없겠구먼."
"그럴 수밖에요."
이후로 우리들은 며칠 동안 신중하게 주변을 탐색했다.
하지만 그럴싸한 마물의 자취는 발견하지 못했다.
"없구먼."
"이상하군요. 안내인 선생, 이 주변에 찾아보지 않은 장소 중에서 달리 짚이는 곳은 없습니까?"

네 명의 안내인은 잠시 생각에 잠겨 있다가 입을 열었다.

"가까운 곳에 중층으로 이어지는 길이 있습니다. 혹시 그 마물은 중층으로 내려가버린 것이 아닐까요?"

"하지만 거미 마물은 본래 불에 약한 법이지요. 가능성은 희박하다는 생각에 지금까지는 무시했습니다."

과연, 그렇군.

가능성은 낮지만 아주 없지는 않다.

엘로 대미궁 중층이라면 사방에 마그마가 흘러넘치는 열파의 지옥이었다.

장비도 없는 이상 중층까지 탐색하는 것은 불가능.

식량 문제나 연이은 조사로 쌓인 피로 등등을 감안하면 이제 슬슬 철수할 때이기도 하다만—.

"좋습니다. 그럼 중층으로 이어지는 길을 조사하고, 아무것도 없으면 귀환하도록 하지요."

그렇게 우리들은 안내인을 따라 그 길을 찾아갔다.

"으앗?!"

선두에서 걸어가던 안내인 한 사람이 비명을 지르면서 부자연스러운 자세로 굳어버린다.

"왜 그래?"

"모르겠어. 대체 뭐지? 몸이 안 움직인다."

"멈춰라!"

무심코 다가가려고 하는 다른 한 명의 안내인을 로난트 님이 멈춰

세웠다.

"빛을 비추고 잘 살펴보게. 굉장히 가느다랗지만 여기저기에 실이 둘러져 있네."

로난트 님의 말을 따라 나도 눈에 힘을 주었다.

확실히 때때로 빛을 반사하는 실 비슷한 선이 보였다.

"혹시?"

"제대로 찾아왔나 보구먼."

주의 깊게 잘 보면 실이 그리고 있는 형태는 아름다운 방사형이었다.

거미집 특유의 문양이었다.

"누가 검으로 실을 잘라서 떼어드리게."

실에 붙들린 안내인을 구출하기 위해서 병사 한 명이 검을 휘둘렀다.

하지만—.

"오오. 안 잘리는가."

로난트 님의 입에서 감탄성이 터져 나왔다.

병사가 휘두른 검은 안내인과 똑같이 실에 달라붙은 상태로 멈춰 버렸다.

실에서 검을 떼어내려고 병사가 용을 써보지만 꿈쩍도 하지 않는다.

"안내인, 살짝 뜨겁겠지만 참으시게나."

"아, 네."

로난트 님이 불 마법을 사용했다.

정확한 조작으로 안내인에게는 상처를 입히지 않고 주변의 실만

태운다.

태웠는데도—.

"으음? 왜 이리 안 타는가?"

하급 마법이라는 이유도 있었겠지만 불에 약하다고 알려진 그 실은 타지 않고 남아 있었다.

"화력을 올려야겠군."

로난트 님에게서 쏟아져 나온 화염이 실로 향한다.

어두운 동굴 안에 눈부신 빛이 차올랐다.

"어이쿠, 너무 세게 했나."

안내인은 의복 일부가 그슬렸지만 어쨌든 탈출에 성공했다.

문제는 화염이 통로의 안쪽까지 뒤덮어 버렸다는 점이었다.

"저질러버렸구먼."

"예. 집주인이 안쪽에 있었다면 분명 격노할 겁니다."

그리된다면 우호적인 접촉은 시도도 못 하고 그르친 셈이었다.

길들이기는 사실상 불가능해졌다.

"되도록이면 이곳도 버려진 곳이기를 바라고 싶군요."

"뭐, 괜찮을 걸세. 불을 질렀는데도 안 나왔다는 것은 외출 중이거나, 아니면 이곳도 더는 쓰고 있지 않거나 둘 중 하나일 테지."

그렇다면 다행이겠지만…….

모험가의 증언이 사실이라면 소문 속의 거미는 미궁 내부를 활발하게 돌아다니고 있을 것이다.

게다가 십중팔구는 전이를 사용해서…….

인족조차도 사용 가능한 자가 희소한 전이 마법을 구사하는 마물이라니 들은 적도 없다.

마침 외출 중이었을 뿐, 바로 이 순간에 전이로 되돌아온다는 상황도 충분히 일어날 수 있다.

“다들 전투에 임할 각오는 하고 있도록. 언제 어떤 사태가 벌어져도 대응할 수 있도록 경계를 늦추지 마라.”

병사에게도 전달했다.

“어허, 걱정은 접어놓으라니까. 이 몸이 있는 한 어떤 마물이 덤비든 간에 겁먹을 일이 없다는대도 그러네.”

로난트 님이 자신만만하게 장담했지만 평소라면 든든하게 여겼을 저 말이 이때만큼은 근거 없는 망언으로밖에 들리지 않았다.

실이 다 타버리면서 불이 꺼졌다.

불길이 사라진 통로를 역시 신중하게 전진한다.

타버린 실의 잔재는 상당히 넓은 범위에 퍼져 있었다.

“처음에는 좀 견뎠지만 한번 불이 붙으면 금방이로군.”

“네, 그런 듯합니다. 꽤 안쪽까지 번져 나갔군요.”

그냥 거미집이라고 부르기에는 상당히 넓은 길을 전진하다가 커다란 광장 비슷한 장소로 나왔다.

“이곳은?”

“중층으로 통하는 입구입니다.”

안내인이 답했다.

과연, 듣고 보니 확실히 열기가 느껴진다.

여기에서 더 나아가는 길은 완만한 내리막길로 되어 있는 듯했다.

“음?”

그곳에 무언가가 있었다.

지형이 내리막길이어서 눈에 잘 띄지는 않지만 상당히 커다란 무언가가 다수 굴러다니고 있었다.

"전원, 경계하라."

진을 짜고 조심스럽게 목표로 접근한다.

나는 로난트 님과 안내인의 곁으로 물러나고는 품에서 감정석을 꺼내 들었다.

"오호, 감정석이 아닌가. 그 돌의 레벨은, 8이로군."

"소환사라는 직분에 감정은 필수적이니까요. 로난트 님은 감정을 익히셨습니까?"

"그렇다네. 레벨은 8이지."

"경탄스럽습니다. 저도 감정석을 자주 사용하는지라 숙련도가 쌓여서 레벨 3까지는 올랐습니다만, 8은 도저히 엄두가 안 나는군요."

"마술을 수련하면서 짬짬이 올렸다네. 이 나이가 되고도 겨우 8이지. 레벨을 올린다고 시간을 쏟기보다는 감정석을 사용하는 편이 현명할 게야."

"평범한 사람이라면 그래야겠지요. 그건 그렇고, 저것을 뭐라고 보십니까?"

내가 가리킨 것.

거대한 거미 마물의 시체.

"아크 타라텍트의 시체로군……."

아크 타라텍트.

신화급 오버 S랭크의 마물, 퀸 타라텍트의 한 단계 아래에 있는 마물.

위험도는 S에 달한다.

그런 마물이 무참한 모습으로 죽어 있었다.

그뿐이 아니었다. 저곳에는 아크 타라텍트 말고도 그레이터 타라텍트의 시체가 셋.

그 밖에도 미처 헤아리지도 못할 만큼 수많은 타라텍트종 마물의 시체가 굴러다니고 있었다.

"게다가, 보이는가? 일부는 뜯어 먹힌 자국이 있군."

나는 거리가 멀어서 세세한 부분까지는 못 알아차렸지만 로난트 님에게는 먹힌 자국이 보인 모양이었다.

"그렇다면 아크 타라텍트를 해치운 것도 모자라서 포식까지 하는 존재가 있다는 말씀입니까?"

오싹했다.

S랭크의 마물을 잡아먹는다고?

그런 괴물이 있을지도 모른다고?

그런 괴물과 맞닥뜨린다면…….

안 된다.

제아무리 정예 부대를 이끌고 있고 인족 최고의 마법사가 곁에 있더라도 규격을 아예 벗어난 존재에게는 승산이 없다.

철수해야 한다.

하지만 이미 늦은 판단이었다.

악몽의 화신이 전이한다.

아크 타라텍트의 시체 앞으로 전이한 존재, 그것은 거미 마물이었다.

거대한 아크 타라텍트와 비교하면 상당히 작아 보이는 거미 마물이다.

전체적으로 까맣지만 등에는 하얀 문양이 있었다.

그 문양이 마치 두개골 같아서 두려움을 불러일으켰다.

여덟 개 달린 다리 중에서 앞다리 둘은 다른 다리보다 컸고 낫의 형상을 띠고 있었다.

그리고 여덟 개 있는 붉은 눈동자가 이쪽을 주시한다.

시선이 마주친 순간 저도 모르게 몸이 움츠러들었다.

앞으로 나섰던 부하들이 눈에 띄게 동요하고 있었다.

어떤 사태가 벌어져도 대응할 수 있도록 각오하라고 지시했는데도 불구하고…….

어쩔 수 없는 일이었다.

느닷없이 저런 괴물이 나타났는데 동요하지 말라는 것은 무리한 요구다.

저 마물은 마치 군왕처럼 이곳에 군림하고 있었다.

저 모습을 직시만 해도 공포로 몸이 부들거린다.

보고 그대로였다.

감정을 할 것도 없이 한눈에 보고 깨달아버렸다.

저것은 우리 따위로 어떻게 할 수 있는 존재가 아니다.

"오오, 오오오오?"

기묘한 신음 소리가 들려 옆을 돌아보자 로난트 님이 눈을 한껏 커다랗게 뜬 채 몸을 부들거리고 있었다.

설마 로난트 님 정도의 실력자가 공포로 넋을 놓았나?

저 마물이 발하는 패기는 정말이지 보통이 아니었다.

아마도 위압계 스킬을 가지고 있겠지만 그렇다 해도 로난트 님 정도 되는 실력자가 저항에 실패했을 리는 없었다.

"로난트 님?"

"어찌 이리, 대체 어찌 된 일인가. 말도 안 돼. 있을 수 없어. 대체 무엇이더냐? 이해가 되지 않아."

"로난트 님?!"

"아, 그래. 미안하네."

"왜 그러십니까?"

"저 마물, 저토록 자연스러운 모습이건만 터무니없이 많은 스킬을 상시 다중 발동시키고 있네. 말도 안 되는 일이야."

로난트 님에게는 내가 보지 못하는 마물의 상세한 정보, 발동 중인 스킬의 힘이 보이는 듯했다.

떠듬떠듬 중얼거리던 로난트 님은 정상적인 정신 상태라고 말하기는 어려웠다.

공포로 착란한 것 같지는 않지만 어쨌든 상황은 좋지 않았다.

왜냐하면 조금 전까지는 태연스러웠던 거미 마물이 지금은 노여움을 드러내고 있었으니까.

위험하다. 상대는 완전히 싸울 작정이었다.

그리고 노여움에 직접적으로 노출된 병사들이 무심코 무기를 겨누고 만다.

안 되겠다. 상황이 이런 식으로 흘러가 버리면 우호를 다지는 것은 어림도 없었다.

불현듯 덮쳐드는 불쾌감.

설마, 감정인가?

누가?

혹시 저 마물이 이쪽을 감정이라도 했다는 건가?!

말도 안 된다?!

감정을 사용하는 마물이라니 들은 적도 없다.

의혹을 해소하기 위해 감정석을 발동시켰다.

그리고, 표시된 감정 결과에 아연해진다.

무시무시한 경지에 이른 스테이터스.

막대한 양의 스킬.

이래서는 승산 따위 없다.

"뭣이라?!"

아무래도 로난트 님도 나와 거의 동시에 감정을 발동시킨 모양이었다.

입에서 경악의 목소리가 새어 나온다.

"마, 마도의 극의?!"

저 마물, 에데 사이네가 지니고 있는 하나의 스킬이 로난트 님의 눈을 잡아끌었나 보다.

확실히 그런 스킬은 들은 적도 본 적도 없었다.

아니, 그뿐만이 아니었다.

에데 사이네에게는 지금껏 보지 못했던 스킬이 다수 있었다.

본 적이 있는 종류도 대부분은 상위 스킬이다.

하지만 나의 놀라움은 거기에서 멈추지 않았다.

한창 스킬을 차례차례 훑어보던 도중이었다.

갑자기 감정 결과가 소실되면서『감정이 방해되었습니다.』라는 문장이 표시된다.

감정을 방해한다고?

그런 행위가 가능하다는 소리도 들어본 적이 없다.

“기, 기다려주시게! 조금 더, 조금만 더 보여주시게!”

“로난트 님! 정신 차리십시오!”

광란하는 로난트 님을 질책했다.

동시에 외친다.

“철수! 승산이 없다! 즉시 철수한다!”

하지만 내 명령은 너무나도 늦어버렸다.

가장 선두에 있던 여덟 명이 쓰러진다.

뭐가 어떻게 된 건지 모르겠다.

에데 사이네는 아무 짓도 하지 않은 듯 보였다.

그저 저곳에서 이쪽을 응시하고 있을 뿐이다.

단지 그뿐인데도 여덟 명의 병사가 아무런 전조도 없이 쓰러졌다.

무슨 스킬이지?

모든 스킬을 확인하지는 못했기에 어떤 스킬의 효과로 발생한 일인지 모르겠다.

다만 내가 모를지언정 사태는 이미 움직이고 있었다.

에데 사이네는 그대로 기묘한 행동을 취했다.

자신의 허물을 벗기고 있다.

그 괴이한 광경에 병사들도 동요하고 있다.

쓰러지는 동료를 본 병사가 공포를 견딜 수 없었는지 에데 사이네에게 덤벼들었다.

하지만 검을 채 휘두르기도 전에 지면에서 솟구친 토벽에 몸이 기역 자로 꺾여버렸다.

잠깐. 확인을 마친 스킬 중에서 흙 마법은 없었을 텐데?

심연 마법이라는 미지의 마법이 있었지만 그 밖에 다른 마법은 모두 체크를 마쳤었다.

그중에서 흙 마법은 분명 존재하지 않았건만—.

"뭣이라?! 스킬을 쓰지 않고 밑바닥부터 마법을 구축했다고?!"

로난트 님이 소리친다.

그런 일이 가능하단 말인가?

아니, 인족 최고의 마법사가 이토록 크게 동요하고 있지 않은가.

보통은 불가능하겠지.

앞뒤를 가릴 때가 아니었다.

이 난국을 극복하려면 가진 패를 전부 쏟아부어야 한다.

전부 꺼내 들고도 극복할 수만 있다면 행운이다.

소환. 내 소환 스킬의 레벨은 4.

즉 네 마리의 마물을 이 자리로 소환할 수 있다.

마물 네 마리를 데리고 병사들이 도망칠 시간을 벌 수밖에 없다.

저 괴물을 상대로 얼마나 시간을 끌 수 있을지 모르겠군.

소환된 마물이 모습을 드러냈다.

조류형 마물 키레코크.

거북이형 마물 록 터틀.

호랑이형 마물 페베르트.

수룡 스이텐.

본래라면 버림패로 쓰기 아까운 강력한 마물들이었다.

미안하다. 가라!

소환된 마물을 돌격시키는 동시에 나는 병사들이게 다시 한 번 철수 명령을 내렸다.

키레코크의 바람 마법이 에데 사이네에게 직격했다.

설마 명중할 줄은 예상을 못 했기에 놀랐지만 마법의 여파로 발생한 흙먼지가 가라앉았을 때, 어째서 에데 사이네가 공격을 피하지 않았는지 이유를 알 수 있었다.

멀쩡하다.

에데 사이네에게 키레코크의 마법 따위는 피할 필요도 없었던 것이다.

하지만 시간은 벌었다.

키레코크가 마법을 날려서 적중시킴으로써 다리가 느린 록 터틀이 최전선까지 진출할 수 있었다.

높은 방어력을 강점으로 삼는 록 터틀.

록 터틀을 방패로 내세우고 다른 세 소환수로 공격에 나섰다.

키레코크의 바람 마법이 상공으로부터 내리쏟아졌고 스이텐의 물 브레스가 작렬한다.

페베르트가 앞선 두 개의 공격이 착탄한 직후에 돌진했다.

속도와 물리 공격력이 뛰어난 페베르트가 에데 사이네를 목표로 날아든다.

그리고 페베르트에게 바위 창이 꽂혀 들어갔다.

느닷없이 지면에서 솟구친 거대한 바위 창은 반응할 틈도 허락지 않고 페베르트를 꿰뚫어 버렸다.

직후, 날개를 펄럭이던 키레코크가 지면으로 추락했다.

마치 무언가에 붙잡혀 내동댕이쳐지는 기세로—.

그대로 지면에 격렬하게 충돌하고는 불쾌한 소리를 울리면서 바닥을 뚫고 처박혔다.

무슨 일이 일어나고 있단 말인가.

이윽고 키레코크가 보이지 않는 무언가에 의해 짓뭉개진다.

그러는 동안에도 스이텐은 계속 물 브레스를 날려댔다.

다만 에데 사이네는 전혀 신경도 쓰지 않았다.

천천히 스이텐에게로 돌아서고는 바람 마법을 날린다.

흙 마법뿐 아니라 바람 마법까지?!

놀라는 내 시야에 바람 마법으로 브레스가 튕겨 나가면서 역으로 당해버리는 스이텐의 모습이 비쳤다.

남은 것은 록 터틀뿐.

하지만 록 터틀은 움직이지 않는다. 움직이지 못했다.

낌새가 이상하다 싶어 록 터틀을 감정했더니 어느새 상태 이상 마비에 걸려 있었다.

게다가 급속도로 모든 능력치가 내려가고 있다.

HP도. 거의 일순간이라고 해도 과언이 아닌 짧은 시간 동안에 강건했던 록 터틀이 시체로 변했다.

지금껏 수많은 위기를 함께 헤쳐 나왔던 소환수가 일방적으로 참

살당했다.

그럼에도 불구하고 지금의 나를 지배하고 있는 감정은 슬픔도 분노도 아니었다.

공포다. 한심할 따름이고, 죽어간 소환수들에게 면목이 없다.

생각은 그리하면서도 몸속 깊은 곳으로부터 끓어오르는 공포가 도무지 가실 줄을 모른다.

빨리 이곳에서 도망치고 싶었다.

하지만 부대를 지휘하는 자로서 부하보다도 먼저 도망칠 수는 없는 노릇이었다.

부하들은 소환수가 제 몸을 희생하면서 벌어준 짧은 시간에 철수를 개시하고 있었다.

하지만 느리다.

거의 넋을 놓고 있었던 로난트 님을 한 방 후려쳐서 억지로 정신을 차리게 하고, 대규모 전이 마법으로 부대와 함께 철수할 준비를 진행하고는 있었다.

그럼에도 부대원 모두가 전이 범위 안쪽으로 물러나려면 아직 시간이 더 필요했다.

그동안 불과 몇 초. 그 몇 초 사이에 악몽은 일어났다.

흙과 바람 마법이 난무한다.

대충 쏴 재끼는 듯 보이는데도 마법 한 번에 병사 한 명의 생명이 사라져버린다.

갑작스럽게 쓰러지는 병사도 있다.

방금 전 록 터틀이 당했던 수수께끼의 공격이다.

많은 HP를 보유한 록 터틀조차 거의 일순간에 목숨을 잃어버린 공격.

병사들은 일순간조차 견디지 못하고 차례차례 쓰러져 갔다.

전이 마법을 준비하는 로난트 님을 향해서 마법이 날아들었다.

나는 MP 고갈을 각오하고 또다시 마물을 소환해서 로난트 님 대신 희생시켰다.

계속해서 날아드는 마법.

그때마다 나는 마물을 소환한다.

MP를 회복시켜주는 회복약을 마셨다.

마시면서도 소환. 서서히 회복되는 MP.

하지만 회복량보다 소비량이 더 많았다.

마법이 온다, 소환, 마법이 온다, 소환.

그러기를 반복하는 사이에 마침내 계약된 소환수가 모두 사라졌다.

그럼에도 마법은 멈추지 않는다.

멈추기는커녕 처음보다도 날아드는 마법의 숫자가 명백하게 많았다.

어째서인가 싶어 주변을 둘러보니 이 자리에 살아남아 있는 자는 나와 로난트 님 둘뿐이었다.

"로난트 님."

"부득이한 상황이라네. 우리들만이라도 귀환하세나."

로난트 님이 전이 마법을 발동하려고 했지만 바로 눈앞까지 에데사이네가 닥쳐들었다.

"로난트 님!"

"큭?!"

암흑의 창이 발사된다.

방금 전까지 날아들던 흙이나 바람 마법은 어린애의 장난처럼 보일 정도로 무시무시한 위력이 담긴 마법.

그 마법이 향하는 곳은 로난트 님.

로난트 님은 마법 구축에 집중하고 있기 때문에 피하지 못한다.

나도 소환수를 모두 써버려서 더 이상 내세울 방패가 없었다.

살길은 하나뿐.

나는 내 몸을 들이밀면서 암흑의 창을 받아냈다.

몸이 터져 나간다.

암흑의 창은 내 몸을 관통해서 뒤쪽의 로난트 님을 덮쳤다.

로난트 님의 오른팔과 옆구리 일부가 날아가 버렸다.

내가 중간에 끼어들면서 조금이나마 궤도가 어긋났나 보다.

로난트 님이 고통스러운 표정을 지으며 전이를 발동시켰다.

시야가 일그러진다. 무의식중에 눈을 감았고 다시 떴을 때 그곳은 방금 전까지 있던 미궁 내부가 아니었다.

"앗?"

눈앞의 인간이 놀라서 몸을 굳힌다.

"누군가, 회복이 가능한 자를……."

로난트 님이 고통으로 얼굴을 일그러뜨리면서 그 자리에 있었던 자에게 말을 건넸다.

이곳은 제국의 마법 연구소인가? 곧바로 주변이 소란스러워졌다.

"이제 조금만 더 견뎌주게."

로난트 님이 나에게 회복 마법을 걸었다.

"상반신이 절반 가까이 날아가 버렸는데도 살아 있다니 대단하구먼."

"쿨럭."

뭔가 말하려고 했지만 입에서 나온 것은 피였다.

육체가 조금씩 회복된다.

HP도 위험 수위를 벗어났다.

자신의 상처를 방치하고 먼저 나를 치료하는 로난트 님에게도 회복 마법을 쓸 줄 아는 자가 달려와서 치료를 시작했다.

그제야 숨을 돌렸고 몸에서 힘이 빠져나갔다.

엄청난 희생을 치렀지만 우리는 살아남았다.

"대체, 대체 누가 인족 최강의 마법사란 말이냐. 아무것도, 아무것도 하지 못했거늘……."

희미해지는 의식 속에서 로난트 님의 고뇌에 찬 목소리가 몹시도 귀를 울렸다.

10. 훗날 미궁의 악몽이라고 중2병스러운 이름으로 불리게 된다는 사실을 나는 아직 모른다

아라바와 싸울 그날을 대비해서 열심히 흉계를 꾸미고 있는 거미랍니다.

오늘은 처음으로 내가 아라바와 조우했던 곳, 벌이 붕붕 날아다니는 절벽 구덩이로 찾아왔습니다.

여기에서 무엇을 하느냐면 바로 벌 퇴치입니다.

고민을 좀 해봤는데 아라바랑 싸우면서 땅에다가 발을 붙이고 있으면 승산이 전혀 없거든.

땅에 발을 붙인다는 건 비유도 뭣도 아니고, 정말 단순하게 지면에다가 다리를 디디고 있을 때의 얘기야.

그렇잖아, 지면은 아라바에게 흉기의 일종인걸.

바로 아래 지면에서 바위 창이 느닷없이 튀어나오면 뭘 어떡하겠어.

그뿐 아니라 토벽 따위로 공격을 막기도 할 테고.

아무튼 지면에서 떨어져 있지 않으면 안심할 수 없다는 판단을 내렸다.

그럼 대체 어떻게 해야 하느냐가 문제인데, 지면에 발을 붙이지 말아야 한다면 공중으로 다닐 수밖에 없잖아.

다행히도 내게는 공중에서 자유롭게 돌아다닐 수 있는 공간 기동 스킬이 있다.

이 스킬을 활용하면 날개가 없는 나라도 충분히 공중전을 벌일 수 있다.

그렇게 공중전이 가능할 뿐 아니라 어느 정도 벽에서도 멀고 넓은 장소를 곰곰이 탐색하고 골라낸 끝에 지금 있는 절벽 구덩이를 선택했답니다.

이곳이라면 벽에서도 충분히 거리를 빌릴 수 있고 아라바의 흙 마법이 그나마 조금 덜 위협적이다.

아라바와 싸우기에는 절호의 환경.

다만 한 가지 방해되는 존재가 있네?

그렇다, 붕붕 날아다니는 못돼 처먹은 벌 놈들.

아라바와 싸운다고 집중하고 있을 때 얘네들이 툭 끼어들면 어떻게 될지 상상만 해도 끔찍하다.

그런고로 방해꾼 퇴치와 경험치 획득을 겸해서 벌 청소를 개시합니다!

푹!

아얏?!

찔렸다?!

등, 등을 찔렸다?!

에잇. 아직 개시 신호도 안 울렸다고, 인마!

아파, 아파라! 통각 경감 덕분에 엄청 아프지는 않지만 전에 찔려서 반죽음됐던 트라우마가!

등에 달라붙은 벌을 실로 구속해서 떼어냈다.

후유. 정말 나쁜 놈이야.

아아, 한 방 먹었군.

설마하니 탐지 능력을 지닌 나에게 기습을 성공시킬 줄이야.

뭐, HP는 거의 안 줄었고 자동 회복으로 벌써 다 회복됐지만…….

옛날에는 이거 한 방에 빈사가 되기도 했었지~.

등에 바람구멍이 뚫렸는데, 그때는 HP 자동 회복도 안 가지고 있었으니까 레벨 업의 탈피가 아니면 죽어버린다는 상황이었고 말이야~.

푹!

또 찔렸다?!

통각 대경감이 있으니까 별로 안 아프지만 그래도 완전 짜증 난단 말이야!

얘 하나 던지겠다고 힘쓰기도 귀찮으니까 실부림으로 콱 조여서 참살.

아아~ 두 번 일어난 일은 세 번도 일어난다는 건가?

조금 대단하기는 하네. 내 위험 감지에 걸리지도 않고 배후를 점하다니 말이야.

앗, 혹시 위험하다고 인식 자체가 안 되는 건가?

확실히 대미지는 없는 셈이나 마찬가지니까 위험도를 따지면 살짝 미묘한 면이 있지.

아, 그렇게 생각하면 지금의 내게는 벌 따위 적으로도 인식되지 않는다는 소리겠구나.

뭐, 실제로 그냥 먹이로 보일 뿐이니까 아주 틀리진 않을 것 같아.

푹!

적당히 해랏!

왜 이래, 진짜 좀 이상하지 않아?
어째서 은밀 스킬도 안 갖고 있는 주제에 내 등 뒤로 쓱 찌르고 들어오는 건데?
내가 아무리 살짝 얼빠진 구석이 있다지만 그래도 좀 이상하잖아!
그러고 보니 벌은 거미의 천적이었던가?
혹시 시스템 바깥의 숨겨진 상성 같은 뭔가가 작용하는 건가?
설마, 없을 거야. ……정말 없겠지?
아무튼 대미지는 없다지만 짜증스럽다.
나의 위압 플러스 공포를 불러오는 자 조합에도 두려워하지 않고 덤벼드는 용기는 인정하겠는데, 그래도 상대를 잘못 골랐어.
그런고로 섬멸을 개시하겠도다!
공간 기동을 발동해 공중으로 뛰어올랐다.
눈에 띄는 대로 벌한테 마법을 쏟아붓고, 위치가 가까우면 싹둑 베어버린다.
와아. 옛날에는 홈이 뒷받침돼야 쓰러뜨릴 수 있다는 느낌이었는데, 지금은 내가 벌을 상대로 아예 무쌍을 찍고 있구나.
푸하하하하! 보라! 벌이 흡사 낙엽 같지 않은가!
오오? 뭔가 본 적 없는 벌이 튀어나왔네.
감정을 해보니 이름은 제너럴 핀지고어트였다.
오호라. 대장 벌보다 더 높은 상위종이구나.
거의 뱀이랑 비슷할 정도로 강한걸?
지금의 내 적수는 못 되지만…….
내가 처음에 이 절벽 구덩이로 떨어졌을 때는 대부분의 능력치가 고작해야 두 자릿수 전반이었단 말이지~.

그때 이 녀석이랑 맞닥뜨렸다면 마이 홈을 동원하고도 꽤 위태위태했겠다.

그치만~! 지금의 내 스테이터스는 그때와는 비교도 되지 않노라!

구체적으로 말하자면 백 배쯤 되는 차이가 있도다!

진짜로 능력치만 가지고 비교해도 그만큼 강해졌으니까 뿌듯하다.

스킬까지 감안하면 백 배가 뭐야, 자릿수가 달라지지 않을까?

내가 생각해도 참 무시무시한 성장 속도인걸!

뭐, 그런 관계로 분위기 잡으면서 등장했는데 미안하지만 장군 벌은 곧바로 퇴장시켜드렸다.

그리고 뒤이어서 똑같은 종류의 벌이 우글우글 튀어나온다.

아, 드디어 본격적으로 벌집에 가까워졌나 보구나.

확실히 그럴듯한 물체가 위쪽 방향에 슬쩍 보이는걸.

물체라고 하기는 좀 그렇고, 건물이랄까?

과연 몸길이 3미터짜리 벌의 집이었다.

크다~.

아마도 저 안에 여왕벌 격의 벌이 있지 않으려나?

뭐, 집이랑 한꺼번에 뭉개버릴 테니까 상관없지만…….

자, 그러면 암흑 마법 난타!

주변의 벌을 덮치면서 붕괴되는 벌집.

무너지는 벌집으로 가차 없이 마법을 쏟아붓는 냉혹한 거미, 나.

후후, 보람차구나!

어디 보자, 한바탕 요란하게 날뛰었으니까 혹시 아라바가 무슨 일인가 싫어서 찾아올지도 모르잖아. 철수, 철수.
아직 싸우기에는 이르거든.

전이 발동, 절벽 구덩이에서 마이 홈으로 귀환.
전이한 곳에 인간이 우글우글 있었다.
응?
어라, 얘네들 어디에서 튀어나온 거야?
설마 내가 전이할 줄을 알고 매복한 거야?!
음, 아닌 것 같네.
그럴 거야, 다들 허둥지둥 마구 동요하고 있는걸.
으음, 얘네 대체 뭐지?
앗, 요전에 나타났던 기사 비슷한 녀석들과 복장이 닮은 걸 보니까 걔네랑 같은 직장인가?
어딘가 나라에 소속된 기사라든지 뭐 그런 걸까?
어라?
그러고 보니 이 녀석들 어떻게 여기까지 온 거야?
여기까지 오려면 내 마이 홈을 돌파하고 들어와야 되는데?
거미 군단 때는 일부러 실을 걷어놓고 안쪽으로 유인했었지만 지금은 원래대로 돌려놨는데?
잠깐만 기다려봐.
왠지 불길한 예감이 드는걸.
천리안 발동.
나의 마이 홈은, 아아아아아아앗?!

부, 부, 불타버렸다아아앗?!

으, 으, 으으으윽.

아무것도 없어.

정성을 들여 만든 나의 마이 홈이—.

잿더미가 됐다.

어떻게 이런 일이…….

화염 내성을 부여해도 여전히 불에는 약하구나.

제기랄! 이놈들, 대체 뭔 짓을 한 거야!

그 옛날 내가 아직 약하던 시절, 처음으로 마이 홈이 불타올랐을 때의 기억을 떠올렸다.

그때 느꼈던 원통함이 플래시백 된다.

그때의 나는 약했다.

소중한 안식처였던 마이 홈이 불타오르는 봉변을 당하고도 도망칠 수밖에 없었다.

지금은 다르다.

나는 스스로의 궁지를 지켜낼 만한 힘을 손에 넣었다.

그리고 나의 궁지는 하필 집을 비운 틈에 짓밟혔다.

이러고도 화를 안 낼 만큼 내가 성인군자는 아니거든?

게다가 이놈들, 마이 홈을 부수고 불법 침입한 주제에 나한테 적의를 드러내기까지 한다.

검을 뽑아서 나와 대치하는 기사들.

응, 이건 정당방위 성립이지?

이놈들이 먼저 덤비길래 반격했을 뿐인데 픽 죽어버리더라고 말하면 되는 거지?

머릿수는 도합 서른네 명.

스테이터스는 요전의 기사 놈들과 비교하면 살짝 높구나.

평균 400대.

그나마 좀 나은 놈은 500을 넘어섰다.

다만 두 명쯤 남달리 강한 녀석이 있었다.

겉모습으로는 전사 타입과 마법사 타입이네.

앗, 하지만 전사 타입 인간은 소환이라는 스킬도 가지고 있어.

소환은 조련이라고 마물을 복종시키는 스킬의 상위 버전이다.

복종시킨 마물을 원거리에서 불러들이거나 제한적으로 전이시킬 수도 있다.

연계랑 지휘 스킬도 가지고 있는 걸 보니 전사라기보다는 마물 조련사나 소환사라고 부르는 편이 더 어울리겠구나.

마법사 타입 인간은, 보이는 그대로네.

스킬도 능력치도 딱 마법사라는 느낌.

다만 다른 인간들보다 능력치가 확 높은 데다가 스킬도 몹시 충실했다.

머지않아 노인이 될 중년이라는 인상이지만 겉보기와는 달리 상당한 실력자 아닐까?

응? 이 불쾌한 감각은 또 뭐지?

묘한 감각이 느껴지는 동시에 내 스테이터스에도 변화가 나타났다.

피(被)감정 중?

스테이터스에 갑자기 저런 메시지가 표시된다.

확인해보니 스킬까지 붉은색으로 점멸하고 있었다.

앗, 혹시 감정당하고 있다는 뜻?

그렇다면 방금 전부터 느껴지는 묘한 감각은 감정을 당하고 있다는 표시인가?

으엑, 진짜 나쁜 놈들이네.

누굴 훔쳐보는 거야, 변태.

붉게 점멸하는 부분까지 감정됐다고 본다면 레벨도 꽤 높겠구나.

흥. 지배자 권한 발동. 감정 거부.

《지배자 권한의 행사를 확인하였습니다. 스킬 〈감정〉의 효과를 방해합니다.》

지배자 권한을 이런 데다가 쓰게 될 줄은 몰랐네.

신성 영역을 사용하니까 되도록이면 쓰고 싶지 않았지만 가만히 다 보여주는 것도 기분 나쁘니까.

주택 손괴, 불법 침입, 거기에 훔쳐보기 죄목도 추가.

내 기분을 얼마나 더 망쳐놓아야 만족할 거야?

일단 주원의 사안, 여덟 눈동자 동시 장전.

적당히 가까운 위치부터 발동시켰다.

발동한 순간 즉사했다.

……무슨 소리를 하는지 모를 것 같은데, 나도 무슨 일이 일어난 건지 모르겠거든.

약하다거나 물렁하다거나 그런 차원이 아니잖아.

스치면 즉사 설정의 변태 플레이를 살짝 떠올려버렸다.

너희들 뭐니, 너무 약하지 않아?

응? 진짜로?

아니, 앗, 으음, 끙.

그게, 그러니까, 그게 말이야.

죽일 생각까지는 없었거든?

나도 일단은 조금이나마 양심이란 걸 가지고 있으니까. 응.

어라? 가지고 있었던가?

으으음. 돌이켜 보니까 나는 전세 때부터 윤리관이 뭔지 이해는 하고 있지만, 법률을 어기면 귀찮아진다는 이유 때문에 그냥 따라 준다는 식이었네.

이해는 하고 있었고 굳이 어기기도 귀찮으니까 따랐지만 딱히 양심 때문에 규칙을 지킨 건 아니었구나.

요런 생각을 하는 사이에 레벨 업 했다. 게다가 두 번이나.

뭐라고요? 어라, 이렇게 약한 주제에 경험치는 잔뜩 주는 거야?

방금 전에 여덟 명을 해치웠으니까 한 명당 들어오는 경험치가 그레이터 타라텍트 한 마리를 넘어섰잖아.

기막혀라.

확실히 스킬만큼은 쓸데없이 잔뜩 가지고 있었으니까 실제 수준에 비해서 경험치가 많을 것 같다고 생각은 했지만 이 정도일 줄이야.

큰일 났다. 인간의 경험치가 완전 꿀맛이야.

왠지 이미 죽여버렸으니까 상관없다는 기분도 들고…….

저쪽이 먼저 공격하기도 했고, 원래 특별히 꺼려지지도 않았고, 무엇보다도 나는 마물이고.

인간 좀 죽여도 되지 않을까?

그래, 맞아. 나의 최대 목적은 긍지 높게 살아가는 것.

내 긍지를 짓밟고 내 생명을 위협하는 존재는 그 누구라도 쓰러뜨려야 하는 적이다.

이번 생에서는 긍지와 생명을 지키겠다고 부모 형제까지 적으로 돌렸는데, 전세에서 인간이었다는 이유로 살인을 꺼린다는 건 내 삶을 옥죄는 족쇄에 지나지 않는다.

애당초 말이야, 맨 처음 적의를 드러낸 건 내가 아니라 인간들이잖아.

나는 그저 살고 싶을 뿐이었는데 마이 홈에다가 불을 질렀어.

내 생명을 위협하고 긍지를 짓밟은 단계에서 인간이라는 존재는 내 적이 되었던 거야.

그렇다면 전세의 시시한 윤리관 따위 내던지도록 하자.

일단은 탈피한 허물을 벗었다.

그러고 보니까 이것도 어떤 의미로는 스트립쇼가 되는 걸까?

너희들, 좋겠다?

앗, 바보 같은 생각을 하는 틈에 무모하게도 몸을 날려 덤비는 녀석이 있네.

쓱 해치워도 되겠지만 이번에는 잠시 실험에 협조를 받도록 할까.

마법을 구축.

일전에 아라바가 왕뱀과 싸울 때 본 마법이었다.

기억을 더듬어서 마법을 완성시킨다.

그리고 다 만들어진 마법을 발동했다.

대지 마법의 대지 벽을.

스킬을 가지고 있지 않아도 마법을 발동하는 것뿐이라면 가능하거든.

물론 뭐, 스킬을 갖고 있으면 시스템의 보조 덕분에 스킬도 없이 발동할 때보다는 훨씬 편리하지만…….

비유하자면 도보 이동과 전철 이동의 차이라고나 할까?

도보로 길을 확인하면서 자기 힘으로 찾아가는 것과, 전철에 타고 자동으로 쭉 도착하는 것.

어느 쪽이 편하겠냐고 묻는다면 당연히 전철이지.

다만 걸어서도 갈 수는 있다는 거야.

마법 스킬을 습득하면 해당 마법이 저절로 구축되도록 지원을 받을 수 있거든?

사용자는 입수한 구축식대로 마력을 조작할 뿐이고.

요컨대 구축 방식을 알고 있으면 똑같이 구현할 수도 있다는 말씀.

예상은 했지만 직접 해보니까 의외로 쉽게 재현할 수 있었다.

역시 마도의 극의 덕분일까?

발밑에서 출현한 벽을 처맞고 휙 솟구치는 기사 군.

와아. 차마 말로 표현하기가 어려울 만큼 기괴한 형상으로 꺾여버렸네. 나무아미타불.

한번 선을 넘어서 그런지 인간을 죽여도 아무 감흥이 안 드는걸.

내 인간성이 아예 끝장난 걸까.

인간이 아니니까 아무래도 상관없지만—.

소환사가 뭐라고 외치고 있다.

오오? 뭔가 소환됐네?

새랑 거북이랑 호랑이랑 거기에 용?

앗, 우연이겠지만 왠지 사방신 같은 구성이구나.

하지만 어딘가 살짝 이건 좀 아니라는 느낌도 든다.

새는 까맣고, 거북이는 뭐랄까 그냥 바윗덩이네? 호랑이도 어째서인지 칙칙한 핑크색이고, 용은 수룡(水竜) 스킬을 가지고 있을 뿐 생김새는 완전히 복어잖아.

지적할 데가 한가득이야.

뭐, 그럭저럭 강하기는 하네.

능력치만 보자면 소환사 본인보다 더 세니까.

높은 능력치는 800을 훌쩍 넘었다.

그만큼 스킬은 인간에 비해 적은 편이지만…….

새가 나한테 바람 마법을 날렸다.

마법도 쓰는구나?

역시 인간이랑 같이 지내다 보면 머리도 조금은 좋아지는 걸까?

바람은 내성이 없고, 맞아 봤자 큰 대미지가 들어올 것 같지도 않으니까 내성 획득을 위해서라도 일부러 맞아보자.

으엑. 조금 아팠다.

내성은…… 역시 겨우 한 방 맞았다고 습득되지는 않는구나.

바람과 물이 동시에 덮쳐들었다.

물도 내성이 없으니까 맞아주도록 하자.

앗, 호랑이가 돌진을 하네.

이 녀석의 공격은 맞아봤자 의미가 없으니까 패스.

이번에도 역시 아라바가 썼던 대지 창을 발동.

《숙련도가 일정 수치에 도달했습니다. 스킬 〈흙 마법 LV 1〉을 획득했습니다.》

응? 어라?

사용한 건 대지 마법인데 한 단계 아래의 흙 마법이 습득되는구나.

아, 그러면 대지 마법을 써도 숙련도는 흙 마법에 쌓인다는 뜻?

으음. 안 갖고 있는 마법을 바닥부터 구축해서 사용하면 숙련도가 쌓인다는 거지. 뜻깊은 발견이지만 그 결과로 얻는 스킬은 해당 마법 계통의 최하위 마법이구나.

뭐, 어때.

포인트를 안 쓰고 마법 스킬을 얻을 수 있다면 어찌 됐든 간에 무조건 이득이잖아.

역시 스킬을 보유하고 있으면 구축도 편해지고 위력이나 정확도도 올라가는구나.

그래, 기왕이면 새가 쓰고 있는 바람 마법도 카피해놓자.

아까부터 쭉 봤으니까 구축 방식은 대강 알아냈고.

바람 마법을 익혀놓으면 굳이 지금 꼭 내성을 획득할 필요도 없겠지.

그러니까 새야, 자네의 역할은 이미 끝났단다.

인척의 사안으로 내동댕이쳤다.

복어한테 시험 삼아 바람 마법을 써보자.

오오, 성공이로다.

자꾸자꾸 쓰면 스킬도 획득할 수 있겠지?

마지막은 록 터틀이네.

분명히 낮은 방어력은 아니지만, 나는 비교 대상이 지룡 일당이거든.

쓸데없이 SP가 많으니까 주원의 사안으로 흡수해야지.

잘 먹었습니다.

사방신(피식)을 상대하는 사이에 기사들이 도망치려고 했다.

안 놓칠 거야, 경험치들아.

숙련도 쌓기도 겸해서 흙과 바람 마법을 중심으로 써볼까.

마법을 사용하면서 사안으로 수를 줄여놓았다.

흠흠? 저 마법사가 전이를 쓰려고 하네?

게다가 상위에 속하는 대규모 전이잖아?

전부 데리고 도망칠 작정이구나.

사안은 사정거리 바깥이고—.

마법으로 저격하자.

오오, 소환사가 막아냈다.

제법 하는걸.

소환사는 필사적으로 마물을 소환해서 내 마법 저격을 막았다.

뭔가 마신 직후부터 MP가 조금씩 회복된다.

MP 회복약인가?

그런 유용한 아이템을 갖고 있었을 줄이야.

인간은 치사하다, 역시 치사하다.

주변의 기사들은 정리했지만 저 둘은 놓칠지도 모르겠다.

저격은 이제 슬슬 중단하고 큰 놈으로 한 방 날려드리자.

대시. 이 정도 거리라면 전이보다 평범하게 달려가는 쪽이 더 빠르다.

소환사와 마법사의 눈앞까지 이동.

암흑 창 발동.

방금 전의 연습용 마법하고는 다르다.

지금의 내가 사용 가능한 최고 레벨의 마법이었다.

우선은 이걸로 마법사를 해치운다.

그다음 소환사는 굽든 삶든 내키는 대로 하면 된다.

그런데 어라라, 소환사가 제 몸을 바쳐서 마법사를 지켰다.

암흑 창은 소환사의 몸을 관통해서 마법사에게 피해를 주었지만, 아쉽게도 둘은 전이로 도망쳐버렸다.

에잇.

놓쳤네.

뭐, 어때.

마킹은 해놓았으니까 언제든 다시 잡으면 되지.

그건 그렇고 전이로 도망친 두 사람 말고도 달려서 도망친 사람이 네 명이다.

달려서 도망쳤으니까 물론 출구를 향하겠지?

도망친 네 사람을 가만히 내버려 두면 미궁의 출구로 이동한다는 거잖아?

그럼 이대로 방치해서 출구까지 길 안내를 시키도록 하자.

출구까지 도착하려면 며칠쯤 걸리겠지만, 나 혼자 발 닿는 대로 정처 없이 돌아다니는 것보다는 빨리 도착할 거야.

길고도 길었지만 드디어 미궁의 출구를 알아낼 수 있겠다.

즉 미궁에서 나갈 수 있다.

솔직히 이번 사건을 겪으면서 인간과 원만하게 접촉하기는 거의 불가능하겠다는 생각이 들었다.

이번에는 상대가 내 역린을 건드렸기 때문에 이리됐지만 나도 뭐 무차별적으로 인간을 살해할 생각 따위는 없었단 말이야.

설령 경험치가 꿀맛이라고 해도 마찬가지다.

괜히 시비 걸지만 않으면 나도 얌전히 군다.

적의에는 적의로, 경의에는 경의로 돌려주자.

경의를 받을 날이 과연 오겠느냐는 생각은 접어두도록 하자.

어찌 됐든 간에 우선은 바깥으로 나가고 나서 감당할 일이다.

하지만 바깥으로 나가기 전에 꼭 해야 하는 일이 있었다.

레벨이 오른 지금이라면 이제 도전하기에 모자람이 없다.

나의 트라우마, 지룡 아라바에게 도전할 테다.

S9. 엘프의 마을로

레스톤 형님을 비롯한 인질들을 구출하고 며칠 뒤—.

그 후 모두들 무사히 깨어났지만 신중을 기하기 위해 잠시 휴식을 취하기로 했다.

비록 소생되었다고는 하나 일시적으로 분명 사망한 상태였으니까.

어떤 후유증이나 뒤탈이 일어날지 모르는 일이다.

편안하게 요양을 취한 덕분인지 지금으로서는 별다른 증상이 나타나지 않았다.

그동안 나는 안나의 세뇌를 해제했다.

인질들을 구출하기 전에는 제법 난항을 겪었지만 요 며칠 사이에 상당한 진척이 있었다.

지금은 감정해도 상태 이상 표시가 나오지 않는다.

해제의 조짐이 나타난 이후부터는 급속도로 제정신이 돌아왔다.

공고한 세뇌도 한번 자신이 이상하다는 의문을 가지게 되면 단번에 와해되는 듯했다.

다만 세뇌가 풀림으로써 또 다른 문제가 발생하고 말았다.

“제가 감히, 슈레인 님께 어찌도 불충한 짓을…….”

이렇게 몹시 의기소침해져선 고개도 들지 못한다.

카티아 때도 그랬지만 세뇌당했을 때의 기억은 머릿속에 또렷이 남는다.

비록 세뇌당해서 저지른 짓이었을지언정 차마 죄책감을 떨치지 못하기에 심한 우울증을 앓게 된다.

이것만큼은 어쩔 도리가 없었다.

내가 해줄 수 있는 말은 세뇌한 유고의 죄일 뿐 안나는 아무런 잘못도 저지르지 않았다고 위로해주는 정도였다.

있는 그대로 사실을 말했는데도 그 말이 오히려 죄책감을 자극해버린 탓에 결과적으로는 더욱더 의기소침해지는 악순환.

이제부터는 안나가 스스로 다시 일어서기를 기원하면서 지켜볼 수밖에 없겠다.

그리고 선생님이 마침내 정신을 차렸다.

동시에 보고가 들어왔다. 유고가 엘프 마을이 있는 숲으로 군대를 출정시켰다고…….

우리는 다 함께 저택의 회의실로 모였다.

추후의 방침을 의논하는 중요한 회의를 열기 위해서였다.

"그럼 앞으로 어떻게 행동할지 논의를 해봅시다."

카티아의 아버지, 공작이 진행을 담당한다.

"우선 나라의 상황부터 돌아보지요. 당장은 왕비를 중심으로 간신히 행정 체제를 유지하고 있습니다만, 사일리스 님은 현재 병환으로 앓아누우셨다는 이유로 공적인 자리에는 나오지 않습니다. 아마도 슈레인 전하께서 목격하셨던 상태 그대로 차도가 없었기 때문이겠지요."

사일리스 형님은 세뇌가 풀린다면 본래 모습으로 돌아올지도 모른다.

하지만 내가 보름 가까이 달라붙어서 치료한 끝에 간신히 안나를 회복시켰다는 사실을 고려하면, 어지간한 술자에게 맡겨서는 해제하는 데 상당히 오랜 시간이 걸릴 것이다.

더군다나 마음을 망가뜨리다시피 해놓은 세뇌 방식을 감안했을 때, 해제에 성공하더라도 예전의 기량을 발휘할 수 있으리라고 장담하지는 못한다.

"왕비가 앞으로 어떻게 나올지는 불분명합니다만, 제국의 유고 왕자와 스우 님을 결혼시키는 사안은 이미 결정이 끝났다고 합니다. 제국은 혼인 관계를 구실로 삼아 우리나라를 실질적으로 지배할 의도일 겁니다."

그랬다. 세뇌당한 스우는 유고와 함께 제국으로 떠나가 버렸다.

게다가 유고의 혼약자로서—.

"난처하게도 레스톤 님을 비롯하여 이곳에 있는 인원 대부분은 나라의 지명 수배를 받고 있습니다. 하지만 왕국의 모든 귀족이 왕비나 유고 왕자의 손에 떨어진 것도 아닙니다. 우리들은 은밀히 협력자를 모집하고 재기할 기회를 노리면서 행동할 수 있습니다."

유고에게 세뇌당한 자는 왕국의 주요 인물 중에서도 특히 강한 영향력을 지닌 일부 귀족뿐.

왕도에 있지 않으면서도 힘을 보유한 지방 영주, 혹은 왕도에 있을지라도 힘이 약했던 귀족에게는 손을 뻗치지 않았다.

공작과 레스톤 형님은 그러한 귀족을 설득해서 차근차근 세력을 되찾을 의도인 듯했다.

"하지만 그래서는 근본적인 해결이 되지 않아."

레스톤 형님이 내게 시선을 보내면서 발언했다.

"이미 교회마저 제 수중에 넣은 유고 왕자는 사실상 온 세계를 장악하는 지경에 이르렀다고 말할 수 있지. 하지만 마족과 한창 전쟁을 치르고 있는 인족을 혼란에 빠뜨리는 행동은 그냥 두고 봐서는 안 되네. 우리나라도 물론이지만 이대로 그자를 방치해놓으면 마족이 치고 들어올 틈을 인족 스스로 만들어주는 셈이잖는가."

율리우스 형님이 목숨을 내어놓으면서 싸웠다.

형님의 희생을 유고가 세계를 혼란에 빠뜨림으로써 무위로 돌리려 하고 있다.

나로서도 절대로 용납하지 못할 처사였다.

물론 그런 이유가 아니더라도 유고가 이제껏 저질렀던 일을 용서한다는 것은 어림도 없는 일이었다.

"슌. 거짓된 용사가 아니라 진정한 용사로서 왕국의 원수 유고 왕자를 처단해주겠느냐?"

저 발언은 레스톤 형님뿐 아니라 이 자리에 있는 모두의 마음을 대변하는 말이었으리라.

내 마음도 다른 모두와 다르지 않았다.

거절할 이유는 없다.

"마땅히 그리하겠습니다."

회의가 끝나고 나와 카티아, 하이린스 씨, 선생님, 그리고 안나가 다른 방으로 모였다.

이렇게 다섯 명에다가 페이를 더한 멤버로 유고를 토벌하기 위해 엘프의 마을로 향한다.

아무래도 유고는 엘프의 마을로 침공하는 부대를 직접 지휘하고 나선 모양이었다.

선생님에게 안내를 부탁해서 엘프들과 합류한 다음 유고가 끌고 오는 제국군을 요격한다.

왕궁의 병사는 당장 동원 가능한 숫자가 적은 데다가 어느 누구에게 유고나 왕비의 마수가 뻗쳐 있을지 모르기 때문에 우리들만 소수 정예로 행동하자고 결정했다.

나와 페이에 하이린스 씨, 엘프와 다리 역할을 맡아줄 선생님이 동행하는 것은 곧바로 확정됐지만, 카티아와 안나가 동행할 때에는 한바탕 말썽이 일어났다.

카티아는 공작 영애.

부모로서는 위험한 장소로 보내고 싶지 않았을 테니 이곳에 남아 있으라고 타일렀다.

하지만 카티아가 단호하게 거부하면서 부모 자식 간에 말다툼이 발발.

꼬박 하루 동안 카티아가 부모님을 설득한 끝에 우리와 동행하기로 결정됐다.

"실력 행사를 해서라도 따라가겠다고 우기니까 그제야 단념하시더라."

대충 이런 경위였다. 차마 허락은 못 하겠지만 딸이 정말 우격다짐으로 나오면 말릴 방법이 없다고 고뇌했을 공작의 얼굴이 훤히 보이는 듯하다.

애통하시겠습니다, 공작 부부.

두 분의 딸은 부모님 말을 듣지 않는 어엿한 불량소녀로 자라났습니다.

안나도 역시 주변 사람들은 반대했지만 본인이 끝내 고집을 꺾지 않았다.

본인의 말을 빌리자면 속죄를 위해서라도 따라가겠다고.

솔직히 안나의 동행을 나는 찬성할 수 없었다.

안나는 나와 스우의 시녀 겸 호위를 맡을 정도의 실력자지만 그럼에도 이 멤버에는 미치지 못한다.

게다가 안나는 하프 엘프.

엘프는 타 종족과 혈통이 섞이는 일을 몹시 싫어한다.

혼혈로 태어난 하프 아이들을 소중하게 대할 리 없었다.

안나에게는 엘프의 마을에서 태어나고도 버려진 과거가 있다.

꼬치꼬치 묻진 않았으나 엘프의 마을에 좋은 기억이 없다는 것은 명백했다.

그런데도 안나를 엘프의 마을로 데려간다고?

별로 좋은 대접을 받지는 못할 것이다.

하지만 남겨놓고 가자니 그러기도 불안했다.

안나는 세뇌가 풀렸다고는 하지만 정서적으로 불안정한 상태였다.

세뇌당했을 때 자신이 저지른 죄를 하나하나 되새기면서 우울함에 젖어 있는 날이 점점 많아졌다.

이대로 두고 가면 머지않아 정신을 놓아버리지는 않을까 염려될 만큼 심각한 모습이었다.

그러니까 바깥으로 데리고 나가서 조금이나마 죄책감이 가시기를 기대해보자.

양쪽 모두 다 불안하다면 차라리 근처에 두고 지켜볼 수 있도록 동행시키기로 결심했다.

멤버를 정하고 나서 다음 문제는 어떻게 엘프의 마을로 이동하느냐였다.

엘프의 마을은 왕국이 위치한 더즈톨디아 대륙과는 다른 대륙, 카사나가라 대륙에 있다.

그리고 카사나가라 대륙으로 건너가는 방법은 두 가지.

하나는 우리나라의 성에도 있었던 전이진으로 워프하는 것.

다만 전이진은 대부분이 어느 나라의 왕성 같은 장소에 설치돼 있다.

사용 가능한 부류는 나라를 다스리는 왕족이거나 고위 귀족, 혹은 그에 준하는 인간뿐.

우리는 그러한 조건을 만족시키기는 하지만 지금은 수배자 신세다.

순순히 사용 허가를 내어줄 리 없었다.

유일하게 교섭을 시도해볼 만한 대상은 만난 적도 없는 누님이 시집간 나라였지만, 유감스럽게도 그 나라는 거리가 제법 떨어진 곳에 있다.

그렇다면 부득이하게 두 번째 수단을 선택할 수밖에 없다.

엘로 대미궁, 대륙과 대륙을 연결하는 세계 최대의 미궁을 돌파한다는 수단을…….

바다를 건너면 되지 않겠느냐고 물을 테지만 그것은 불가능하다.

왜냐하면 바다는 강대한 수룡(水龍)이 제 영역으로 삼고 있는 곳이기에 배를 띄워도 얼마 못 가서 가라앉아버린다.

하늘로 날아가는 방법도 있기는 있다. 다만 광룡으로 진화한 페이도 대륙을 넘어가야 하는 장거리 비행은 무리였다.

이러한 사정으로 인해 엘로 대미궁은 세계 최대의 위험한 미궁임에도 불구하고 사람의 출입이 몹시 빈번한 장소이기도 했다.

또 한 가지, 페이의 몸집이 커서 미궁으로 들어갈 수 있을지 의문이 들었지만 페이 본인이 문제없으니까 신경 쓰지 말라고 대답했으므로 괜찮은가 보다.

"문제는 엘로 대미궁을 돌파했다고 쳐도 늦지 않게 도착할 수 있느냐인데."

"걱정하지 마세요. 건너편 대륙으로 넘어가면 엘프가 비밀리에 만들어놓은 전이진이 있어요. 계산해보니까 그곳을 사용하면 제국군이 공격을 개시하기 전에 도착할 수 있을 거예요."

선생님의 정보 덕분에 모든 문제가 해결됐다.

남은 일은 무사히 엘프의 마을에 도착할 수 있도록 노력하는 것뿐.

"출발 전에 여러분 모두에게 꼭 드릴 말씀이 있어요."

선생님의 얼굴에서 모종의 각오가 엿보였다.

그랬지, 선생님에게 묻고 싶은 말이 참 많았다.

소피아의 정체, 유고의 암약, 엘프의 활동과 목적.

"전부 다 말씀드리기 전에 먼저 들어주세요. 이 세계는 신의 유희로 인해 만들어진 세계예요."

그렇게 선생님은 말을 꺼냈다.

막간. 지배자와 여동생

"잘 지내고 있니? 우리 여동생."

"뭐하러 온 거죠?"

"우리 여동생이 잘 지내는지 보러 왔지."

"그러면 이제 다 보셨죠? 당장 나가주세요."

"쌀쌀맞기는. 잠깐 얘기 좀 나눠도 되잖니?"

"당신하고 할 얘기는 하나도 없어요."

"아, 그러니? 아끼고 존경하고 사랑하는 오빠를 세뇌당한 척하면서 배신한 우리 여동생이 혹시 너무너무 슬퍼서 울고 있을까 봐 위로해주러 왔는데."

"윽! 쓸데없는 참견이에요! 신의 앞잡이 주제에!"

"어머? 너도 지금은 똑같은 처지잖니? 그래서 오빠를 배신했잖아."

"아니야! 나는 오라버니를 절대로 배신하지 않았어!"

"하지만 주인님께 복종하는 건 사실인걸. 이제는 아예 인족의 원수가 됐고."

"큭!"

"그래그래. 그 표정. 그런 표정을 보고 싶었어."

"저질이네요."

"고마워라. 칭찬으로 들을게."

11. 거미 VS 지룡 아라바

아라바에게 도전할 각오가 섰다.

마지막으로 스테이터스를 확인해보자.

〈에데 사이네 LV 26, 이름 없음

스테이터스

HP: 3592/3592(녹) + 1700 (상세) MP: 12110/12110(청) + 1700 (상세)

SP: 2413/2413(황) (상세) : 2413/2413(적) + 1700 (상세)

평균 공격 능력: 2392 (상세) 평균 방어 능력: 2363 (상세)

평균 마법 능력: 11158 (상세) 평균 저항 능력: 11004 (상세)

평균 속도 능력: 7440 (상세)

스킬

「HP 고속 회복 LV 7」	「마도의 극의」	「SP 고속 회복 LV 1」
「SP 소비 대완화 LV 1」	「파괴 강화 LV 6」	「참격 강화 LV 8」
「상태 이상 대강화 LV 1」	「마신법 LV 2」	「마력 부여 LV 7」
「기투법 LV 9」	「기력 부여 LV 5」	「용력 LV 7」
「맹독 공격 LV 6」	「부식 공격 LV 4」	「외도 공격 LV 6」
「독 합성 LV 10 」	「약 합성 LV 7」	「실의 재능 LV 8」
「만능 실 LV 6」	「실부림 LV 10」	「염동 LV 1」
「투척 LV 10」	「사출 LV 2」	「공간 기동 LV 8」
「은밀 LV 10」	「미채 LV 1」	「무음 LV 8」

「폭군 LV 1」 「집중 LV 10」 「사고 가속 LV 9」
「예견 LV 9」 「병렬 의사 LV 7」 「고속 연산 LV 6」
「명중 LV 10」 「회피 LV 10」 「확률 보정 LV 7」
「바람 마법 LV 4」 「흙 마법 LV 10」 「대지 마법 LV 1」
「외도 마법 LV 10」 「그림자 마법 LV 10」 「어둠 마법 LV 10」
「암흑 마법 LV 2」 「독 마법 LV 10」 「치료 마법 LV 10」
「공간 마법 LV 10」 「차원 마법 LV 4」 「심연 마법 LV 10」
「파괴 내성 LV 5」 「타격 내성 LV 5」 「참격 내성 LV 5」
「화염 내성 LV 2」 「바람 내성 LV 2」 「흙 내성 LV 8」
「중압 대내성 LV 1」 「맹독 내성 LV 3」 「마비 내성 LV 6」
「석화 내성 LV 5」 「수면 무효」 「산 내성 LV 6」
「부식 내성 LV 7」 「기절 내성 LV 5」 「공포 내성 LV 9」
「외도 무효」 「고통 무효」 「통각 대경감 LV 5」
「오감 대강화 LV 1」 「지각 영역 확장 LV 5」 「밤눈 LV 10」
「천리안 LV 8」 「주원의 사안 LV 6」 「정지의 사안 LV 5」
「인척의 사안 LV 1」 「사멸의 사안 LV 3」 「성마」
「천명 LV 3」 「순신 LV 7」 「내구 LV 7」
「강의 LV 2」 「성채 LV 2」 「위타천 LV 7」
「마왕 LV 3」 「인내」 「오만」
「노여움 LV 2」 「포식 LV 7」 「나태」
「예지」 「단죄」 「나락」
「퇴폐」 「금기 LV 10」 「신성 영역 확장 LV 6」
「n%I=W」

스킬 포인트: 0

칭호

「악식」	「혈족 포식자」	「암살자」
「마물 살해자」	「독 술사」	「실 술사」
「무자비」	「마물 살육자」	「오만의 지배자」
「인내의 지배자」	「예지의 지배자」	「용(竜) 살해자」
「공포를 불러오는 자」	「용(龍) 살해자」	「나태의 지배자」
「마물의 재앙」		

〉

이것저것 무지막지하게 올랐는데, 그중에서도 마법계 스테이터스는 정말 비약적으로 발전했다.

드디어 대망의 1만대를 달성.

마도의 극의, 무시무시.

이러고도 지룡의 굳건한 마법 방어를 돌파할 수 있을지는 솔직히 장담을 못 하겠다.

거미 군단은 나와 상성이 딱 좋았지만, 반대로 용(龍)에게는 마법을 흩어버리는 비늘의 힘이 있기 때문에 상성도 대단히 나쁘다.

물론 다섯 자릿수 능력치로 때려 박는 마법을 완벽하게 막아내지는 못하겠지만…….

방어 면에서는 흙 마법을 내 몸에 날리는 자폭법으로 내성을 올리고 흙 내성을 획득.

뭐, 원래 방어력은 낮은 편이었으니까 언 발에 오줌 누기라는 느낌도 들지만 없는 것보다는 훨씬 낫겠지.

그리고 새로 습득한 나태 스킬.

이름을 보면 짐작할 수 있겠지만 오만과 마찬가지로 7대 죄악 스킬 중 하나다.

아라바와 대결하기 위해 마련한 내 히든카드다.

오만은 실제 전투에서는 도움이 되지 않는 완전한 보조 스킬이기도 하고 인내는 방어 스킬.

예지랑 같이 습득한 마도의 극의는 공격에 쓸모가 있지만 예지 본체는 보조 스킬이다.

이번에 손에 넣은 나태는 사기 스킬 중에서도 첫 번째 공격 스킬이라고 할 수 있었다.

나태 스킬이라면 아라바의 방어를 깨뜨릴 수 있다.

반대로 말하자면 새로운 사기 스킬이라도 확보했기에 나는 간신히 아라바에게 도전할 각오를 세운 것이다.

레벨을 올린다고 하층을 꽤 많이 돌아다녔지만 역시 강적이 많은 하층에서도 지룡의 스테이터스는 한 단계는 더 특출했다.

그런 지룡 중에서도 특히 뛰어난 개체가 지룡 아라바.

이만한 준비를 갖추지 않는다면 대결에 나설 자격도 없는 셈이다.

나는 절벽 구덩이에서 기다렸다.

오로지 목표가 나타날 때를—.

위험 감지.

온몸의 털이 곤두선다.

이 느낌은 경험한 적이 있다.

어떻게 잊겠어.

절대로 잊을 수 없었다.

거미로 전생하고 나서 처음으로 맛봤던 진정한 공포.

거미로 전생하고 나서 처음으로 의식했던 죽음의 상징.

천천히 고개를 돌린다.

〈지룡 아라바 LV 32

스테이터스

HP: 4663/4663(녹)	MP: 4076/4076(청)
SP: 4570/4570(황)	: 4569/4569(적)
평균 공격 능력: 4610 (상세)	평균 방어 능력: 4597 (상세)
평균 마법 능력: 4022 (상세)	평균 저항 능력: 4138 (상세)
평균 속도 능력: 4555 (상세)	

스킬

「지룡 LV 3」	「천린 LV 2」	「중갑각 LV 1」
「신강체 LV 1」	「HP 고속 회복 LV 8」	「MP 고속 회복 LV 5」
「MP 소비 대완화 LV 5」	「마력 감지 LV 10」	「마력 정밀 조작 LV 3」
「SP 고속 회복 LV 7」	「SP 소비 대완화 LV 7」	「마투법 LV 9」
「대마력격 LV 1」	「투신법 LV 3」	「대기력격 LV 3」
「대지 공격 LV 10」	「대지 강화 LV 10」	「파괴 대강화 LV 3」
「참격 대강화 LV 10」	「관통 대강화 LV 8」	「타격 대강화 LV 10」
「공간 기동 LV 8」	「은밀 LV 10」	「미채 LV 3」
「명중 LV 10」	「회피 LV 10」	「확률 대보정 LV 4」
「위험 감지 LV 10」	「기척 감지 LV 10」	「열 감지 LV 10」

「동태 감지 LV 10」 「흙 마법 LV 10」 「대지 마법 LV 10」
「지진 마법 LV 2」 「그림자 마법 LV 10」 「어둠 마법 LV 7」
「파괴 대내성 LV 1」 「참격 대내성 LV 4」 「관통 대내성 LV 3」
「타격 대내성 LV 5」 「충격 대내성 LV 1」 「대지 무효」
「불 내성 LV 6」 「벼락 내성 LV 8」 「물 내성 LV 5」
「바람 내성 LV 6」 「어둠 내성 LV 4」 「상태 이상 대내성 LV 7」
「부식 내성 LV 6」 「고통 무효」 「통각 대경감 LV 7」
「시각 강화 LV 10」 「망원 LV 8」 「밤눈 LV 10」
「시각 영역 확장 LV 7」「청각 강화 LV 10」 「청각 영역 확장 LV 3」
「후각 강화 LV 7」 「촉각 강화 LV 7」 「천명 LV 3」
「천마 LV 1」 「천동 LV 3」 「부천 LV 3」
「강의 LV 3」 「성채 LV 3」 「천도 LV 1」
「천수 LV 2」 「위타천 LV 3」

스킬 포인트: 41100

칭호

「마물 살해자」 「마물 살육자」 「용(龍)」
「암살자」 「패자」 「마물의 재앙」 〉

용이 모습을 드러낸다.

그야말로 위풍당당.

나의 트라우마.

아찔했다.

제대로 보니까 알겠다. 터무니없는 스테이터스였다.

카구나와 게에레의 강점을 취해서 더 발전시켰다.

전혀 빈틈이 없다.

카구나조차 뛰어넘는 방어력과 스킬 구성.

게에레조차 뛰어넘는 속도와 스킬 구성.

게다가 카구나도 게에레도 보유하지 못한 뛰어난 마법 능력.

최악의 요소는 나의 주요 공격 수단, 어둠 마법까지도 구사한다는 점이었다.

어둠 내성이 있으면 상대하기가 더더욱 까다롭다.

완벽한 올라운더.

공격에도 강하고, 방어에도 강하다.

그런 데다가 상태 이상에도 강할뿐더러 딱히 약점이 없으니까 상성의 유불리에서도 자유롭다.

이상적인 존재라고 말할 수 있겠다.

하하, 이렇게 어마어마하면 오히려 웃음이 나오는걸.

아아, 다행이야.

그때 느낀 공포는 진짜였구나.

그때 느낀 공포는 당연한 감정이었어.

지룡 아라바, 너는 강하다.

무섭다.

그런데도 기쁘다.

그래, 기쁘다.

지금의 나는 아무것도 하지 못한 채 부들부들 숨어야 했던 상대와 맞서 싸울 수 있을 만큼 성장했다.

감지 스킬이 저렇게 높잖아. 사실은 그때 내가 살아 있다는 걸 알고 있었지?

알고 있었지만 굳이 건드릴 필요도 없다고 무시한 거지?

그때의 교만함을 후회하게 만들어줄게.

고마워.

네가 나한테 죽음의 공포를 가르쳐줬어.

네 덕분에 지금의 내가 있는 거야.

네게서 도망치고 도망치고 도망치고 또 도망친 끝에 도달한 것이 지금의 나야.

고맙다고 말해주겠어.

그러니까 죽어라.

나에게 처음으로 죽음의 공포를 안겨준 증오스러운 존재.

내 손으로 너를 처단해주마.

그럼으로써 너라는 공포를 이겨내겠어.

나는 더 이상 네게서 도망치지 않아.

길고도 길었던 도피 생활에 종지부를 찍도록 하자.

선제공격으로 암흑 창.

아무렇지도 않게 피해버렸다.

반격으로 날아오는 브레스.

아무렇지도 않게 피한다.

서로가 피할 줄을 뻔히 알면서도 가한 공격.

서로의 의지를 알아보기 위한 공격.

마치 미리 짜 맞춘 것처럼 매끄러운 일련의 흐름은, 오래도록 떨어진 채 만나지 못했던 연인 사이가 된 듯한 감각을 자아냈다.

뭐, 나는 연인은커녕 친구조차도 가져본 적이 없었지만…….

인사 대신 공격을 주고받으면서 본격적인 전투가 시작됐다.

나는 사전에 계획했던 대로 절벽 구덩이의 상공으로 공간 기동을 구사해서 뛰어 올라갔다.

지면으로부터 떨어짐으로써 아라바의 흙 마법을 봉인하기 위해…….

아라바에게는 어둠 마법도 있으니까 위치를 바꾼다고 해서 마법을 전혀 못 쓰게 되지는 않겠지만 한쪽만 유리한 지형을 떠나 공평한 무대로 옮기는 정도는 된다.

아라바도 내 의도를 파악했을 테지만 지면을 박차고 내 뒤를 따라왔다.

공중을 달려 나가면서 아라바에게 암흑탄을 발사한다.

MP 소비를 신경 쓰지 않고 머신 건처럼 따당따당 쏘아 재꼈다.

그럼에도 불구하고 「너는 탄막 슈팅 게임 경험자냐」라는 소리가 나올 만큼 쉴 새 없이 들이닥치는 탄환을 훌쩍훌쩍 피해버린다.

천린(天鱗), 역린의 상위 버전에 해당하는 저 스킬 때문에 마법의 위력이 격감하는 형편이었다.

그래도 1만을 넘어서는 내 마법 공격력이라면 대미지를 넣을 수 있다.

맞힌다면…….

아라바의 회피력은 대단했다.

단지 스킬뿐 아니라 아라바 자신이 오랜 세월에 걸친 전투 속에서 연마한 기술로부터 비롯된 회피.

아라바의 움직임은 우아하게 보이기까지 했다.

나도 피하는 데는 자신이 있었지만 아라바의 움직임을 마주하고 나면 분명히 알게 된다. 나의 회피력 따위는 스킬과 속도에 의존해서 냅다 줄행랑을 놓는 것이 전부였다.

수라장을 제법 헤치고 나오면서 실전 경험도 풍부하게 쌓았다고 착각했지만, 역시 내 몸놀림 자체는 평범한 사람과 거의 다를 바가 없었다.

딱히 무술을 수련하지도 않았고…….

순수한 능력치로 견주면 내 스피드가 압도적으로 빨랐으나 아라바는 오로지 기술의 힘으로 따라붙는다.

내 마법은 적중한다면 대미지가 들어가겠지만 다시 또 대미지를 가하기 전에 회복되어버릴 가능성이 높았다.

병렬 의사를 쓰고 있지 않은 지금 상태로는 전투 중에 마법을 날리는 것만으로도 꽤나 고생이었다.

병렬 의사는 현재 마더와 열심히 교전 중이기 때문에 사용 불가.

사용할 수만 있다면 아라바가 피할 공간도 회복할 겨를도 허락하지 않고 마법 탄막을 전개해서 우격다짐으로 이기는 것이 가능했을 텐데…….

어쨌든 간에 이번 싸움에서는 못 쓰니까 순순히 포기해야겠다.

결정타가 없는 상황.

그렇다면 내가 취할 전법은 하나뿐.

아라바에게 나를 전력으로 싸울 상대라고 인식시키기 위해서—.

아라바가 전력을 발휘해야 내게도 승산이 생긴다.

왜냐하면 그때가 와야지 비로소 나의 보이지 않는 두 번째 맹독이 아라바의 몸을 침식해 들어갈 테니까.

아라바가 고개를 젖혔다.

예견으로 저것이 브레스의 사전 동작임을 알아차렸다.

일찍이 나의 홈을 붕괴시켰던 브레스다.

아라바의 브레스가 덮쳐들었다.

단거리 전이.

아라바의 머리 위로 전이한다.

무방비하게 브레스를 내뿜고 있었던 아라바의 머리 부위로 암흑탄을 발사.

암흑탄은 아라바의 머리에 직격해서 주둥이를 다물게 했다.

브레스를 내뿜고 있는 바로 그 주둥이를—.

브레스가 아라바의 입속에서 폭발한다.

용의 브레스는 아마도 각각의 용이 지니는 속성 공격이 전부는 아닌가 보다.

대지 무효를 가지고 있는 아라바의 HP가 줄었다.

암흑탄을 더해서 제대로 된 대미지가 들어갔다.

단거리 전이는 준비에서 발동까지 몇 초쯤 걸리니까 내키는 대로 척척 사용은 못 하지만 지금처럼 미리 준비해놓으면 기습을 가할 수 있었다.

다음부터는 경계당할 테니 이번처럼 잘 먹히지는 않겠지…….

입속에서 폭발을 일으키면서도 다른 생물처럼 날아든 꼬리가 나를 덮쳤다.

이 꼬리도 골치 아팠다.

채찍처럼 휘어지는 꼬리를 피했다.

코앞을 통과해 가는 꼬리에서 울리는 휭 소리에 내심 간담이 서늘했다.

내 HP와 MP를 감안하면 일격에 죽는 사태는 없을 것이다.

없겠지만 무의식중에 꼬리를 피하지 못하고 두 동강이 나는 환각을 떠올릴 만큼 무시무시한 위력이었다.

꼬리에 이어서 휘둘러진 앞다리를 뒤로 날아서 피했다.

그대로 거리를 벌리는 한편, 견제로 암흑 창을 발사한다.

암흑 창 때문에 발이 묶이는 아라바.

그 틈에 HP가 급속도로 회복되고 있다.

빠르잖아.

역시 자잘한 대미지로 차근차근 쓰러뜨리는 건 어림도 없겠구나.

탄식하고 있는데, 아라바의 주위로 검은 구슬이 몇 개쯤 출현했다.

어둠 마법의 어둠탄인가?

아라바의 의사를 따라 어둠탄이 날아들었다.

피하기는 어렵지 않았지만, 피하면 마법과 함께 이쪽으로 달려드는 아라바에게 빈틈을 드러낼 수도 있다.

어둠은 어둠으로 상대한다!

똑같은 마법을 발동해서 날아오는 어둠탄을 상쇄.

동시에 나를 물어뜯으려고 하는 아라바의 어금니를 회피하면서 암흑탄을 날려 반격했다.

하지만 아라바는 손짓 한 번으로 암흑탄을 날려버리는 것도 모자라 날카로운 꼬리 끝으로 나를 베려고 들었다.

공격은 포기하고 전력으로 회피.

더 높은 상공으로 도망친다.

역시 접근전은 불리하구나.

아라바는 이빨, 발톱, 꼬리, 다채로운 공격 수단을 가지고 있을 뿐 아니라 거대한 몸집으로 돌진 공격만 해도 상당한 위력을 발휘할 수 있다.

온몸이 흉기나 마찬가지.

지면에서 떨어뜨려 놓고 암흑 마법을 날렸지만 방금 전의 공방으로 보건대 별다른 위협은 되지 않는다고 판단해야겠다. 그렇다면 무작정 거리를 벌리면서 원거리전으로 몰고 가는 것이 제일이려나.

짧게 생각한 순간, 아라바의 주둥이가 홱 벌어졌다.

예비 동작이 거의 없는 노 모션 브레스.

아차?!

저게 있었구나!

인척의 사안을 발동해서 내 주변에 척력을 발생시켰다.

임시방편으로 발생시킨 유사 물리 결계 비슷한 것을 몸에 두르면서 허둥지둥 옆으로 물러난다.

아라바의 브레스가 내 몸의 바로 근처를 바짝 지나쳐 간다.

하마터면 스칠 뻔했, 살짝 스쳤다!

으앗! 위험해라!

급조 브레스라서 위력이 아주 세지는 않아도 직격당하면 대미지는 무시 못 할 수준일 테니까.

큰일 났다. 원거리전으로 끌고 가도 어드밴티지가 없겠어.

브레스는 평범한 물리 공격이 아니라 순수한 에너지 비슷한 형태라서 그런지 인척의 사안으로 유사 결계를 만들어도 안 튕겨 나가는 것 같고…….

큭, 사안 계열은 제 몫을 못 해주네!

전투를 개시한 이후, 각종 사안을 빠짐없이 아라바에게 사용하고 있다.

하지만 전부 별다른 효과를 보지 못했다.

효과가 아예 없는 것은 아니었지만 지극히 미미하다.

주원의 사안에 의한 능력치 저하도 1분에 겨우 1쯤 떨어질까 말까고, 인척의 사안으로 가하는 중력 공격도 아라바의 몸놀림을 보건대 부담스러워하는 느낌은 아니었다.

정지의 사안?

그야말로 완벽하게 효과 없음인데요?

아라바가 마비돼서 굳어버리는 광경은 아예 상상도 안 되는걸.

유일하게 하나, 발동하지 않은 사멸의 사안도 있기는 한데 얘는 마무리 전용 스킬이라서 쓰고 싶지 않았다.

에데 사이네로 진화했을 때 자동으로 습득한 신규 스킬이지만 이름만 봐도 짐작할 수 있듯이 죽음의 속성을 지닌 사안이었다.

그렇다, 죽음의 속성, 부식 공격.

음, 이런 일이 딱히 처음도 아니니까 놀랄 필요는 없겠지만 사멸의 사안도 자폭기였거든.

발동하면 해당 눈동자를 못 쓰게 되어버린다고…….

그뿐 아니라 머리까지 아파지니까 진짜 너무하지.

위력은 더할 나위가 없어서 아라바를 대상으로 써도 분명 대미지가 들어갈 테지만, 그 대미지가 나한테도 고대로 돌아온다.

그렇게 되면 나는 HP가 적기 때문에 받는 대미지도 상대적으로 커진다.

상대를 확실하게 끝장낼 수 있을 만큼 몰아붙인 다음이라면 써도 괜찮겠지만 다른 상황에서는 오히려 나 자신을 위기로 몰아넣을 수도 있다.

사안계 스킬은 고유의 성질로 인해 시야에 비친 대상에게 회피 불가능한 대미지를 강제할 수 있지만, 그럼에도 불구하고 안 먹히고 못 쓰는 상황이면 의미가 없었다.

아아, 공격은 맞지도 않는 데다가 맞혀봤자 별반 대미지가 안 들어간단 말이야!

다시금 정말이지 골치 아픈 상대임을 실감했다.

위쪽으로 쭉쭉 도망치면서 마법을 난사한다.

내가 더욱 위쪽으로 상승했는데도 아라바는 중간에 걸음을 멈췄다.

쳇! 미리 펼쳐놓은 거미그물을 알아봤구나.

절벽 구덩이에서 아라바와 결전을 벌이겠다고 각오를 다졌을 때부터 그야 함정 한두 개쯤은 설치해놓았습죠.

들켰지만…….

아라바가 걸음을 멈춘 바로 위쪽에 절벽 구덩이를 틀어막는 형태로 내 실이 펼쳐져 있다.

딱 내 몸이 지나갈 만한 구멍만 남기고 말이야.

나는 실이 상하지 않도록 상공에서 아라바를 향해 마법을 난타했다.

아라바는 마법을 회피하면서도 이쪽으로 차마 오지 못하고 우왕좌왕한다.

사실은 실로 옭아매고 움직임을 묶어놓은 다음에 마법을 있는 대로 쏟아부어 주려고 했지만 이것도 나름 아라바의 발을 잘 묶어주고 있으니까 결과적으로는 오케이.

아라바도 지지 않겠노라고 브레스로 반격.

거미그물을 사이에 두고 마법과 브레스 사격전이 이어졌다.

내 마법을 아라바가 피한다.

피하는 위치로 독 폭포가 쏟아진다.

생성량을 최대로 설정한 독 합성을 거듭거듭 연속 발동시킴으로써 만들어낸 독 폭포.

맹독과 마비의 기운을 머금고 쏟아지는 폭포를 아라바는 브레스 한 방으로 날려버렸다.

독성을 띤 물이 흩날린다.

대미지는 애초에 기대하지 않았지만, 가볍게 토한 브레스 한 방에 날아가 버리는구나. 힘 빠진다~.

아라바는 상공에 있는 나를 향해 연속으로 브레스를 토해냈다.

거듭된 브레스 공격으로 그물 일부에 구멍이 뚫리기 시작했다.

그 대공 포화도 공간 기동을 구사하면서 피한다.

피하는 동시에 만능 실로 그물을 만들어서 구멍이 뚫려 있는 곳에

다가 사출 스킬로 집어 던졌다.

후후후, 보시는 대로 나는 염원했던 사출 스킬을 득템했답니다!

특별히 뭘 하지는 않았고 그냥 투척 스킬을 10레벨로 올리면서 얻은 파생 스킬이다.

음, MP 소비도 있고 레벨이 낮으니까 속도가 빠르지도 않고 솔직히 말해서 평범하게 투척을 써서 던지는 편이 더 낫지만 기분 문제니까 말이야.

공처럼 둥글게 뭉쳐서 사출한 실을 아라바의 눈앞에서 실부림의 힘을 써서 그물 형태로 펼친다.

아라바는 노골적으로 경계심을 드러내며 멀찍이 뛰어 그물을 피한다.

틀린 대응은 아니었다.

아무리 아라바라도 내 실에 붙들리면 그리 쉽사리 탈출하지 못한다.

저토록 실을 경계한다면 거꾸로 이용해먹을 수도 있다.

상공에서 실을 퍼뜨려 나갔다.

아라바는 불쾌한 기색으로 피하거나 혹은 브레스로 쳐내기도 했다.

그리고 마침내 거미그물에 아라바가 통과할 수 있는 커다란 구멍이 뚫렸다.

공간 기동으로 내가 있는 곳까지 바짝 다가드는 아라바.

넵, 어서 오십쇼!

아무 계획도 없이 흩뿌린 것처럼 보였던 실.

그것들 전부가 눈에 보이지 않을 만큼 가느다란 실로 이어져 있다.

그리고 가장 밑뿌리가 되는 실은 내 발밑에—.

실부림으로 실 다발을 한꺼번에 조종해서 끌어당겼다.
그와 동시에 아라바에게 암흑탄을 발사.
배후에서 덮쳐드는 거미줄.
전방에서 덮쳐드는 암흑탄.
암흑탄을 피하면 실에 따라잡힌다.
암흑탄을 피하지 않으면 대미지를 입는다.
아라바는 과연 무엇을 선택할까요?!
아라바는 선택했다.
둘 모두를 거부하는 선택을.
브레스가 암흑탄과 상쇄됐다.
폭발의 여파를 무시하고 돌진을 감행.
아차차!
막 들이닥치는 어금니 공격을 간신히 피했다.
살짝 스쳐서 HP의 포식 비축분이 줄었다.
위험해라~.
실을 쥐고 있는 탓에 하마터면 못 피할 뻔했다.
이만한 양의 실을 끌어당기고 있으면 그야 행동에 제한을 받을 만도 하지, 뭐.
방금 전 아라바의 행동은 조금 예상외였다.
실, 혹은 암흑탄. 둘 중 하나는 먹히리라고 예상했는데. 끙.
나는 아직도 아라바를 과소평가하고 있나 보다.
기합을 다시 넣었다.
나도 아라바도 아직은 여유가 있다.

전투는 더 계속된다.

서로에게 사력을 쏟아붓는 전투.

하지만 서로에게 결정타가 없는 상황이 이어졌다.

뛰어난 회피력 때문에 공격은 빗나가기만 하고 때때로 적중시켜도 상대의 회복력 때문에 별 진전을 못 보는 나.

속도만 믿고 쌩쌩 도망치는 적을 쫓아다니기도 버거워서 이렇다 할 공격을 못 하고 있는 아라바.

양쪽 다 결정타가 아예 없지는 않다.

나의 결정타는 실.

일단 실로 붙들어 놓기만 하면 아무리 아라바라도 탈출하는 데 시간이 걸린다.

그동안 들입다 마법을 때려 박으면 곧 나의 승리다.

하지만 이제까지 전투를 치르면서 아라바는 실을 몹시 경계하고 있었다.

실 공격만은 절대 당하면 안 된다고 선을 그은 것 같았다.

그래서 실을 사용하는 공격에는 극히 신중한 대응으로 맞선다.

완전히 수비 태세로 들어간 아라바에게 실을 둘러 감기는 쉽지 않았다.

반면에 아라바의 결정타는 최대 규모로 내뿜는 브레스 공격.

아라바가 전력으로 토하는 브레스는 예전에 내 홈을 붕괴시켰던 일격 이상의 위력을 자랑한다.

그런 공격을 먹었다가는 아무리 나라도 흔적도 남기지 못할 것이다.

인내가 발동해봤자 브레스에 일단 적중당하면 그대로 계속 휩쓸리다가 머지않아 힘을 다할 테니까.

하지만 아라바는 브레스를 전력으로 쏘지 않는다.

준비에 시간이 걸리는 최대 위력의 브레스는 그만큼 빈틈이 클 뿐 아니라 피하기도 쉽고 반격에 취약해진다.

그 대신 아라바는 별다른 준비를 필요로 하지 않는 단발 브레스만을 날렸다.

단발 브레스도 나쁘지는 않다.

하지만 공격 범위가 좁을 수밖에 없을뿐더러 위력도 떨어진다.

내게는 당연히 전부 회피당하고, 설령 맞는다 하더라도 치명상에는 이르지 못한다.

서로에게 결정타로 작용할 수단을 가지고 있으면서도 유효하게 활용할 수 없는 상황.

그렇다 보니 전투는 자연스럽게 늘어졌다.

서로에게 견제를 날리다가 때때로 전력을 다한 공격을 섞어 넣음으로써, 상대에게 주도권을 뺏기지 않으려고 주의를 기울이며 한편으로는 끊임없이 기회를 엿본다.

전황은 약간 불리.

이쪽의 공격은 전혀 먹히지 않는다.

드물게 적중시키고는 있다.

하지만 대미지가 남지 않았다.

대미지를 가해도 금세 회복해버렸다.

몇 발쯤 연속으로 맞히는 데 성공해도 아라바는 그때마다 일단 거리를 벌리거나 반대로 바짝 다가들거나 해서 내 공격을 멈춰놓고 회복을 위한 시간을 벌었다.

결국은 이토록 오래 싸웠는데도 불구하고 대미지는 0.

그뿐 아니라 내성이 늘어났다.

처음에는 4레벨이었던 아라바의 어둠 내성이 5레벨로 올랐다.

이대로 전투가 계속되면 안 그래도 적은 대미지의 양이 더더욱 적어진다.

반면에 아라바의 공격은 적중된다면 내게 제대로 피해를 줄 수 있었다.

물론 한 방 딱 맞는다고 내 HP와 MP가 완전히 날아가진 않는다.

하지만 아라바의 일격은 강력하다.

일격이라도 정통으로 허용했다가는 내 조그만 몸뚱이 따위야 휙 떠밀려 나갈 것이다.

그런 사태가 벌어진다면 곧바로 추가 공격을 거듭거듭 얻어맞을 가능성이 무척 높았다.

그렇게 되면 끝장이다.

한 방의 여파가 너무나도 다르다.

회피 특화인 나는 실수하면 끝장, 곧바로 단숨에 역전당한다.

물론 호락호락 당해주지는 않을 것이다.

않을 테지만 장담할 수는 없으니까 무섭다.

게다가 실은 지금의 교착 상태도 머지않아 끝나게 된다.

이유는, 절벽 구덩이의 높이였다.

나는 자꾸자꾸 위로 도망치고 있다.

당연한 소리 같지만 천장이 점점 가까워진다는 뜻이다.

천장까지 도달하면 도망칠 데가 없다.

게다가 천장이라 함은 곧 지면을 의미했다.

흙이 있는 곳은 아라바의 영역.

그렇게 된다면 도망칠 곳이 사라지는 데다가 지형의 이점을 다시 돌려주는 셈이었다.

절벽 구덩이 안쪽에 집을 몇 군데 만들어놓았지만 결국은 시간 끌기밖에 안 된다.

이대로 흘러간다면 머지않아 천장으로 몰리게 될 것이다.

지금도 약간 불리한 상황인데 천천히 천천히 악화되고 있다.

그런 사실은 자연히 나에게 더한 긴장감을 불러일으켰다.

신경이 한없이 예민해진다.

예견의 영상을 놓치지 않기 위해 집중했다.

사고 가속의 슬로 모션 세계 속에서 일말의 정보도 놓치지 않기 위해 감각을 곤두세웠다.

《숙련도가 일정 수치에 도달했습니다. 스킬 〈사고 가속 LV 9〉가 〈사고 가속 LV 10〉으로 성장했습니다.》

《조건을 충족시켰습니다. 스킬 〈사고 가속 LV 10〉이 스킬 〈사고 초가속 LV 1〉로 진화했습니다.》

《숙련도가 일정 수치에 도달했습니다. 스킬 〈예견 LV 9〉가 〈예견 LV 10〉으로 성장했습니다.》

《조건을 충족시켰습니다. 스킬 〈예견 LV 10〉이 스킬 〈미래시 LV 1〉로 진화했습니다.》

이런 타이밍에 스킬이 진화했다.

고마운 일이다.

느릿했던 세계의 흐름이 더더욱 느려진다.

산발적으로 보이곤 했던 예견의 영상이 상시적으로 보이게 됐다.

보인다. 아라바가 다음에 무엇을 하려고 하는지 보인다.

그 움직임의 또 다음 행동까지도 사고 초가속으로 정체된 세계 속에서 예측한다.

맵핵이나 다름없었다.

필살의 의지를 담아 퍼부었을 공격을, 발톱과 이빨과 꼬리로 펼치는 매끄러운 콤보 공격을 여유롭게 쓱 피해버린다.

나도 참 대단하구나.

지금의 내게 공격을 맞히고 싶다면 내가 지각 못 할 수준의 속도로 공격을 펼치는 수밖에 없지 않을까?

응, 좋은 분위기다.

마음에 들어. 얼마든지 덤벼라. 이제는 그 어떤 공격도 안 맞을 것 같아.

피한다. 피한다. 피한다.

또다시 피하고, 피하고, 피한다.

그뿐 아니라 중간중간에 수시로 카운터를 때려 넣었다.

팽팽했었던 회피력에 차이가 나기 시작했다.

방금 전까지만 해도 아라바는 탁월한 기량을 발휘하면서 내 공격을 피했지만, 지금의 나는 스킬이 진화한 덕분에 움직임 하나하나를 꿰뚫어 볼 수 있다.

애초에 속도는 내가 압도적으로 우위였다.

그런데도 기량만 가지고 내 공격을 줄곧 회피해냈던 아라바에게는 그저 굉장하다고밖에 해줄 말이 없지만, 나에게 스킬의 어드밴티지까지 추가된 지금은 완벽하게 대응하지 못했다.

이제야 아라바의 HP가 조금씩 줄어든다.

느닷없이 내 회피력과 명중률이 훌쩍 뛰어올랐기에 아라바는 적잖이 초조함을 느끼고 있는 모양이었다.

그런 감정마저도 사고 초가속의 세계 속에서 빠짐없이 간파해낸다.

그리고 나는 적의 정신에 생긴 빈틈을 못 본 척해줄 만큼 너그럽지 않다.

외도 마법 환통. 거짓된 통증을 부여하는 악독한 마법.

아라바가 경악했다.

당연히 그러시겠지.

통각 대경감을 높은 레벨로 가지고 있는 아라바는 오래도록 느낀 적이 없었을 격통일 테니까 말이야.

외도 마법에 의한 거짓된 통증은 통각 경감 스킬로도 덜어낼 수 없다.

탐지 때문에 괴로워했던 내가 몸소 체험한 사실이었다.

어때? 오랜만에 맛보는 아픔은?

고통으로 이를 악무는 아라바.

외도 마법은 마음에 빈틈이 생길수록 저항하기가 어려워진다.

마물이라도 아라바 정도의 수준이라면 정신력 또한 보통은 아니니까 마법의 효과를 금방 떨쳐낼 수 있을 것이다.

하지만 일순간이면 충분했다.

아라바의 의식이 통증으로 쏠린 순간, 실이 온몸에 달라붙었다.

몸부림치는 아라바의 몸에 잇따라 실이 얽혀들었다.

아라바의 몸이 실로 꽁꽁 묶이면서 차츰 움직임을 멈춘다.

저대로 바닥까지 추락해도 곤란하기에 벽에 실을 날려서 공중에 고정시켰다.

해냈다!

이제는 아라바가 실에서 탈출하기 전에 마법을 퍼붓기만 하면 된다!

하지만 나를 취하게 한 승리의 예감은 아라바의 다음 행동에 의해 분쇄당했다.

잠깐, 이건 좀 아니잖아.

아무리 그래도 저건 너무하잖아.

실로 구속하는 데 성공하더라도 아마 그대로 해치우기는 어려울 거야~ 라고 생각은 했거든?

예를 들면 브레스를 자신한테 쏜다든지.

전력으로 쏘는 브레스라면 내 실도 못 견딜 테니까.

그럼 조금은 본인에게도 대미지가 들어가겠지만 대지 무효를 가지고 있는 아라바 자신이 치명상을 입지는 않는다.

무방비 상태로 내게 줄곧 마법을 얻어맞기보다는 훨씬 현실적인 탈출 수단 아니겠어?

나도 떠올렸으니까 아라바 역시 충분히 실행할 만한 방법이었다.

하지만 아라바가 취한 행동은 내 예상을 벗어났다.

완벽하게 빗나갔다고 해야 되겠지.

게다가 최악의 방향으로—.

스킬 포인트는 레벨 업으로 손에 넣는다.

하지만 아무래도 레벨 업 말고도 입수하는 방법이 있는 것 같거든.

종족으로는 동격에 속하는 아크 타라텍트라든지 그런 마물의 스킬 포인트를 보면 분명히 내가 더 적었으니까.

능력치의 차이는 살아온 세월의 차이로 설명할 수 있다.

꼭 레벨 업을 하지 않아도 하루하루를 살아가는 것만으로 능력치는 천천히 올라간다.

나는 야생 마물과 달리 적극적으로 레벨 업을 했기 때문에 짧은 기간 동안 급격한 성장을 이뤘다.

그만큼 레벨 업 말고는 능력치의 상승량이 낮았다.

하지만 평범한 마물은 먹이를 사냥할 때 말고는 자발적으로 싸우려고 하지는 않을 것이다.

그러니까 레벨이 오르는 속도도 느리다.

어느 정도의 세월에 걸쳐서 성장해왔는지는 잘 모르겠지만, 나하고 차이 나는 능력치의 숫자로 보면 상당히 오랜 기간이었음을 추측할 수 있었다.

마법과 속도를 제외하고 아크와 나의 능력치 차이는 2000 이상.

하루에 1씩 능력치가 오른다고 계산해도 나보다 살아온 세월이 2천 일, 6년 정도는 더 많다는 뜻이었다.

하루에 1씩 능력치가 오르는 일은 없으니까 실제로는 훨씬 더 오랜 세월을 살았을 것이다.

그럼 스킬 포인트도 살아온 세월이 길다면 일정량 받을 수 있지 않을까?

아니라면 나하고 스킬 포인트가 차이 나는 이유를 설명할 수 없다.

어쩌면 내가 모르는 미지의 포인트 습득 조건이 있을지도 모르겠지만 말이야.

뭐, 그래서 무슨 소리를 하고 싶냐면 아마도 터무니없는 세월을 살아왔을 지룡 아라바는 그에 걸맞은 스킬 포인트를 보유했다는 거지.

지금까지 마주쳤던 마물도 모두 그랬는데, 아라바는 스킬 포인트를 태어난 이후로 한 번도 쓴 적이 없을 것이다.

포인트를 써서 얻은 것으로 짐작되는 스킬이 안 보이는 데다가 무엇보다도 막대한 포인트를 공연히 끌어안고만 있다는 데서 그런 판단을 내렸다.

아깝기는 하지만 마물한테 스킬 포인트를 쓰라고 말해봤자 안 들어먹을 테고, 사용하지 않는 포인트는 있어도 없는 셈이니까 나도 이제껏 신경 쓰지 않았었다.

그런데 아라바의 스킬 포인트가 확 줄었다.

보유한 포인트를 모조리 다 써버리겠다는 기세로…….

41100이나 있었던 스킬 포인트가 달랑 100으로 줄었다.

그리고 새로 추가된 스킬을 본 나는 숨을 멈췄다.

「불 마법 LV 10」「화염 마법 LV 10」「옥염 마법 LV 1」「화염 강화 LV 1」「화염 내성 LV 1」「암흑 내성 LV 1」「공간 감지」.

내 약점, 불 속성의 최상급 마법인 옥염 마법.

그 마법을 강화하는 불 강화의 상위 스킬, 화염 강화.

자신의 마법에 피해를 당하지 않으려고 이미 가지고 있었던 불 내성을 한 단계 더 끌어올려서 화염 내성을 습득.

나의 주력 무기인 암흑 마법에 대항하기 위한 암흑 내성.

전이 대책으로 짐작되는 공간 감지.

전부 다 나 하나를 상대하기 위한 스킬이었다.

나를 쓰러뜨리겠다는 의지만으로 습득한 스킬이었다.

오랜 세월을 살아오면서 쌓아 올린 포인트를 전부 나 하나 때문에 소모해버렸다.

게다가 포인트와는 별개로 사투 중에 개화한 스킬도 있었다.

「집중 LV 1」「예측 LV 1」「병렬 사고 LV 1」「연산 처리 LV 1」「외도 내성 LV 1」.

지금의 위기를 어떻게 하면 탈출할 수 있을지 그 방도를 어지간히도 진지하게 고민했나 보구나.

물론 이번 전투를 치르는 도중에 나처럼 사고 가속과 예견이라는 황금 조합의 경지까지 스킬이 진화할 걱정은 안 하지만 더더욱 까다로워졌다는 점은 변함없었다.

외도 내성까지 추가됐으니 외도 마법은 더 이상 안 먹힌다고 생각하는 편이 좋겠다.

파혼(破魂)은 별개지만 그걸 쓴다는 건 말도 안 되고…….

그나저나 큰일 났다. 정말로 큰일 났다.

지금까지 상성의 차이는 적지 않게 겪었다.

하지만 대책을 들고 나오는 적은 한 번도 없었다.

아라바는 애초부터 상상이 좋다고 말할 수 없었던 강적.

그런 강적이 내게 대책을 세웠다.

아라바를 구속하는 실이 불타 끊어졌다.

옥염 마법 레벨 1의 마법, 초토(焦土).

광범위의 지면을 화염으로 뒤덮어 지옥의 벌판으로 변화시키는 범위 섬멸 마법.

지면이 없는 공중에서 발동된 마법은 아라바의 몸체를 대지로 인식했는지 용의 몸을 불살랐다.

화염의 중심에 있는, 아니, 아예 화염과 일체가 되어버린 아라바도 멀쩡하지는 못했다.

무효와는 달리 내성만 가지고는 대미지를 입기 때문이었다.

설령 자신이 발동한 마법이라고 해도…….

화염 내성은 불 내성의 상위 스킬.

즉각적으로 상위 스킬을 습득한 결단력도 대단하지만, 그래도 대미지를 0으로 막을 수는 없었다.

지금의 아라바는 말 그대로 몸을 불사르면서 나를 해치우기 위한 기회를 노리고 있는 상태.

HP 감소 속도는 고속 회복 덕분에 꽤 느렸다.

그럼에도 화염은 서서히, 확실하게 용의 몸을 불사르고 있었다.

이대로 계속 도망칠 테니까 자멸해주면 좋겠다~.

뭐, 그런 꿈같은 일은 없겠지만…….

불이 꺼진다. 마법을 해제하면 당연히 꺼지겠지.

HP가 다시 급속도로 회복되고 있었다.

격전을 치르면서 HP 고속 회복 스킬도 레벨이 올랐다.

치료 마법을 사용한 것이 아니냐고 의문이 들 만한 속도로 HP가 회복된다.

아아~ 한창 싸우는 도중에 성장하다니, 너는 어느 작품의 주인공이냐고 물어보고 싶다.

저런 멋있는 전개는 주인공한테만 허락되는 특권이거든?

치트라고, 치트. 비겁하잖니~. 그건 좀 봐줘라~.

아라바가 벽에 다리를 디뎠다.

다음 순간, 벽이 불타올랐다.

절벽 구덩이의 벽에 무시무시한 기세로 화염이 퍼져 나간다.

마치 절벽 전체를 불사를 것처럼…….

아라바는 그대로 벽을 타고 달렸다.

내가 있는 공중의 약간 아래쪽 부근까지 단번에 달려오더니 그대로 나를 향해서 돌진을 감행했다.

활활 타오르는 바닥을 만들어내면서.

벽면에서 화염을 두른 토벽이 튀어나온다.

인마! 뭘 아무렇지도 않게 천변지변을 일으키는 거냐?!

나는 위로 도망쳤지만 아래쪽에서는 이미 불타오르는 바위 다리가 완성됐다.

바위 창을 만들어낼 수 있으니까 규모를 커다랗게 하면 그야 다리도 만들 수 있겠지, 뭐~.

진짜 그러기냐!

대체 뭐냐고?!

아라바는 벽면을 휘젓고 다니면서 잇따라 다리를 건조해놓았다.

내 도주로를 없애려는 것처럼—.

공중이 타오르는 대지로 굳게 틀어막히고 있었다.

그 형상은 마치 거미그물 같았다.

설마 내가 쓰는 전법을 적에게 그대로 돌려받을 줄은 생각 못 했다.

수많은 불꽃의 다리를 완성시키고 아라바가 그 위를 빠른 속도로 달려 나간다.

인척의 사안으로 중력을 가중시키는데도 불구하고 움직임에서는 전혀 장해가 느껴지지 않았다.

다리를 달리다가 뛰어오른다. 바싹 들이닥치는 발톱.

아래로는 도망칠 길 따위 없었다. 위로 피할 수밖에…….

아라바는 또 다른 다리로 소리도 없이 착지했다. 다시 달린다.

착지, MP가 회복되는 때를 가늠해서 또다시 다리를 늘렸다.

위쪽으로 계속해서 도망치는 나를 몰아넣으려는 것처럼 불타오르는 대지가 뒤를 쫓는다.

화염의 여파만으로도 HP가 줄어들 것 같았다.

그리고 화염은 의지를 가지고 나를 향해 덮쳐들었다.

아라바가 습득한 불 마법이 내 도주로를 없애려는 듯이 공중을 밝게 비췄다.

너는 지룡이잖아!

왜 화룡보다 불을 더 까다롭게 잘 쓰는 건데?!

이제는 이렇다 할 반격조차 하지 못한 채 이리저리 불을 피해 도망 다녔다.

스쳐 간 불이 인화돼서 몸을 태운다.

곧바로 약 합성으로 약수를 만들어 몸에 붙은 불을 껐다.

동시에 약의 효과로 HP가 회복된다.

훗, 독을 뒤집어쓰면서 HP를 깎아먹는 짓은 이제 안 한다고!

참고로 나는 상층에 도착하고 나서도 마그마 목욕이라는 자살행위를 하면서 조금씩 조금씩 불 내성을 올렸단 말이다!

그랬는데도 다른 속성보다 약하지만!

앗, 천장이다.

마침내 종착 지점에 해당되는 천장까지 다다르고 말았다.

천장도 아라바가 발하는 화염으로 빛을 발하고 있었다.

더 이상은 도망칠 데가 없다.

힐끗 아라바의 스테이터스를 확인했다.

아직이다. 아직, 이제 조금만 더 견디면 된다.

활활 불타오르는 대지의 감옥으로 화한 이곳에서 아라바를 상대해야 하는 상황이었다.

아라바가 덮쳐들었다.

나는 각오를 다지고 아라바의 공격을 피해 다리로 착지했다.

도망칠 데가 없으니까 방법은 이것뿐이었다.

다음 순간, 아라바가 기다렸다는 듯이 다리째 휩쓸어버릴 기세로 나에게 브레스를 토해냈다.

피한다.

등 뒤에서 다리가 파괴되는 소리가 울려 퍼졌다.

하지만 저런 데 주의를 쏟을 틈은 없었다.

화염이 가차 없이 내 몸을 태운다.

고속 회복이 있는데도 상당한 속도로 HP가 줄어들었다.

당장에 불을 끄고 싶었지만 바로 이때라는 듯 아라바가 추가 공격을 날렸다.

아라바의 연속 공격을 피하면서 약 합성. 하지만 아라바가 또다시 공격.

방금 전하고는 입장이 역전됐다. 아무렇게나 뻗어 나온 다리 사이로 내가 추락하다시피 하면서 도망치고, 아라바는 재빨리 뒤따라온다.

불타오르는 대지에서 화염을 뒤집어쓴 채 달려 나갔다.

아라바의 공격만큼은 필사적으로 피했고 그 밖의 다른 불꽃은 잠자코 받아냈다.

약 합성을 발동해서 몸의 상처를 치료하는 동시에 화염을 진화해 보지만 그런 내 대처를 비웃는 것처럼 화염은 금세 또 내 몸에 들러붙었다.

큰일 났다. 초조해졌다.

이런 급박한 상황에서 전이를 발동한다는 건 어림도 없었다.

어떡하지. HP가 자꾸 줄어.

포식의 비축분이 사라진다.

아직도 아라바의 연속 공격은 멈추지 않았다.

HP가 0이 되었다.

인내가 발동한다.

MP가 조금씩 줄어들었다.

HP 고속 회복에 더해서 인내가 발동함으로써 마도의 극의로 인한 MP 회복 효과까지 양쪽 모두가 대미지를 감소시켜주고 있는 덕분이었다.

하지만 MP도 서서히 줄고 있었다.

어쩌지, 어쩌지, 어쩌지, 어쩌지, 어쩌지, 어쩌지, 어쩌지!

그래도 아슬아슬하게 성공했다.

아라바의 움직임이 급속도로 둔해졌다.

발동 중이던 강화 스킬이 해제된다.

방금 전까지의 기세는 온데간데없고 힘없이 움직임을 멈췄다.

내가 줄곧 주입해왔던 독이 마침내 아라바의 목숨에 최종 선고를 내렸다.

나의 독, 나태.

〈나태: 신에 이르기 위한 n%의 힘. 자신을 제외한 주변의 시스템 내 수치의 감소량을 대폭 증가시킨다. 또한 W의 시스템을 초월하여 MA 영역의 간섭권을 획득한다〉

요컨대 나 말고 다른 존재는 HP와 MP와 SP의 감소량이 커진다는 소리다.

HP와 MP에는 자동 회복이 있다.

하지만 SP에는 그런 스킬이 없다.

나와 싸우면 싸울수록, 전력을 발휘하면 발휘할수록 감소의 정도가 급해진다.

공중에서 수시로 공간 기동을 발동한 데다가 투신법으로 줄곧 SP를 소비했던 아라바는 나태의 먹잇감이 되겠다고 스스로 달려든 셈이었다.

감정을 보유하지도 않았으니까 변화를 알아차릴 방법이 없다.

이미 손쓸 도리가 없을 수준의 단계에 이르고 나면 그제야 자신을 좀먹고 있는 굶주림을 깨닫게 된다.

지금의 아라바에게는 SP가 거의 남아 있지 않았다.

승부는 판가름 났다.

불타오르고 있는 주변의 다리를 암흑탄으로 파괴했다.

그렇게 주변의 화염을 물리치고 나서 약 합성을 발동해 몸에 붙은 불길을 잡는다.

아라바는 이제 움직일 수 없다.

움직일 만한 힘이 남아 있지 않았다.

HP에는 아직 변동이 없지만 SP가 바닥나면 HP도 함께 바닥나겠지.

그리고 SP는 조금만 더 몸을 움직여도 당장에 바닥나려고 하는 상황.

이제는 굽든 삶은 입맛대로 드세요, 라는 느낌이다.

후후후. 예상 이상으로 악전고투를 겪어야 했지만 내 계획대로 흘러간 결과였다.

처음부터 아라바의 HP를 깎아서 승리하는 건 불가능하다고 생각했었다.

용종이 보유하는 비늘 계열의 스킬, 마법의 위력을 떨어뜨리는 효과는 나와 상성이 너무 나빴다.

물리적으로 때린다 한들 오히려 때린 손이 더 아픈 형편이었다.

내 공격력보다도 아라바의 방어력이 압도적으로 더 높았다.

게다가 아라바는 백전노장의 싸움꾼으로 내 공격을 모조리 다 받아칠 수 있었다.

그래서 HP는 포기했다.

HP가 안 된다면 SP를 깎아 내면 된다.

그 역할을 맡은 스킬이 바로 나태였다.

내가 획득한 네 번째 사기 스킬.

나태는 에데 사이네로 진화한 다음에 비교적 쉽게 습득했다.

솔직히 설명문은 이해가 잘 안 됐던 관계로 그다지 중요하게 여기지는 않았었는데, 습득하고 보니까 나랑 찰떡궁합이라서 깜짝 놀랐다.

주원의 사안을 쓰면 HP 등등 말고 다른 능력치의 감소 정도도 커졌다.

아라바에게는 거의 영향이 없었지만 상태 이상 내성을 지니지 못한 상대에게는 굳이 다른 수를 쓰지 않아도 이길 수 있을 만큼 흉악한 조합이었다.

설령 이 조합이 통하지 않는 상대라고 해도 대결에서 전력을 발휘하면 발휘할수록 상황은 점점 더 불리해지는 셈이다.

아라바가 사력을 다한다는 표현에 모자람이 없도록 온 힘을 쏟아부었기에 이토록 빨리 SP를 바닥내는 데 성공할 수 있었다.

아라바가 좀 더 여유를 가지고 임했다면 결과는 달라졌을지도 모른다.

어떤 면에서도 빈틈이 없었던 탓에 도리어 패배했다.

내가 봐도 참 야비한 전법인걸.

덧붙여서 공간 기동을 사용하도록 유도함으로써 SP 감소 속도가 더욱 빨라지게 만들었다.

내가 하필이면 절벽 구덩이를 결전의 장소로 선택한 데는 공중전을 벌여서 아라바를 지면으로부터 떼어놓는 것, 그리고 공간 기동을 쓰게 해서 SP를 깎아내는 것, 이렇게 두 가지 의미가 있는 셈이었다.

뭐, 지면을 내어주지 않으려고 했던 의도는 아라바의 기막힌 능력 때문에 실패해버렸지만…….

어디 보자~ 못 움직이는 놈은 그냥 마법 연습용 과녁이거든.

HP가 먼저 0을 찍을까, 아니면 SP가 먼저 바닥날까.

어느 쪽일까~?

내심 히쭉히쭉 미소 짓고는 아직껏 활활 타오르고 있는 다리에서 꼼짝을 하지 못하는 아라바를 공중에서 내려다봤다.

아라바도 천천히 고개를 들어 올렸다.

눈이 맞았다.

가슴이 덜컥했다.

아라바의 눈은 더없이 맑고 투명했다.

뭐야, 눈빛이 왜 그래.

너는 나한테 졌어.

패배자답게 좀 더 분한 모습을 보이란 말이야.

내 불만을 흘려보내려는 듯이 아라바는 천천히 제 몸을 바닥에 뉘였다.

다만 머리만큼은 똑바로 나를 향한 채로.

그리고 감정에 나타난 아라바의 스테이터스에 이상한 일이 벌어졌다.

스킬의 문자가 회색으로 바뀐다.

즉 스킬의 발동을 오프로 돌렸다는 뜻이다.

상시 발동 스킬은 오프로 설정했을 때 감정 결과의 문자 색이 회색으로 변한다.

아라바의 스킬이 차례차례 회색빛을 띠고 있다.

나를 그토록 괴롭혔던 천린 스킬도—.

각종 내성 스킬도—.

화염을 뒤집어쓰고 있었던 아라바의 HP가 더더욱 급격하게 줄어든다.

저항은 안 하겠다고, 그런 뜻이야?

그게 뭐야. 대체 뭐하자는 거야.

왜 네 멋대로 다 만족했다는 행세질인데?

전력을 쏟아부었으니까 후회는 없다고?

그런 거야?

웃기지 마.

차라리 구질구질하게 굴란 말이야. 살려 달라고 목숨 구걸이라도 하란 말이야. 살려고 발악하란 말이야.

왜 아무렇지도 않게 목숨을 내던지는 거냐고…….

생명은 말이야, 한 번 잃어버리면 다시는 돌아오지 않거든?

나는 전생도 하고 그랬으니까 설득력이 없을지도 모르겠지만 말이야, 보통은 죽어버리면 바로 끝장이거든?

왜 세상 다 내려놓은 것처럼 죽으려고 들어?

안 죽겠다고 발악하는 나는 뭐가 되는데?

아니면 말이야, 이 세계는 죽어도 끝나지 않으니까 그걸 아니까 미련도 없는 거야?

그럼 더더욱 짜증 나거든?

좋아, 잘 알겠어.

바라는 대로 죽여드릴게.

모든 사안을 해방했다.

주원, 정지, 인척, 그리고 사멸.

아라바의 몸은 이렇다 할 저항도 못한 채 먼지가 되어 사라졌다.

레벨 업을 알리는 하늘의 목소리(일단은)가 허망하게 내 귓가에서 울려 퍼졌다.

힘겹게 가까스로 숙적을 무찔렀는데도 불구하고 뒷맛이 지독하게 나빴다.

막간. 마왕의 추억과 지룡

"발트는 용(龍)이랑 만난 적 있어?"

마왕님께서 왜 지금 느닷없이 저런 질문을 하시나 고개를 갸웃거리면서도 나는 대답했다.

"아니요. 용(竜)은 마주친 적이 있습니다만, 용(龍)은 아직 없습니다."

"역시나~."

내 대답을 가볍게 받아넘기는 마왕님.

의자에 앉아 몸을 한껏 젖힌 채 다리를 책상 위에 척 얹어놓은 그 자세는 칭찬받을 만한 모습은 아니었다.

하지만 감히 이분을 꾸짖을 자는 어디에 있겠나. 나는 몸가짐 운운은 포기하고 그저 못 본 척할 수밖에 없었다.

방 한쪽 구석에는 시로가 조용히 앉아 있다.

마왕님과 달리 품행은 단정했지만 애석하게도 존재 자체가 까닭 모를 불길함을 자아내기 때문에, 저런 단정한 자세는 오히려 시로의 불분명한 정체를 강조한다는 느낌이었다.

"그건 그렇고, 어떠한 연유로 하신 질문입니까?"

묻고 나서 후회했다.

이분이 뜬금없는 질문을 던지는 일은 그다지 새삼스러운 일도 아니었건만—.

한시라도 빨리 대화를 일단락 지어야 하는 분에게 나는 왜 질문을 하고 있는가.

"응? 그게 말이야, 잠깐 옛날 기억을 떠올렸거든. 나는 지룡(地龍) 녀석들이랑 한판 붙은 적도 있다?"

그 말을 듣고도 자신이 놀라지 않고 있음을 깨달았다.

용(龍)은 마물 중에서도 특별한 존재였다.

보통은 마주칠 일조차 거의 없을 텐데 마왕님은 태연스럽게 싸워봤다고 말씀하신다.

하지만 이분이라면 딱히 놀랄 일도 아니라고, 이유는 모르겠지만 그냥 납득해버렸다.

"지룡은 대체로 긍지가 높아. 걔네한테는 틀림없이 사무라이의 피가 흐르고 있을 거야."

응응, 고개를 끄덕이면서 마왕님은 혼자 멋대로 납득하고 계시는데 사무라이는 또 뭐지?

신경 쓰이지만 괜히 물어봤다가는 또 말이 길어질 것 같다.

안 그래도 마왕님과 대화를 나누기만 하면 수명이 줄어드는 기분이었다.

굳이 대화가 늘어질 만한 화제를 꺼내지는 말자고 자기 자신을 타일렀다.

"용이랑 대충 다 만나봤는데, 지금 돌이켜 보면 지룡이 제일 제대로 된 애들이었지~."

불쑥 폭탄 발언을 꺼내놓는 마왕님.

다 만나 봤다고? 용을?

정말인가?

마왕님이 하신 말씀이니까 진짜 같아서 무섭다.

신경 쓰이지만 역시 물어보지는 말도록 하자.

"앗, 미안, 미안. 쓸데없는 얘기였네."

"아닙니다."

"그럼 엘프 마을을 공격할 준비, 잘 부탁해?"

"분부 받들겠습니다. 마왕님."

마물 도감
file.15

지룡 아라바

LV.01

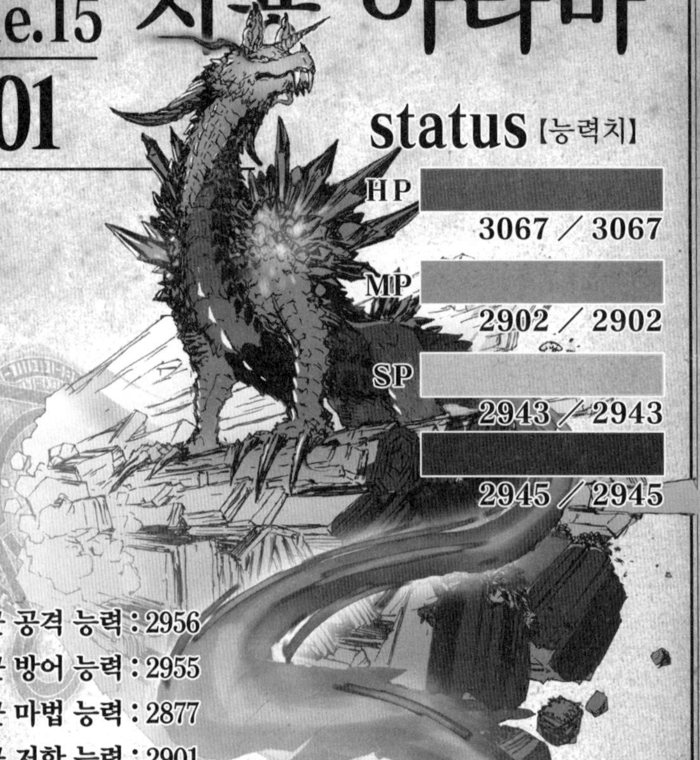

status【능력치】

HP 3067 / 3067

MP 2902 / 2902

SP 2943 / 2943

2945 / 2945

평균 공격 능력 : 2956

평균 방어 능력 : 2955

평균 마법 능력 : 2877

평균 저항 능력 : 2901

평균 속도 능력 : 2954

skill【기술】

「지룡 LV 1」「역린 LV 8」「견갑각 LV 6」「강체 LV 6」「HP 고속 회복 LV 2」「MP 고속 회복 LV 1」「MP 소비 대완화 LV 1」「마력 감지 LV 10」「마력 조작 LV 7」「마투법 LV 4」「마력격 LV 6」「SP 고속 회복 LV 2」「SP 소비 대완화 LV 2」「기투법 LV 7」「기력격 LV 7」「대지 공격 LV 5」「대지 강화 LV 7」「파괴 강화 LV 7」「참격 대강화 LV 8」「관통 대강화 LV 5」「타격 대강화 LV 7」「공간 기동 LV 2」「명중 LV 10」「회피 LV 10」「확률 대보정 LV 1」「은밀 LV 9」「위험 감지 LV 10」「기척 감지 LV 10」「열 감지 LV 8」「동태 감지 LV 4」「흙 마법 LV 9」「그림자 마법 LV 8」「파괴 내성 LV 6」「참격 내성 LV 8」「관통 내성 LV 7」「타격 대내성 LV 1」「충격 내성 LV 6」「대지 무효」「불 내성 LV 2」「벼락 내성 LV 4」「물 내성 LV 1」「바람 내성 LV 2」「어둠 내성 LV 1」「상태 이상 대내성 LV 3」「부식 내성 LV 3」「고통 무효」「통각 대경감 LV 3」「밤눈 LV 10」「시각 영역 확장 LV 5」「시각 강화 LV 10」「망원 LV 2」「청각 강화 LV 8」「후각 강화 LV 3」「촉각 강화 LV 2」「신명 LV 9」「마력 기관 LV 8」「부천 LV 8」「강대 LV 8」「강고 LV 8」「도사 LV 7」「호부 LV 7」「축지 LV 8」

지룡의 일종. 지룡 중에서도 모든 면에 걸쳐 우수한 개체. 같은 레벨이라면 다른 지룡을 상회하는 전투 능력을 발휘한다. 지능도 높을 뿐 아니라 여타의 마물과는 실로 격이 다른 존재. 물리 공격도 마법 공격도 능숙하게 구사하는 만능형이다. 자신의 능력을 빠짐없이 활용하면서 원거리, 근거리를 가리지 않고 싸울 줄 아는 올라운더. 위험도 S.

종장. 밖으로 나가자!

아라바에게 승리하고 며칠 뒤.

나는 푸른 하늘 아래에 서 있었다.

거미 마물로 전생하고 제법 시간이 흘렀지만 지금 처음으로 햇볕을 쬐고 있다.

얼마 전 허겁지겁 도망쳤던 네 명의 인간.

그들에게 붙여놓은 마킹을 추적해서 미궁의 출구에 다다랐다.

이 미궁에서 참 많은 일을 겪었다.

그중 대부분이 좋은 기억이라고는 말하기 어려웠다.

응. 죽을 뻔하기도 했고 죽을 뻔하거나 죽을 뻔했던 기억밖에 없으니까!

하지만 이제는 저 지긋지긋한 미궁하고도 드디어 작별이다!

잘 있어라, 내가 태어난 고향이여!

뭐, 무슨 일 생기면 전이로 돌아올 수 있기도 하고 아마 또 돌아오게 될 것이라는 예감도 들지만 말이야.

그래도 지금은 이제껏 맛보지 못한 새로운 먹거리가 나를 부르고 있도다!

기다려주시게나, 아직은 만나지 못한 맛있는 음식들아!

우선은 어떻게 인간들의 도시로 들어갈 것인가.

그게 문제구나.

■작가 후기

안녕하십니까. 상상력이 폭발해서 수수께끼의 신음 소리를 흘리는 것이 일상인 바바 오키나입니다.

3권이 발매된다는 망상을 하고 있었답니다!

응? 망상이 아니라고?

게다가 만화책 1권도 같이 발매됐다고?

하하하. 손님, 농담도 잘하셔라.

진 짜 였 다 !

읽으신 대로, 만화판 거미 1권도 동시 발매입니다.

처음에 만화판 이야기를 들었을 때는 귀를 의심했습니다.

그렇잖습니까, 만화는 그림으로 표현해야 되지 않습니까.

이 소설의 주인공이 뭔 줄은 알고 하는 얘기입니까?

거미인뎁쇼?

그림으로 표현한 순간 망한다는 예감이 든단 말입니다.

게다가 거미 말고도 그림으로 그리면 상당히 좀 뭣한 장면이 제법 있고요.

하지만 막상 완성된 만화를 보고 나서 제 노파심은 싹 사라졌습니다.

거미에게서 징그러움이 느껴지지 않고, 유쾌하게 생생하게 살아 움직이는 멋진 솜씨로 표현해주셨습니다.

뭐라고 해야 할까요. 상상대로, 아니, 상상 이상이었습니다.

만화판 작가 카카시 아사히로 선생님은 위대하셨습니다.

몇 번을「카카시 선생님은 천재인가?!」라고 생각했는지 모르겠네요.

부디 꼭 읽어주셨으면 좋겠습니다.

자, 어느새 거미도 3권째로군요.

벌써 3권이라고 해야 할지, 아직 3권이라고 해야 할지.

이야기 전체의 진행 정도로 봐서 이제 겨우 기승전결의 기를 끝내고 승으로 들어갔다는 점을 고려했을 때, 아직이라고 해야 할지도 모르겠습니다.

WEB 연재본도 아직 완결되지 않았으니까, 저쪽을 따라잡으려고 해도 아직 멀었군요.

거미의 싸움은 앞으로도 쭉 이어집니다!

1권에서 3권까지 줄곧 쌈박질만 했다는 느낌도 듭니다만, 그래도 아직 멀었습니다!

여기부터는 감사 인사를 전하겠습니다.

언제나 미려한 일러스트로 거미입니다만의 세계를 표현해주시는 키류 츠카사 님.

약동감이 느껴지는 거미를 만화라는 형태로 표현해주고 계시는 카카시 아사히로 님.

담당 편집자 K씨를 비롯해서 이 책이 세상에 나올 때까지 힘써주신 모든 분들께.

이 책을 구입해주신 모든 독자분들께.

진심으로 감사드립니다.

거미입니다만, 문제라도? 3

1판 1쇄 발행 2017년 2월 10일
1판 8쇄 발행 2021년 10월 7일

지은이_ Okina Baba
일러스트_ Tsukasa Kiryu
옮긴이_ 김성래

발행인_ 신현호
편집부장_ 윤영천
편집진행_ 김기준 · 김승신 · 원현선 · 권세라
편집디자인_ 양우연
관리 · 영업_ 김민원 · 조인희

펴낸곳_ (주)디앤씨미디어
등록_ 2002년 4월 25일 제20-260호
주소_ 서울시 구로구 디지털로 26길 111 JnK디지털타워 503호
전화_ 02-333-2513(대표)
팩시밀리_ 02-333-2514
이메일_ lnovelpiya@naver.com
L노벨 공식 카페_ http://cafe.naver.com/lnovel11

KUMO DESUGA, NANIKA? Vol.3

ISBN 979-11-278-4038-9 04830
SBN 979-11-278-2430-3 (세트)

값 9,800원